U0484069

方寸之地的静谧

李冰 著

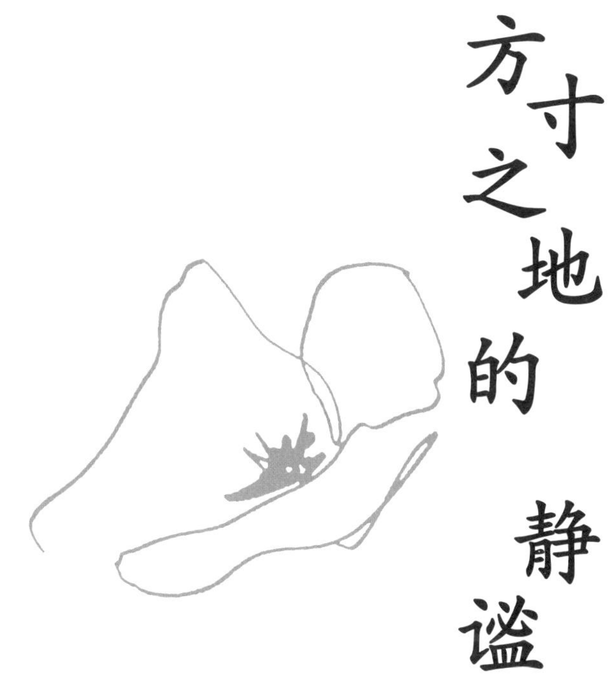

Peace in the Ground of Heart

江苏凤凰文艺出版社
JIANGSU PHOENIX LITERATURE AND ART PUBLISHING

图书在版编目（CIP）数据

方寸之地的静谧 / 李冰著. -- 南京 : 江苏凤凰文艺出版社, 2025. 6. -- ISBN 978-7-5594-9691-1

Ⅰ. I267

中国国家版本馆CIP数据核字第202515P997号

方寸之地的静谧

李冰　著

责任编辑　傅一岑
装帧设计　Sunday Design
书籍排版　融蓝文化
责任印制　杨　丹
出版发行　江苏凤凰文艺出版社
　　　　　南京市中央路165号，邮编：210009
网　　址　http://www.jswenyi.com
印　　刷　江苏凤凰盐城印刷有限公司
开　　本　880毫米×1230毫米　1/32
印　　张　13.625
字　　数　272千字
版　　次　2025年6月第1版
印　　次　2025年6月第1次印刷
书　　号　ISBN 978-7-5594-9691-1
定　　价　68.00元

江苏凤凰文艺版图书凡印刷、装订错误，可向出版社调换，联系电话025-83280257

用 脚 步 丈 量 世 界
用 文 字 治 愈 心 灵

作者简介

李冰，八〇后
出生于湖南，现居江苏昆山
教师，心理咨询师

中国散文学会会员
江苏省散文学会会员
中华诗词学会会员
《少儿文学》报刊副主编

智与美的发现旅程

丁捷

孩子的成长并不是无序和天成的，尊重天真和大道引领应该是并重的。如何发动好这样的“双引擎”，是历代教育家和万千家长钻研的难题。解这道题，我们也许应该有一个共识：阅读为王，漫漫长路中，无数导师用文字建起一座座熠熠生辉的灯塔，照亮阅读者前行的方向，引领他们在知识的海洋中遨游，汲取智慧的滋养，领略美的真谛，走出成长期的懵懂、稚拙和浅陋。具体而言，优秀的阅读可以充分弥补家长教育和学业教育的不足——以更自然、更纯粹、无时不在的方式，激发孩子美情美智的发育。然而，书海浩渺，如何在有限的时间里独辟蹊径？这需要有高人帮助选择和领读。李冰老师正是这样的前行者，她在长年累月大量的个人阅读和文学教学中，紧扣阅读的科学与艺术，精益求精，编纂出这部读书笔记文集，奉献给后来者。这是一件极其有意义的工作，她无疑把我们带进了一程智与美的发现之旅。

翻开书本，首先吸引我的是“清韵逸文，品经典华章”部分。它宛如一座繁花似锦的文学花园，洋溢着无尽的文学之美。比如林清玄的散文用细腻的笔触，勾勒出自然的神韵与生活的诗意。他笔下的山水草木皆具灵性，如“溪声尽是广长舌，山色无非清净身”，在对自然的描绘中，巧妙地融入对人生的哲思，使人置身于空灵的山水之间，感受到自然的宁静与壮美，领略到文学与自然融合的独特魅力。这种美不仅在于文字的优美，更在于其能触动孩子内心深处对美好生活的向往与追求，完成从“被动接受美”到“主动抒发美”的升华。再如肖复兴的《花边饺》，则似一首温暖的亲情之歌，那一个个包裹着母爱的饺子，成为传递情感的纽带。孩子们在阅读中，能深切体会到亲情的醇厚与温暖，这种情感之美如春风拂面，滋润着孩子的心田，使他们在感受美的同时，培养善良、感恩的品质，开启对人性之美的感悟与探索，进而为懂得珍惜身边人、培植爱心打下精神的基础。

“心光探微，自我觉醒途”部分犹如一座智慧的宝库，散发着启迪心灵的光芒。阿德勒的心理学理论在此熠熠生辉，为孩子们的成长提供了深刻的智慧指引。《超越自卑》等作品引领孩子们勇敢地审视自己的内心世界，剖析成长过程中的心理困境与挑战，做好应对。书中通过一个个真实而生动的案例，深入挖掘自卑的根源及寻找超越自卑的方法，为孩子们蹚开了一条认识自我的道路。我相信，在阅读过程中，孩子们可以学会运用书中的智慧，反思自己的行为模式和思维方式，不断挖掘自身的潜力，激发积极向上的心态和滋养坚韧不拔的意志品质，进而助力他们走向成熟与自信。

“史海钩沉，环球视界阔”部分跳出以上的微观，带孩子们踏上一台时光穿梭机，遨游于历史的浩瀚长河，领略历史的雄浑之美与智慧的深邃，飞入宏程。马伯庸的作品以独特的视角，揭开了历史的神秘面纱，展现了历史背后的复杂社会生态和人性百态。在《显微镜下的大明》中，孩子们可以看到历史的细节如繁星闪烁，那些被岁月尘封的故事和人物在书中鲜活起来。从历史的兴衰更替中，感受到人类社会发展的波澜壮阔，体会到历史的厚重与沧桑之美。同时，通过对历史事件的深入了解和研判，孩子们能够汲取古人的智慧，明白历史的经验教训，树立正确的历史观，并培养出批判性思维，在“肯定”与“否定”之间逡巡，最终找到一条客观、辩证的思想大道。

“万象凝眸，情意哲思涌”部分则像一个装满生活珍宝的魔法盒子，每一篇文章都蕴含着丰富的人生哲理和真挚的情感，体现着生活的智慧与美。从对母亲的深情缅怀到外婆凉椅上的温馨回忆，从冬日里的一场演唱会到自然中的生命奇迹，这些生活中的点滴瞬间，在作者的笔下都被赋予了深刻的意义。孩子们在阅读中，会被文中的情感所打动，更会被其中蕴含的人生智慧所启迪。他们学会在平凡的生活中发现不平凡的美，懂得在挫折面前保持坚强，在面对选择时坚守初心，在生活的细微之处领悟人生的五味真谛。这一部分是“生活教科书”，对孩子情商发育有着不同凡响的催发作用。

如此精美的作品，堪称一场兼具美与智的心灵盛宴。李冰老师导读的这些文章，巧妙地将文学之美、人性之美、历史之美与成长的智慧、生活的智慧、心灵的智慧融为一体，为孩子们提供了一个全面而丰富的阅读体验。在浩渺中发现，在浮躁中沉静，在深刻中体验，一个个美情美智的孩子，就这样养成了。

李冰老师带你阅读，催你精彩。

2025年1月21日，南京

丁捷，著名作家，江苏省作家协会副主席，江苏省报告文学学会会长。

目录

第二章 心光探微，自我觉醒途

第三章 史海钩沉，环球视界阔

第四章 万象凝眸，情意哲思涌

第五章 人生漫旅，沧桑砥砺行

第六章 杏坛守正，育桃李芬芳

引子

文字世界中的感悟与探索

在时光长河那静谧而幽邃的深处，我仿若一位虔诚的拾穗者，悉心整理着那些由我心灵深处最真挚的情感慢慢凝结、雕琢而成的文字。它们宛如璀璨星辰，在岁月的天幕下闪耀着独特的光芒，每一个字符都是我在那漫漫长路上一步一个脚印的坚实见证。

这是一条蜿蜒曲折却又充满诗意的文学与心灵探索之路，我一路蹒跚前行，时而驻足沉思，时而疾步奋进，这些文字便是我留下的独特印记，记录着我在文学这片广袤无垠、深邃浩渺的海洋里纵情遨游时，内心深处激荡起的一朵朵晶莹剔透、闪耀着智慧光芒的思想浪花。它们承载着我的欢笑与泪水，困惑与顿悟，交织成一幅绚丽多彩的心灵画卷，在时光的长河中缓缓铺展，诉说着我与文学之间那段矢志不渝的不解之缘。

阅读是一种力量，能够启迪我们的智慧，丰富我们的情感，提升我们的境界。每当我翻开一本著作，仿佛开启了一扇通往无数个体内心世界的大门。我在阅读书籍的过程中，不断地与书中文字进行碰撞、交融，那些关于人性、情感、认知与行为的阐述，映照出我以及我身边世界的模样。名家们的每一部作品、每一种思想都像一颗种子，在我的心里生根发芽，促使我去反思、理解与成长，这些读后感不仅是对书籍的梳理与总结，更是我对自我和人类本质的一次次叩问与追寻。

散文是我的心灵低语，我在或舒缓或激昂的文字里，诉说着生活中的细微感动与深沉思索。我在时光的记忆中追寻着泪的印记，坐在凉椅上感受着外婆的温情，这一切的情感都化作笔下涓涓细流。我的散文是自由的表达，是情感的肆意流淌，不需要华丽的辞藻，只是用我一颗真诚而敏感的心，捕捉生活中的点滴美好与哀愁，再用我的文字编织成一幅幅细腻的心灵画卷。

当我用脚步丈量世界，在陌生的土地上，用眼睛去发现，用心灵去感受，品味大自然的质朴与馈赠，那些旅途中发生的事情，遇到的人，看到的风景都化作我文章里的生动素材。

我将每一分每一秒的闲暇都毫无保留地奉献给了学习，如饥似渴地汲取知识养分，或者埋首于书桌之前，奋笔疾书撰写稿子，字斟句酌，反复推敲。为了拓宽视野、突破自我，我还时常化身“空中飞人”，奔波于不同的城市和地区，参加各类学术交流活动与行业研讨会，在云端之上积累经验，于万米高空追逐梦想。

这般忙碌而紧凑的生活节奏，在旁人眼中或许是令人称羡的光鲜亮丽，仿佛是成功人士的标配，高效而充实，是他们梦寐以求却难以企及的生活范本。然而，其间的酸甜苦辣、喜怒哀乐，却如同鱼饮水，冷暖唯有自己能够真切体会。每一次熬夜后的疲惫不堪，每一回赶稿时的焦虑煎熬，每一趟飞行途中的身心俱疲，都化作了生活给予我的独特印记，深深镌刻在我的灵魂深处，成为我成长路上无法言说却又刻骨铭心的独家记忆。

很多人问我：你这样累吗？从时间的角度来说真的很累，因为每个人都有与生俱来的惰性，我也不例外。我热爱美食，享受味蕾在多样滋味间跳跃的欢愉；我渴望躺平，让疲惫的身心在宁静中得以休憩；我钟情于书店的静谧，沉浸在书页翻动的声音与墨香交织的世界里；我还喜欢跟孩子们在一起，他们的笑容纯净如初雪，他们的童言无忌总能让我忘却尘世的烦恼，享受最单纯的相处模式。

这本书，是我在文学与心灵领域的综合性表达，犹如一个五彩斑斓的精神花园。我希望，当读者翻开这本书时，能与我一同在文字的海洋里畅游，感受文学的魅力。愿这些文字，能在您的心灵深处泛起一丝涟漪，引发一缕共鸣，成为您在繁忙生活中的一抹宁静与慰藉。

李冰于雅郡

2025 年 1 月 1 日

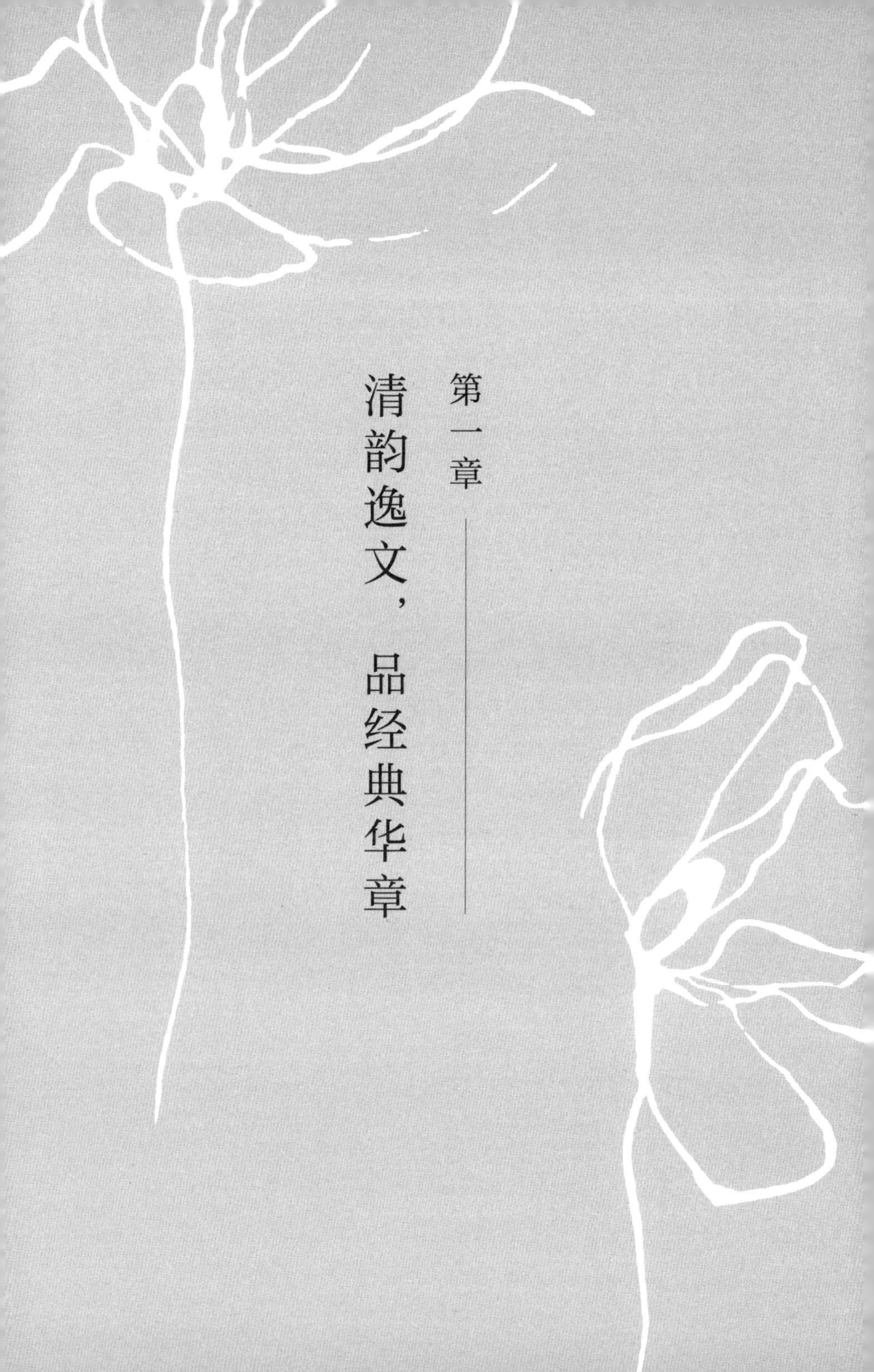

第一章

清韵逸文，品经典华章

在林清玄的禅意散文里，聆听自然低语，感悟尘世清欢；读史铁生散文选，文字如同清泉，缓缓流淌，不急不躁，洗涤着我的心灵；在萧红的散文集里，看着她无忧笑靥跃然纸上，纯真快乐，温暖我的心……跟随当代散文大家的文字，穿梭历史废墟，思索文明沧桑，沉浸于墨香世界，品味别样的人生智慧。

爱，让人间值得

在生活的漫漫征途中，我们仿若漂泊的舟楫，被时代的洪流裹挟着一路前行，心灵在疲惫与迷茫中渐渐迷失了方向。《人间值得爱》这部散文集宛如一座宁静的心灵港湾，集众家之精华，汇情感之暖流，用细腻的笔触勾勒出生活中那些被忽略的美好与温暖，恰似夜空中闪烁的璀璨星河，每一颗星星都散发着人间至善至纯的爱，那爱之光，如破晓的曙光，穿透心灵的阴霾，照亮了我们内心深处那些被岁月尘封的角落。

曾几何时，我们在物欲横流、纷繁复杂的世界中徘徊，世俗的喧嚣如潮水般将我们淹没，忙碌的脚步匆匆而过，带走了往昔纯真的笑颜，也磨灭了那份驻足欣赏身边风景的悠然与从容。人与人之间仿佛隔着一层无形的屏障，心与心的距离越发遥远，即便是熟人间的寒暄问候，也变得流于形式、敷衍了事，有时甚至比不上与陌生人偶然碰撞时那一瞬间交会的眼神传递出的温度。

我，亦不过是这茫茫人潮中微不足道的一滴水，在生活的浪潮中随波逐流，在岁月的长河中找寻属于自己的那一抹微光，努力在这个喧嚣尘世中寻回那份久违的宁静与温暖，重拾对生活的热爱与期待，期盼着能在平凡的人间，邂逅那些不期而遇的美好，让心灵得以栖息，让灵魂不再漂泊。

合上书，我的心却依旧沉浸在书中的世界，久久无法平静。这不仅仅是一部文字的集合，更是一场心灵的盛宴。那些铅字仿佛有了生命，它们蕴含的深邃思想如同一把把钥匙，开启了我对生活、对人性、对世界的全新认知之门。但真正触动我灵魂深处的，是隐匿于文字背后，作者澎湃而真挚的情感波澜。我仿佛化身为书中的一员，与他们一同经历那些跌宕起伏的人生篇章，感受着大师们用笔墨勾勒的喜怒哀乐。每一种情绪都如此鲜活，如此扣人心弦，似是在我原本平静的心湖上投下了一颗颗巨石，激起层层涟漪。

在这趟心灵的旅程中，我惊喜地发现，人间的温暖与爱意犹如夜空中最璀璨夺目的星辰，穿透了长久以来笼罩心灵的阴霾和迷雾，将那片荒芜的心田重新照亮，给予了我久违的希望与力量。让我相信，即使身处黑暗，也总有一束光为我而亮，总有一份爱值得我去追寻与守护。

肖复兴的《花边饺》如同一股暖流，缓缓流入我的心田。故事中那碗独一无二的花边饺，承载着深沉与伟大的母爱。艰苦的年代里，作者家里的饺子是荤素搭配放在一起煮熟，每一次作者的碗里都是美味的肉饺。原来，是母亲特意做了记号，为了让他和弟弟吃得好。长大后，作者才明白母亲的那份“小心机”，不起眼的花边饺成了他心中最温暖的回忆。于是，在母亲生日那天，他用同样的方式，为母亲送上了一份充满爱与福气的“糖馅花边饺子”。这就是亲情，简单又纯粹，却让我们为之动容。

当我走进萧红与祖父那段短暂的美好时光，仿佛置身一个静谧又美好的世界。萧红，这位民国时期的文学才女，一生充满坎坷与挫折，但她依然用诗意的笔触描绘了与祖父共度的幸福时光。在祖父的园子里，她和其他孩子一样充满好奇与探索的精神，享受童年的快乐与无忧。成年后，她经历了种种磨难，却依然坚守对大自然的热爱和对生活的执着。这些经历塑造了她的思想，她在文字中流露出含泪的微笑，守护着心灵家园。

师从沈从文的散文大家汪曾祺在《万物可爱》里以平实的语言讲述了与祖父、祖母之间的温馨故事。祖父曾经拔过贡生，却因改制未能获取功名，他始终保持着俭朴的生活；祖母则是勤劳持家的典范，一生都为家庭默默付出。汪曾祺在文章中巧妙地借祖母的形象，抒发了对祖母的深深思念。他的散文以浓郁的生活气息和文化底蕴，展现了对人性的深刻洞察和对生活的无限热爱。

那首脍炙人口的《再别康桥》，是新月派诗人徐志摩的传世之作。在这本书中，我读到他写给陆小曼的一封深情信笺。信中记录两人在20世纪20年代顶住重重压力真心相爱相许的动人故事。他们的感情如烈火般炽热，却又充满难以言喻的痛苦。徐志摩的勇敢与执着，让我看到他对爱情的坚定信念和对生活的无畏追求。然而，命运弄人，他在壮年之际因飞机失事而离世，给世人留下了无尽的遗憾与惋惜。

整本书如同一幅幅精美的画卷，各种文学风格在此交相辉映，展现众多文学大师的风采与才华。鲁迅、巴金、丰子恺、季羡林、郑振铎、郁达夫等文学巨匠各具特色的作品，以不同的方式诠释了这本书的主题——因为爱是我们与世界联结的纽带，因为爱让我们在困境中不失希望，因为爱让我们在挫折中不放弃梦想。在爱的光芒照耀下，我们能够感受到人性的光辉与生活的美好。

纷繁复杂的社会里，希望我们不忘初心，用爱去拥抱每一个瞬间，让爱成为我们内心最纯粹、最真挚的情感，高举爱的明灯，照亮我们前行的道路。在这个充满爱的世界里，我们终将找到属于自己的幸福与满足。

心灵的叩问与归途

初心如磐，是生命深处永不褪色的梦之帆，载着我们穿越风雨，驶向远方的星辰大海。

——题记

“走得再久、再远，也不要忘了来时的路，不要忘记为什么出发。”这几行字庄重地印在一本书的封面上，恰似对初心最质朴却也最深刻的诠释。

在茫茫书海之中，我幸运地与丁捷的《初心》相遇。丁捷老师才华横溢，在文学领域笔耕不辍，佳作频出，其文字细腻深刻，直击人心。同时，他在艺术领域也造诣非凡，其针管画别具一格，以独特的笔触和视角展现别样的艺术魅力；其摄影作品亦能精准捕捉生活中的美好与深刻，诸多作品被国外知名艺术馆珍藏。这般斐然成就，令我由衷地钦佩与仰慕，也使得这本《初心》在我眼中更具分量与价值。

初见《初心》，我曾下意识地将其归入迎合大众喜好的通俗读物之列。然而，当我轻轻翻开书页，浏览目录，一种预感油然而生——或许这是一本契合我心灵的佳作。于是，我怀揣着期待，沉浸在书中的世界，逐字逐句地品味。读完最后一页，缓缓合上书本，我的内心五味杂陈，既为那些曾在奋斗路上勇往直前，却最终迷失自我，忘却来时道路的人们感到惋惜与沉重，又因在字里行间探寻到自己的初心而感到如释重负，前些日子萦绕心头的迷茫仿若迷雾遇风，刹那间消散殆尽，答案清晰浮现。

这是一部深入探究时代沉疴与心灵症结的政论散文集，宛如一面镜子，映照社会的百态与人性的幽微。它不仅仅是一本指引人们在喧嚣尘世中守护内心宁静、找寻本真自我的指南，更是一部流淌着红色血脉、蕴含深邃哲理、激发强烈情感共鸣的佳作。在阅读的过程中，我仿若置身于一场关于坚守与回归的心灵征途，跟随作者的笔触，穿越层层迷雾，对初心的认知不再浮于表面，而是深入肌理，全方位且深刻地领悟其珍贵价值与深远意义。

全书以“得之篇、问之篇、思之篇、悟之篇、学之篇、践之篇”六个篇章为统领，通过生动的故事和真实的案例，将“初心”这一主题娓娓道来。丁捷老师以深邃的洞察力和细腻的笔触，将初心与腐败之间的内在联系剖析得淋漓尽致，同时揭示了人心与现实的复杂关系。

在开篇“得之篇”中，作者引用纪伯伦的话“不要因为走得太远而忘记为什么出发”，同时提到“初心即自俭，让我们返璞归真”，对现代社会中铺张浪费、追求奢华的不良风气进行了批判。这一论述揭示了作者艰苦朴素的实用思想，令人深感佩服。他认为人生的风景不能只有钱柜和棺材两个箱子，财富终究带不走，我们传承的是幸福的基因。这一观点引导读者反思现代消费社会的浮躁和迷失，呼唤回归初心，保持简单、朴素的生活态度。就如书中所言：走得太远而忘记启程的美心美愿，就意味着人生走进了险境。

“问之篇”是对精英败落的追问，通过深入剖析落马官员的心路历程，揭示了他们因丧失初心而陷入贪腐深渊的悲惨结局。书中列举了诸多落马官员的案例，他们也曾是奋发有为、政绩显赫的干部，却因为走得太快、走得太远，以致忘记了自己为什么出发，最终迷失了方向。这些案例不仅令人警醒，也促使读者思考如何在纷繁复杂的社会中坚守初心，不被欲望所吞噬。

在“思之篇”里，丁捷老师以犀利的笔触对伪精英群体展开了入木三分的批判剖析。他精准地指出，这一群体过度聚焦于物质层面的堆砌以及功利性的实用价值，对于那些无形却蕴含着深厚精神内涵与人文价值的事物，表现出令人痛心的冷漠与忽视。正是这种狭隘且短视的价值观取向，使得金钱至上的腐朽理念如同肆虐的洪流般肆意泛滥，进而导致腐败现象屡见不鲜，犹如毒瘤侵蚀着社会的肌体。

此番论述犹如一记警钟，在我耳畔重重敲响，使我深刻而清晰地意识到，“初心”绝非仅仅局限于个体内心深处的那份信仰与追求，它更像是一面旗帜，鲜明地代表着社会整体的价值取向与精神标杆。当社会中的大多数成员都能紧紧守护住自己的初心时，整个社会的价值体系方能稳固而健康，避免陷入扭曲与失落的泥沼。反之，若初心被弃之如敝屣，那么社会必将在物欲的旋涡中逐渐迷失方向，陷入价值混乱的困境。

“悟之篇”以“与人为善路路通，教子向善代代福”引出主题。这部分让我看到初心在人生指引中的重要性。书中提到“行者纵横”，展现了政界精英、社会名流、普通百姓等“行者们”在各自的人生道路上不断探索和前行的风采。这些“行者们”不畏艰难，不惧挑战，始终坚守着自己的信念和追求，用自己的行动诠释着“不忘初心”的深刻内涵。这一篇章让我备受鼓舞，更加坚定了要在自己的生活中践行初心的信念。

在“学之篇”与“践之篇”中，作者宛如一位智慧的引路人，巧妙地将关于初心的抽象理论转化为切实可行的行动指南。他凭借自身丰富的阅历以及深入骨髓的思考，条分缕析地阐述了在求知探索的漫漫长路以及脚踏实地的实践过程中，究竟该如何笃定地坚守初心。

尤其是“践之篇”里，丁捷老师毫无保留地分享了自己在经历一场大病后的心灵蜕变历程。彼时，身体的病痛犹如一记重锤，狠狠敲打着他的灵魂，促使他停下匆忙的脚步，对过往人生进行了一场由表及里、触及灵魂的深刻反思。在这一艰难的回溯与探寻之中，他最终精准地锚定了人生的坚实依据，明晰了未来前行的方向。这一章节，恰似一扇明亮的窗，不仅让我真切目睹了作者直面困境、迎难而上的无畏勇气，更如一盏明灯照亮心间，让我透彻领悟到初心在个人成长过程中的关键引领作用，以及它赋予整个人生的非凡意义。如同航海时的罗盘，初心为我们指引方向，确保在人生的惊涛骇浪中，我们不会偏离航线，驶向荒芜。

沉浸在《初心》这本书的阅读之旅时，我仿若置身于一场震撼心灵的思想风暴，被丁捷老师深邃且极具穿透力的思考深深触动，更被他字里行间流露的真诚与果敢的写作姿态感染。他将自己大半生的所经风雨、所历坎坷、所怀情愫、所萌思绪、所感悲喜、所悟真知倾囊而出，以质朴而炽热的文字，徐徐铺陈了他对初心那份执着且独特的理解与坚守。

这份贯穿全书的真诚与勇气，恰恰是构成“初心”这一宏大命题的核心要素。丁捷老师以其超凡的智慧，将初心凝练成七个熠熠生辉的要点：自然、自俭、自致、自由、自厉、自强、自重。这绝非简单的词语罗列，而是对初心深度且全方位的剖析，更是对纷繁复杂人生哲理的精妙阐释。

“自然”，引领我们挣脱尘世枷锁，寄情于山水之间，在与大自然的亲密交融中，唤醒心底那份对万物生灵的悲悯与反哺之情；“自俭”，宛如一阵清风，吹散物欲的迷雾，让我们回归质朴纯真的本真状态，于简约生活里收获心灵的富足；“自致”，恰似激昂的战鼓，督促我们在逐梦之途竭尽全力、拼搏奋进，以汗水浇灌希望之花；“自由”，并非肆意放纵，而是在自律的基石之上，为心灵开辟一片广阔无垠的天空，让思想自在翱翔；“自厉”，如同高悬的戒尺，时刻警醒我们行事有节、张弛有度，在自我砥砺中雕琢完美人格；“自强”，赋予我们愚公移山般坚不可摧的勇气与决心，无论前路如何崎岖，都能凭借钢铁般的意志坚定前行；“自重”，则如同一盏明灯，照亮我们胸怀天下、博爱众生的进阶之路，以崇高的品德承载家国大义。

这七点要义不仅是对初心的精妙诠释，更是助力我们拾级而上迈向更高人生境界的坚实阶梯，为身处迷茫的我们注入了源源不断的奋进力量。

书中，丁捷老师凭借生花妙笔，绘就一幅幅鲜活的人生画卷，以细腻入微的描写与饱含深情的笔触，将初心丧失后的荒芜人生与丛生的社会乱象毫无保留地展现在读者眼前，直击心灵深处。

初心一旦泯灭，人生仿若断了线的风筝，在狂风中飘摇不定，陷入无尽的落败泥沼：事业上，因逐利忘本，丢失了曾经的热忱与坚守，那些最初的梦想蓝图化为泡影；生活里，被物欲裹挟，与亲人间的温情纽带逐渐断裂，心灵的港湾不再宁静。对社会层面而言，当人们忘却初心，诚信缺失、道德滑坡等问题接踵而至，和谐有序的社会生态遭受重创。

在这些令人警醒的剖析背后，丁捷老师如一位暖心的引路人，为迷茫的读者点亮了坚守初心的明灯，给出诸多切实可行的方法与建议。他倡导每日三省吾身，在忙碌纷扰的生活中，留出片刻宁静，回溯初心，审视当下行为是否偏离航线；鼓励在困境中坚守底线，不随波逐流，以初心为利刃，斩断外界诱惑的荆棘；建议在顺遂时亦不忘来路艰辛，将初心化作砥砺奋进的动力，持续前行。这般建议，仿若冬日暖阳，既给予前行的方向指引，又传递着直达心底的温暖与鼓舞，让我们真切体悟到坚守初心并非遥不可及的难事，而是唾手可得的力量源泉。

透过这些饱含力量的文字，我愈加洞悉初心的弥足珍贵。它宛如璀璨明珠，守护着内心深处的纯真与善良，使之不被世俗的污浊侵蚀。在这纷繁复杂的世间，初心是我们抵御风浪的坚实盾牌，是回归本真的导航灯塔。

尤为值得一提的是，《初心》一书还承载着浓厚的红色基因。丁捷老师身为纪检干部，站位独特，视角敏锐，以高屋建瓴之势将初心与党风廉政建设、反腐败斗争等诸多现实紧迫问题紧密相连。他援引一个个发人深省的生动案例，层层剥茧，深入剖析，清晰地揭示了初心丧失对个人仕途的毁灭性打击、对党组织凝聚力的影响，以及对整个社会公序良俗的亵渎。与此同时，他强调全面从严治党、党风廉政建设和反腐败斗争永远在路上绝非空洞的口号，而是基于现实洞察的警醒之语。这些观点扎根当下，为解决现实困境提供了有力支撑，更让我们清晰见证红色基因于新时代绽放出的耀眼光芒，感受其蓬勃旺盛的生命力，激励着我们在新征程中传承红色血脉，坚守初心，奋勇前行。

展望未来，我将以《初心》为镜，时刻高悬于心，警示自己无论身处何种境遇，都要保持绝对的清醒与坚定。当欲望的暗流汹涌来袭，妄图将我吞噬，我会凭借书中汲取的力量，决然站稳脚跟，斩断欲望的纠缠，绝不迷失于物欲的迷宫。遭遇困难的惊涛骇浪时，我亦会以书中的智慧为指引，燃起不屈的斗志，把困难当作磨砺精神的砺石，跨越重重险阻，坚守自己的初心与信仰，让来时之路在记忆中永不模糊。

不仅如此，我深知《初心》蕴含的能量应惠泽更多人。我由衷期望有更多朋友翻开这本书，沉浸其中，探寻迷茫的解药，觅得奋进的利刃，汲取前行的力量与智慧。让我们携手并肩，共同踏上被初心照亮的光明正道，在这条道路上相互激励、彼此扶持，让初心的火种成燎原之势，驱散阴霾，为社会发展注入蓬勃动力，向着美好未来笃定前行。

素描时光，简约人生

在这个纷扰喧嚣、物欲横流的尘世中，有一个名字宛如一阵清风，吹散了人们心头的阴霾；又似一泓清泉，润泽着人们干涸的心田，他就是林清玄。有人曾感慨道：读他的文章，仿若置身于空灵澄澈的天地之间，抬眼可见蓝天白云悠悠飘荡，夜空星斗璀璨闪耀，原野芳草萋萋蔓延。那自然的宁静与美好扑面而来，能使我们在瞬间摒弃平日积压于心底的浮躁与芜杂，于无声处收获内心深处的那份宁静与平和，宛如在心灵的净土种下一颗禅意的种子，让灵魂得到了久违的休憩与滋养。

当我怀着一颗敬畏与期待之心，轻轻捧起这本《人生最美是清欢》时，仿若一位虔诚的佛门弟子，怀揣着对佛法真谛的不懈追寻，一步一步小心翼翼地走近那满溢禅意芬芳的散文世界。在那一行行文字中，我仿佛亲身经历了作者那贫困却不失坚毅的童年时光，颠踬无依却始终怀揣希望的少年岁月，以及踽踽独行却从未停止探索的青年旅程。那是一段段充满磨难与挑战的人生征途，生活的重重压力如汹涌波涛不断冲击着他的身心，然而，他就像悬崖峭壁上的青松，在暴风骤雨中傲然挺立，向往着生命深处那熠熠生辉的美好，始终如一地保持着那颗赤子般单纯的初心，未曾有一刻丢失过珍贵的“清欢”之境。他用自己的言行举止，在这纷繁复杂的人世间，走出了一条独属于自己的、超凡脱俗的精神之路，宛如夜空中明亮的星星，为无数在黑暗中徘徊迷茫的灵魂指引着前行的方向。我从他的文字中领悟到生活的真谛，懂得在困境中坚守，在喧嚣中寻静，在平凡中追求不凡。

“清欢”渗透着禅意和哲思，当我们回望自己的人生历程，如何在纷繁的世界里寻找属于自己的清欢？眼里要清欢，看不到绿意盎然的旷野；鼻要清欢，闻不到丝丝干净的空气；舌要清欢，尝不到儿时的胡葱莴笋；身要清欢，触不到容身修行的净土；意要清欢，找不到清明的智者牵引。于是，我们在“找不到”的字眼里错过。此时，林清玄教给我们一个方法：守在自己的小小天地，洗涤自己的心灵，不让自己在物欲横流的世界里失去清淡和欢愉。

“当一个人以浊为欢时，就很难体会到生命清明的滋味，而在欢乐已尽，浊心再起的时候，人间就越来越无味了。”这段文字解剖现实世界：现代人的所谓欢乐是到卫生堪忧的啤酒屋，无数杯液体下肚，在烟雾缭绕中喝到昏天黑地；到迪厅释放自己的热情，与其说是热情，不如说是压抑已久的心魔；找个随意乱搭的山庄，在所谓“世外桃源”度个假，大嗨一阵；在豪华的酒店里，享受敲击麻将的快乐，用彻夜不休的“敬业”精神寻求刺激，以浊为欢，以清为苦。其实，是我们自己丢失了清欢。

书中的世界里，林清玄宛如一位丹青妙手，以细腻且灵动的笔触勾勒人生百态、诸般境遇，恰如一幅徐徐展开的长卷，将生活的酸甜苦辣、悲欢离合一一呈现于我们眼前，使我们在那一行行文字的引领下，真切地体悟到人生之路的崎岖坎坷、无常多变与举步维艰。他宛如一位智慧的禅者，巧妙地将深刻的人生哲理、空灵的禅意、质朴的自然之美及醇厚的人文情感相互交织、融会贯通，在无声处为我们点亮了一盏明灯，引领我们跳出生活的琐碎与庸常，以一种全新的视角重新打量、审视熟悉又陌生的生活，进而在那被岁月尘封的角落里，挖掘曾经被我们长久忽视却又熠熠生辉的美好瞬间。在他的笔下，无论是峻峭巍峨的山峦、波光粼粼的秀水，还是灵动啼鸣的飞鸟、娇艳欲滴的繁花，乃至默默无闻的草木，皆被赋予了蓬勃旺盛的生命力和超凡脱俗的灵性，仿佛一个个鲜活的生命在纸间跃动，构建了一个充满禅意与智慧的精神之境。我沉浸其中，不由自主地开启了一场对自我人生的深度叩问与思索。

置身于当下快节奏、高压力的现代社会，我们仿若被时代的洪流裹挟着一路狂奔向前，为了追逐所谓更高品质的生活以及更为丰富的物质享受，我们如陀螺般高速旋转。在忙碌与奔波中，我们渐渐地迷失自我，任由内心深处的真实需求被长久地搁置一旁、无人问津。我们每日穿梭于钢筋水泥的丛林间，在堆积如山的工作任务和接踵而至的社交应酬中疲于奔命，鲜少有机会停下匆忙的脚步，静下心来对自己的生活进行一番深刻的反思与审视。我们紧盯着更高的职位、更多的金钱及更为奢华的生活方式，在永无止境的追逐中，心灵被物欲的枷锁紧紧束缚，却对内心深处最本真的渴望与感受置若罔闻。我们在生活的道路上匆匆忙忙地奔波劳碌，却忘了驻足停留，错过了沿途无数如珍珠般散落的生活之美，任由这些珍贵的瞬间从指尖悄然溜走，徒留满心的怅惘与遗憾。

在当今社会，我们面临着各种压力和挑战。工作、家庭、人际关系等各个方面的压力让我们喘不过气来，这个时候，我们需要调整心态，保持内心的宁静和平衡。正如林清玄说："心美一切皆美，情深万象皆深。"当我们内心充满美好和善良时，才能看到生活中的美好和善良。

"一个人要得到一个快乐的生命，就先要有快乐的思想；要有一个旺盛的生命，就先要有旺盛的思想；要有一个充满慈爱的生命，就先要有充满慈爱的思想。"只要生命中有爱，就可以拥有幸福和快乐。生命的幸福不在于人的环境、地位和所能享受的物质，而在于人的心灵如何与生活对应。我们的世界是相对的而不是绝对的，幸福也一样。不管我们身处哪一条缝隙，都可以在绝壁处看见缝隙中的光芒。我们所拥有的一切是由我们的价值观决定的，而不是世界给予我们的。

未来的旅途中，我们要拥有如水的心，一定要保持温暖的状态。这样无论身处何种境遇，都能够保持一颗清欢之心，发现并珍惜生活中的点滴美好，在平凡中找到非凡，于喧嚣中觅得宁静，开启一扇晴窗，迎来送往，四季更迭，体验生命里"清欢"的滋味。

淡品人生，岁月留香

在尘世的纷纷扰扰中，我们追逐浮华与喧嚣，却忽略了最质朴、最纯粹的快乐。

——题记

过去的数月，我沉醉在林清玄先生的散文世界，首篇《人生最美是清欢》如同晨曦微光，照亮了我心中的一隅。原来，只要心怀清欢，于日常琐碎中捕捉那份不易察觉的美好，平凡的日子亦能绽放非凡光彩，喧嚣之中自能寻得一方宁静的避风港。

随后，我心绪不宁、浮躁难安的时候，步入他笔下的“清欢三部曲”《心美，一切皆美》《情深，万象皆深》《境明，千里皆明》，这些文字如清泉般缓缓地洗涤着我的心灵，让我在寻觅自我与理解生活的旅途中，逐渐找回了内心的平和与坚定。

有人曾说："阅读林清玄，就是进行一场心灵的禅修。"当我翻开《人间有味是清欢》时，仿佛踏入了禅定的殿堂。此书以"生命的减法"为引，引领我深入一个纯粹、简约、宁静的宇宙。在那里我领悟到，当生活褪去繁复回归本真，即便微小如一只蝴蝶，也能在其间发现无限的花园；一座孤峰，也能映照山河的辽阔；一朵云，便是无垠的天空。这一切美好，皆源于心灵摆脱物质的枷锁后，内心深处对世间万物纯粹而真挚的热爱与感悟。

全书七辑，以茶喻人生，茶香袅袅间，人生的酸甜苦辣尽在其中。杯中的茶正如我们走过的路，初尝或许苦涩，细细品味，满口余香。生活既已如此，我们就坦然地接受它的苦涩，同时怀揣着对美好的不懈追求，正如品一杯浓茶，苦中带甘，回味无穷。

人们远行会以四季的优美景色为目标：春赏扬州烟花，夏观青岛彩虹，秋游九寨秋水，冬临哈尔滨雪国。我一直疑惑，当人们旅途归来，除却短暂的欢愉与疲惫，是否真有收获？直至邂逅这本书，我才恍然大悟：四季之美，何须远求？一棵树的生命轨迹，便是四季更迭的缩影，从嫩芽初露到绿意盎然，从叶黄归根到枝头空寂，四季轮回，皆在心头。放飞心灵去旅行，心静如水，则处处皆是清欢之境，四季之美永不凋零。春可以是凉爽的夏，秋亦可化作温暖的冬，四季在心，永恒流转。

谈及人生的苦涩，那些不可回避的磨难、情感的背叛与践踏，在我心中刻下了痕迹，我选择的不是遗忘，而是释怀。过程就像手握一根弹性十足的绳索，时而紧绷至极限，猛然松开，心就可以舒展，可是松弛太久，又恐那份坚韧消逝，不自觉地再次拉紧。我意识到，个人之见未必全然正确，宽容成了我的修行之路。正如书中所述："我们应当以贝壳拥抱珍珠的姿态去包容朋友。"珍珠虽美，却让贝壳承受了磨砺之痛。贝壳若想避免伤害，唯有两条路：要么改变珍珠的形状，使之圆滑；要么自我柔软，以更广阔的胸怀接纳。朋友相处，我们也需要如此，学会温柔以待。老子之师离世前，赠予他"上善若水"的箴言："水善利万物而不争，处众人之所恶，此乃谦下之德也；故几于道。"水，至柔却能穿透至坚，无孔不入，其教诲深刻而质朴。

这本书还蕴含着对儿童教育的深刻见解。书中告诉我们，保持梦想的火种不灭，如同我们儿时立下的志向，让心永远朝向光明；爱是教育的基石，不可因为孩子的表现而增减，爱应是无条件地付出，源自内心深处的信任与呵护。这样的爱，才能滋养孩子最本真的美好，守护他们的"初心"。

谈及教育的视野，作者提出应跨越国界，诸多家长送子女远赴海外求学，实则是希望他们拥有更广阔的世界观。见识了世界的辽阔，方能感知自身的渺小，从而减轻内心的痛苦，学会以更加包容的心态拥抱这个世界。

尤为触动的是"好的小孩教不坏"的理念，它揭示了教育的真谛：不是将孩子塑造成统一的模子，而是帮助他们发现并成为最好的自己。正如林间万物，各有其姿，教育应唤醒每个孩子内心深处的渴望，激励他们为之努力。作者有言："未被唤醒的心灵，要么归于平庸，要么可能偏离正道。”教育的艺术，在于尊重个性，激发潜能，让每个孩子都能像树木般自由生长，枝繁叶茂。

最终，我领悟到“无事最可贵”的真谛，这并非消极避世，而是追求一种心无挂碍、从容不迫的生活态度。无门慧开的诗云：“春有百花秋有月，夏有凉风冬有雪。若无闲事挂心头，便是人间好时节。”愿我们都能如此，于生活的点滴中寻得宁静与美好。

以清静心看世界，从心出发

在繁忙的生活中，我邂逅了林清玄的散文集《心美，一切皆美》，这本书仿佛一股清泉，缓缓流淌在我的心间，带给我无尽的宁静与感悟。林清玄先生以他独特的禅意笔触，细腻地描绘了生活中的点滴美好，让读者在字里行间感受到一种难以言喻的温暖与美好。

初读《心美，一切皆美》，我就被书中淡然又深邃的意境所吸引。林清玄先生以一颗敏感而细腻的心，捕捉生活中的每一个瞬间，无论是清晨的露珠、夜晚的星辰，还是街头巷尾的一隅风景，都被他赋予了别样的韵味。在他的笔下，每一个平凡的事物都闪烁着不凡的光芒，诉说着生命的美好与禅意。

“心守清净看世界”奠定了整本书的基调，里面有一篇文章叫《温柔半两》。在这篇文章中，林清玄引用无际大师的“心药方”，阐述了一系列的人生智慧和品德修养，其中就包括“温柔半两”。他提到，无论是治国、齐家、学道还是修身，都需要服用这十味“妙药”，才能有所成就。这些“妙药”包括好肚肠、慈悲心、温柔、道理、信行、忠直、孝顺、老实、阴骘和方便。他认为，如果人们能够每天服用这些心药，不仅能使身心安乐，也能无愧于天地。他特别提到，即使不能每天服用这些心药，哪怕一天只吃一口“温柔半两”，也可以消灾少祸。

林清玄在文章中表达了对温柔的理解和重视，他认为温柔是一种重要的品质，能够帮助人们在生活中减少冲突和矛盾，带来更多的和谐与安宁。他也传达了一种生活的态度，即以温柔和从容的心态面对生活中的一切，这样的态度能够帮助人们处理人际关系，享受美好的生活。

说到禅意，就不得不提《黄昏菩提》这篇散文。在这篇文章中，林清玄通过对黄昏时分散步的观察，描绘了都市的喧嚣与繁忙，反映了都市人内心的孤独与冷漠。他用细腻的笔触，展现了都市生活中一些令人忧心的问题，如吵闹的车流、奔逐的人群、闪亮的霓虹灯，以及在这些表象背后，人们内心深处的寂寞和孤独。

文章中，林清玄通过对自然景物的描绘，如木棉、杜鹃、菩提树等，表达了他对生命的理解和感悟。他提到，即使在都市的喧嚣中，人们仍然要保持一颗平静的心，欣赏美好的事物，领悟深刻的道理。他用“木棉”象征坚韧与顽强，鼓励人们在面对困难和挫折时，要保持坚韧不拔的精神；“杜鹃”象征美好与希望，提醒人们保持一颗美好的心，追求值得追求的事物；而“菩提树”作为佛教的圣树，象征着智慧与觉悟，启示人们在纷扰中寻找心灵的平静与清明。

不仅如此，文中还表达了对现代都市生活的深刻反思。林清玄描述了都市中的一场车祸，以及随之而来的混乱与无序，这些场景让人难以相信是发生在一个美丽的黄昏时分。他感慨于都市人的惊疑、焦虑、匆忙和混乱，以及更糟糕的无知。通过这些描述，他呼吁人们在现代都市生活中寻找美、风情、温柔，以及其他值得珍惜的东西。

精心雕琢，渐入佳境——在第二辑“心有欢喜过生活”中，一篇探讨表象与内在微妙联系的佳作《生命的化妆》跃然纸上。文章借与一位资深化妆师的深度对话，精妙地勾勒了化妆艺术的三个递进境界：其一，是浅层的面部妆饰；其二，是触及精神层面的美化；其三，则是深邃至生命本质的妆容。林清玄以化妆为喻，揭示了美学真谛——美，不是源自皮相之雕琢，更在于内在修养与气质的自然流露。

林清玄强调，外在容颜的蜕变，根本在于内心的革新与升华，涵盖了对生活方式的积极调整、对健康生活的执着追求、对书籍与艺术的无限热爱，以及一颗恒久保持乐观与纯善的心。他的这些见解，不仅是对生命本质的深刻洞察，更是对美学观念的一次独到诠释，凸显了内在之美对于个人魅力塑造的不可替代性，倡导通过内在修养来滋养并提升个人气质。

文章处处蕴含着深邃的哲理与细腻的情感，激励着每一位读者向更深层次的自我完善与生命丰富迈进，传递了一种优雅而从容的生活哲学，即以一颗温柔且泰然的心，去拥抱并珍视生活中的每一刻。

悄然间，我已经看到第三辑的《愿做自由花》，这篇哲理与情感交织的散文以花为喻，深刻剖析了自由与生命本质的内在联系。在林清玄看来，生命犹如花朵，应该挣脱外界的枷锁，自由绽放其绚烂。即使周遭环境荆棘密布，也要保持内心的自在与宁静，如花儿般，无畏外界风雨，始终展现其独有的美丽与坚韧。

林清玄在文中倡扬了一种超越物质、追求精神自由的生活哲学。他以温婉而深邃的笔触，引领读者在纷扰尘世中寻觅自我定位，活出真实无二的自我。字里行间，流露着对生命的无限热爱与对自由的深切渴望，也映射了他对人生苦难的透彻理解与超越苦难的坚定信念。这些观点不仅彰显了他对生命的独到见解与审美意趣，更蕴含着情感的力量。

“今日踽踽独行，他日化蝶飞去”，这句富含哲理的话语，巧妙地引出了第四辑“心怀柔软除挂碍”的主题。其中，《一只毛虫的圆满》这篇散文，将这一哲理诠释得淋漓尽致。

文章中的毛虫，寓意着每个人内心深处潜藏的圆满愿望，而实现这一愿望的道路，恰如毛虫化蝶的蜕变过程，虽然历尽艰辛，但终将迎来生命的辉煌。正如佛家所言，“一切众生，皆具如来智慧德相”，意指每个生命体都蕴藏着得道的潜能与智慧。

《一只毛虫的圆满》深刻揭示了生命成长的普遍规律——无论起点如何，只要心怀柔软，勇于面对并克服前行路上的障碍，最终都能实现自我超越，走向圆满。这不仅激励人们积极面对生命中的挑战，更提醒我们珍视内心的柔软与纯真，以更加开放和包容的心态，迎接生命中的每一个蜕变与成长。

读完这本散文集，我仿佛经历了一次心灵的遁空。林清玄的文字，渗透在我内心的每一个角落，让我看到了那些被忽略的美好与哲理。这本书不仅让我学会欣赏生活中的细微之处，更让我懂得了要用一颗美丽的心面对人生的起伏与变迁。

未来，我会珍惜每一个瞬间，无论是喜悦还是悲伤；我会尊重每一个生命，无论是强大还是弱小；我会热爱这个世界，无论是繁华还是寂静。因为我知道，只要拥有一颗美丽的心，就能发现生活的美好，从而让自己的世界变得更加丰富多彩。

心向光明，境明千里

人心之小可以小到微尘般，人心之大可以大到遍满莲花藏的世界。

——题记

“不管我们几岁，生命都还有更大的可能，风景都还能更开阔、更美丽。”初次邂逅这句话，我仿佛在浩渺的思想之海，惊鸿一瞥，望见了一座高耸入云、散发着澄澈智慧之光的灯塔，那一刻，林清玄先生高远而深邃的精神境界，便如同破晓的曙光，毫无保留地倾洒进我尚有些懵懂迷茫的心灵世界，令我深深为之折服与震撼。

《境明，千里皆明》这部佳作，恰似一座隐匿于尘世喧嚣的智慧宝藏库，充盈着灵动的才情与醇厚的哲思。当指尖轻轻摩挲过那一页页纸张，仿若开启了一扇通往静谧心灵花园的秘径之门，引领着我在文字交织而成的幽径上徐徐漫步，沉浸于字里行间的宁谧氛围中，心灵仿佛被一泓清泉温柔地润泽、洗礼。更难能可贵的是，它宛如一位洞明世事的智者，以其无声而有力的指引，引领着在茫茫人海中徘徊挣扎的我们，在这个纷扰熙攘的人世间，精准地找到内心深处那片属于自己的宁静港湾与自在天地，让我们疲惫的灵魂得以栖息、安放，重新寻回那份失落已久的安宁与从容。

犹记得初次翻开《境明，千里皆明》的扉页，那一刻，我仿若穿越时空，悄然踏入了一座神圣而庄严的思想殿堂。殿内，光芒闪耀，每一道光线由灵动而富有力量的文字折射而成，它们带着一种神秘而强大的魔力，仿佛一把把锐利无比的手术刀，精准而果断地切入我们心灵深处层层叠叠的迷雾，层层剥离、驱散，直至在混沌中，豁然透出一道明亮而澄澈的曙光。我们在那一瞬间，拨云见日，眼前的世界变得清晰而敞亮，曾经困扰内心的种种困惑与迷茫，皆在文字的力量之下烟消云散，不复存在。

书中，林清玄先生以简洁而深刻的笔触写道："一个人活在这个世界上，大致可以分成三种境界：一是提不起，放不下；二是提得起，放不下；三是提得起，放得下 。"这一行文字如同一道凌厉的闪电，刹那间划破了我内心深处长久以来被阴霾笼罩的夜空，璀璨夺目的光芒驱散了所有的黑暗与迷雾，那些曾经隐匿于混沌之中的真相与智慧，毫无保留地呈现在我的眼前。那一刻，我仿若受到了一场灵魂的洗礼，从简短而有力的语句中，领悟到人生的真谛与生命的智慧，懂得如何在纷繁复杂的人世间，寻找内心的平衡与安宁，从而以一种更为从容、豁达的姿态，迎接人生路上的每一次挑战与磨砺，向着那片更为开阔、明亮的精神远方，坚定而勇敢地前行。

在冗长的岁月里，我们都在追寻属于自己的宁静与自在。然而，大多数时候，我们如同第一种境界的人，提不起，放不下，被生活的琐碎与烦恼困扰，无法感受内心的平和与喜悦。第二种境界的人，虽然能够提得起，但放不下，他们追求名利，积累财富，却忽视了内心的真正需求，最终只能在无尽的欲望中迷失自我。第三种境界的人，才是真正的智者，他们既能提得起，又能放得下，不为名利所累，不为烦恼所困，用一颗宽容静美的心去感受生活的美好。

书中有一则寓言故事让我印象深刻，名字是《为骆驼剥皮》。故事中勤劳的人们付出艰辛的努力，却采用了世界上最愚蠢的办法，最终依然贫穷。这则寓言告诉我们，无论在学习上还是生活上，只有掌握正确的方法，再加上辛勤的劳动，才能收获属于自己的硕果。我不禁反思，自己在面对生活中的困难和挑战时，是否也因为方法不当而事倍功半呢？是否因为缺乏耐心和毅力而半途而废呢？

书里的另一则寓言《飞过村落的乌龟》启示我们，在生活中遇到不相关人的议论时，应该保持沉默，不要轻易被外界的声音干扰。乌龟因为忍不住飞过村落探听无关人等的议论，最终摔成了肉泥。面对生命中的困境和挫折时，最重要的是回归内心，坚定地走自己的路，不被外界的声音所左右。

《境明，千里皆明》里的一段段文字，用最简单的语言直通我们的内心，告诉我们人生中最重要的道理。在《写在水上的字》中，作者写道：“欢欣或悲痛都只是写在水上的字，一定会从时光里静静溜走，了无痕迹。”这句话让我深深感受到，人生中的欢笑与泪水，都不过是暂时的情绪，无法永恒地留在我们的心中，就算为情绪买单，一次就好了。我们应该学会放下过去，珍惜当下，用一颗平和的心面对生活中的每一个瞬间。

字字句句的哲理如涓涓细流，禅意也渗透其里。书中讲述了一个老太太带着年幼的孙子跪着乞讨的故事。老太太装瞎乞讨，见到别人布施，就赶紧把钱收起来。这个故事让我感到难过，一个本该安享晚年的老人，却因为生活的艰辛而不得不放下尊严，用这种方式来维持生计。我不禁思考，在现实社会中，还有多少人正在经历类似的困境？我们是否应该伸出援手，给予他们更多的关爱和帮助？答案是肯定的，这就有了一个概念——布施。

布施，是佛教中一种重要的修行方式，指物质上的给予和心灵上的付出。在布施的过程中，我们既能够帮助他人，还能够净化自己的心灵，提升自己的境界。然而，在现实生活中，我们往往因害怕被骗而犹豫不前。正如林清玄所说，即使有一小部分人会利用同情心骗人，但我们不能因为这一部分人就否定整个世界。我们应该相信，在这个世界上，还是有很多需要帮助的人。我们伸出援手，不仅能够帮助他们渡过难关，还能够让自己内心变得满足和喜悦。

除了布施，书中还提到了许多其他的修行方式，如持戒、忍辱、精进、禅定等。这些看似简单的修行方式，都蕴含着深刻的哲理：我们要想成为真正有智慧的人，就要不断地修炼自己的内心，提升自己的境界，只有这样，才能在纷繁生活中保持一颗平静的心，不被外界的声音所干扰，坚定地走自己的路。

阅读的过程中，我时常会停下来思考，反思自己的言行举止是否符合书中的引导。每当我遇到困难和挫折时，就会想起书中的哲理和智慧，从中提取适合的知识运用到实际生活中。这本书让我学会面对生活中的挑战和困境，懂得了珍惜当下，用心感受生活中的每一个瞬间。

在当今高速发展的社会中，人们变得越来越浮躁和功利。有些人为了追求名利和地位而不择手段，甚至不惜牺牲自己的尊严和道德。他们在追求这些外在的东西时，却忽视了内心的真正需求。他们忘记了，真正的幸福和满足并不在于物质的丰富和地位的高低，而在于内心的平和与喜悦。

这本书可以看成是现代人心灵疗愈的一剂良药，引导我们这些迷惘、焦虑的现代人，在复杂的日常生活中，无论多么忙碌，都要把心安定下来，感受生活中的美好与宁静。它教会我们打开内心的门窗，聆听细微又动听的声音；时刻保持一颗笃定从容的心，去感受一朵花、一棵树、一粒沙的美好。

林清玄的书，总能让人感受到蓝天白云、夜空星斗、原野芳草的美好。他的文字洗涤着我们内心的尘埃和杂芜，让我们收获内心的平和。正如书中所说："心要如大圆镜，凡所鉴照，尽皆明镜。"只有当我们拥有一颗清澈明亮的心时，才能看清这个世界的美好与真实。

这本书通过佛学典故、禅学故事及作者独特的感悟，让我感受到文字间的宁静与美好，更让我在反思中找到了内心的平和与喜悦。在未来的日子里，我会继续秉承书中的教诲和禅意，用心感受生活中的每一个瞬间，接受人世间的每一份美好，成为一个有智慧、有温度的人。

以情为笔，绘万象之深

以情为笔，绘万象之深；情至深处，世界皆斑斓。

——题记

在车水马龙、霓虹闪烁的现代都市，忙碌的身影穿梭于高楼大厦之间，人们被时代的快节奏驱赶着一路狂奔，仿佛置身于一场永不停歇的马拉松比赛。在繁忙与喧嚣交织的生活旋涡中，能觅得一方静谧的角落，让浮躁的心灵沉淀下来，细细品味一本好书，对我这样一个视书如命的人而言，恰似在荒芜的沙漠中偶遇一泓清泉，是一种几近奢侈的享受。

近来，我的心仿佛被一股无形的力量牵引着，不由自主地沉醉于林清玄充满诗意与禅意的“清欢”系列散文中。当我轻轻翻开这本《情深，万象皆深》，宛如开启了一扇通往神秘花园的古老石门，瞬间踏入一个静谧悠远、深邃澄澈的世界。在这里，阳光透过树叶的缝隙撒下斑驳的光影，微风拂过脸颊带来自然的低语，每一寸空气都弥漫着哲理的芬芳与情感的醇香，使我不由自主地沉浸其中，在字里行间找寻着那些被岁月珍藏的温暖与感动，它们如同夜空中闪烁的繁星，照亮了我内心深处那片被世俗尘封的角落。

《情深，万象皆深》是林清玄清欢系列散文集中的一部，他宛如一位智慧的长者，静静地坐在时光的深处，用平和而深邃的目光注视着世间万物。这本书以林清玄独有的禅意视角为镜，以细腻入微的笔触做笔，深入地探讨了情感与生命的交融、自然与宇宙的对话，在这一方小小的纸张上勾勒世间万象的本真模样，构建起一座联结现实与精神的桥梁。书中的每一篇文章，都似一颗颗精心打磨的宝石，在岁月的流转中闪耀着智慧与情感交织的光芒，不仅为我照亮了知识的殿堂，更如一场温润的春雨，无声地润泽着我干涸的心灵，滋养着我对生活、对世界的热爱与敬畏，让我在这纷繁复杂的人世间，始终怀揣着一颗赤诚而宁静的心，去探寻生命的真谛，去感悟世间的深情。

书中，林清玄以海为喻，深情地阐述了情感的深邃与广阔。他写道："情深如海，不是因为它无边无际，而是因为它能包容万物，映照出每一个生命的倒影。"这句话如同一股清泉，滋润了我干涸的心田，让我意识到：真正的情感，不仅仅是两个人之间的纠葛与缠绵，更是对生命的敬畏与热爱，是对世间万物的包容与理解。

作者告诉我们：应该有一颗柔软的心，柔软到我们看到一朵花中的花瓣落下都能为之动容。唯其柔软，我们才能敏感；

唯其柔软，我们才能包容；唯其柔软，我们才能超拔自我。或许我能明白，当我们以一颗深情的心去面对生活时，就能发现，无论是山川草木，还是星辰大海，都蕴含着无尽的深意与美好。

《在梦的远方》是一篇充满温情和人生哲理的散文。在这篇文章中，林清玄回忆了童年时期的一些经历，以及母亲对他的爱和期望。书中写道："母亲对我们的期待，并不像父亲那样明显而长远。小时候我的身体差，毛病多，母亲对我的期望就是祈求我的健康。我不只是身体差，还常常发生意外。3岁的时候，我偷喝汽水，结果喝到番仔油（夜里点灯用的臭油），喝了一口顿时两眼翻白，口吐白沫，昏死过去了。母亲急得满眼含泪抱着我以跑百米冲刺的速度到街上找医生。一直到现在，母亲每次提到我喝番仔油，还心有余悸，好像捡回一个儿子。听说那一天她为了抱我看医生，跑了将近10公里。"这些生动的回忆，展现了母爱的伟大和生命的坚韧。

他深情地回忆母亲对自己的关爱与教诲，以及母亲对世间万物的慈悲与包容。他写道："母亲的佛心，就像一盏明灯，照亮了我前行的路，也温暖了我内心的每一个角落。"这句话让我深受触动，它让我意识到，真正的情感，不仅仅是言语上的表达，更是行动上的付出与内心的坚守。它让我明白，无论我们身处何方，无论我们遭遇何种困境，只要心中有爱，就能找到前行的力量与勇气。

继而作者在《百年与十分钟》这篇文章中通过一个关于古董相机的故事，向我们传达了时间观念的变迁和人们对于

"静"的失去。文章讲述了一个店员在东京银座的古董相机店工作，他向顾客保证这些相机性能依旧良好，但提醒顾客这些相机曝光需要十分钟。他提到一个故事，有人买了这样的相机试图给人拍照，却发现即使是最亲近的人也无法静坐十分钟，最终连他自己也无法做到。这个故事告诉我们，随着时代的变迁，人们变得忙碌而浮躁，失去了沉静下来的能力。林清玄通过这个故事，让我们反思现代生活的快节奏对我们的影响，以及我们是否还能找回那份宁静与耐心。

在《一粒沙，或一条河岸》这篇文章中，林清玄通过深刻的内省和对众生苦难的观察，探讨了业力、宿命与个人责任的复杂关系。他用"一粒沙"来比喻个体在广阔世界中的渺小，而"一条河岸"则象征着社会的集体责任和相互联系。林清玄表达了对那些在苦难中挣扎的人们的同情和悲悯，也反思了个体与社会对于这些苦难所应承担的责任。

文中，林清玄提到每当他看到别人受苦，会感到锥心的痛苦，这种痛苦让他在深夜无法安睡，甚至到大自然去呐喊以释放内心的悲愤。他质疑这些苦难是否为不可改变的宿命，是否为必须偿还的业债。他意识到，每个人的业力都像一粒种子，里面有一种永不失去、永不败坏的东西，这就像生命的契约，迟早要去偿还。

他进一步思考，如果每个人的业力都是独立且必须由自我承担，那么社会和他人对此有何责任？他提出，社会的每一次恶行不应该只由当事人承担，整个社会都应该有所承担，这样才能真正实现正义和道德。

文末，林清玄表达了他的希望和祈祷，希望每次看到生命的苦楚时，就能看到整个河岸，而不只是受难的那一粒沙。他不仅表达了对苦难的深刻理解和同情，也发出了对社会责任和集体行动的呼吁。

读完这本书，就是经历了一场心灵的洗礼。每一篇文章都充满了哲理的光辉与细腻的情感，让我在阅读的过程中，不仅收获了知识，更得到心灵的滋养与成长。

在未来的日子里，我将带着从书中学到的智慧与感悟，继续向前迈进。我会更加珍惜每一个瞬间，无论是喜悦还是悲伤；我会更加感恩每一个遇见，无论是亲人还是朋友；我会更加热爱这个世界，无论是繁华还是寂静。

《情深，万象皆深》不仅是一本散文集，更是一份珍贵的礼物，让我学会了如何以一颗深情的心面对生活，以一颗智慧的头脑探索世界。我相信，这份礼物会伴随我走过未来的每一段旅程，陪伴我寻找那份情和美。

万般皆苦，唯有自度

万般皆苦，唯有自度。但是人生在世，我们很难像达摩祖师那样“一苇渡江”，也无法像布袋和尚一样“放下布袋”。但是，人们对自度的期待始终深埋于内心深处，我们以各种方式诉说人生的酸甜苦辣，渴望得到解脱。

冬日的午后，我走进常去的一家书店，由于电子书籍的迅速发展，书店里门可罗雀，只有零散的几个人。

我驻足在书店内设的室内咖啡厅，靠窗的卡座是我的“老地方”，此时却有一个身影端坐，灿烂的阳光透过玻璃照在她温柔的脸上，留下淡淡的光晕。

我犹豫了一下，准备换个位置时，她看出我对这个卡座的喜爱，起身伸出手邀请我同坐。我欣然接受了她的邀请，坐到她的对面，余光一瞥，发现桌上放着一本翻开的《断舍离》，继而打开我们的话匣子。

我们从《断舍离》谈起，谈到阅读这本书相关的体会，逐渐拉近彼此的距离。她介绍自己几年前患上抑郁症，寻访过上百名心理医生却收效甚微。机缘巧合下，她接触到一些关于情绪整理与收纳的书籍，而这本《断舍离》便是她的最爱。在书中理念的指引下，她开始做手札，一笔一画地写着自己的“舍”与“得”。

她从包里拿出一本厚厚的笔记推到我的面前，笔记的扉页上写满五颜六色的文字。她告诉我，绿色文字记录着自己的收获，红色文字书写着自己的困惑，蓝色文字是一些感悟和思想。天马行空、错综复杂的文字看似没有什么内在联系，但五颜六色的文字如同五颜六色的花朵，绽放在她的自愈之路上。

我坐在温馨的书店咖啡角，静静地聆听她的讲述，看着她热切地希望得到肯定的目光，我知道她走在“放下”的途中。她告诉我，虽然她已经慢慢地感悟到生活的美好，但内心深处的孤独感却没有淡化。

她不愿意和别人接触，不愿意走出家门，不愿意上班，喜欢生活在自己的世界里，无论做手札、看书，还是看朝霞日落、听音乐，都感觉十分充实。偶尔遇到聊得来的伙伴，就仿佛找到心灵相通的智者，不停地诉说自己的艰辛和成果。

我只能笑着附和：“走出来就好，走出来就好。”但是，她真的走出来了吗？“不经他人苦，莫劝他人善。”任何人都没有权利对他人的行为评头论足。

面对心灵的创伤和阴影，我们不能过度乐观，也不能盲目悲观。看着她的状态，我感受到了自度的两面性。一面是自己以为放下了，希望别人认为自己放下了，就像她，和别人讲自己抵抗抑郁症的经历，展示自己做的五颜六色的手札，想证明自己放下了。另一面是真正的放下，过往的一切如同出岫的烟云般散去，不再刻意地关注，没有刻骨铭心的记忆。这种状态才是真正的放下，也才是真的登上了走出痛苦的方舟。

她的眼神、她的语言，透露着对自度的期待，我们何尝不是这样呢？

每个人的人生都充满悲欢离合，就像一年有四季，月亮有圆缺，这是不可改变、无法否认的现实。遭遇生活或者感情上的“滑铁卢”时，我们会故作坚强，表现无所谓的姿态，只有当夜深人静时，我们脱下全部的伪装，才能直面内心的真实感受。

古人说，“人生忧患识字始”。人们认识了文字，有了自主思维，脱离了条条框框的束缚，才知道了自己想要的事物和追求的目标。

这位陌生人每天都在读收纳和整理情绪的书籍，暗示自己走出抑郁的阴云，却造成一种反面暗示，阴云依然笼罩着她，挥之不去。令人庆幸的是，她有一颗走出来的决心，即使面对内心的煎熬，还能矢志不渝地展示乐观和开朗。

布袋和尚有一句偈语：“行也布袋，坐也布袋，放下布袋，何等自在。”初读时，我不求甚解，现在看，这句话是何等睿智——能够说出来的“放下”并不一定是放下，真正的放下，不用说。

“八风吹不动，端坐紫金莲”的境界不是每个人都能做到，如果心中过分强调“不动”和“端坐”，何尝不是一种执念呢？

这些无关乎佛法，无关乎理念，改变就在人们的一念之间。

自度，自己便是艄公，双手便是竹篙和船桨，在波澜壮阔的人生长河中，在跌宕起伏的弯道上，行进。

有高屋建瓴的视野，用谨小慎微的脚步，才能稳中有进，稳中求进，到达忘却一切烦恼的境界。就像这位陌生人，她明确自己前进的方向，努力挣扎，走出来只是时间问题。

世上的每个人都一样，有期待，有方向，便有一切。多读书，读好书，在书中找到自己的方向和动力。时光不会因为世俗而暂停，岁月的长河不停地向前流淌，我们不要等到两鬓青丝换白发时，才懂得文字的力量，才知道自己的重要。

一场心灵的温度之旅

我选择书籍时，优先看目录，作者是我的第二个选项，只有能敲击我心灵的文字，才能让我记住作者，比如迟子建。读完迟子建的全新散文集《也是冬天，也是春天》，我被她细腻的笔触和深刻的人生洞见打动。这部作品不仅讲述了一个故事，更是对人性和生命的深度探索。

故事以一个东北小镇为背景，通过主人公的生活变迁，展现那个特殊历史时期人们所经历的苦难和人性的坚韧。迟子建巧妙地运用第一人称的叙述方式，让读者能够深刻感受主人公内心的挣扎和成长。

我打开第一页，一篇《灯祭》跳入眼帘，内容是关于作者对父亲的记忆，父亲生前给予作者的一切，都成为作者最美的回忆。她写下："没想到我迎来了千盏万盏灯，却再也迎不来幼时父亲送给我的那盏灯了。"于是，一盏灯送到父亲的墓地，既是一种悼念，也是守着父亲给予作者生命的光。

看到这里，我的鼻子一酸，这些文字流进了我的伤口，我不禁想问：我的父亲，你是何人？你的样子如何？你的臂膀，你的遮风挡雨的双翅为谁张开过？你曾为我留下什么？关于父亲的一切是我成年前最痛的记忆。随着岁月的洗礼，我也放下了对父亲的执着，不去释怀，只觉他是我人生中的“匆匆过客”，我还来不及记清他的样子，甚至来不及咿呀学语时，他已经离开，不知所终。我的存在只是证明他曾经路过这个繁华的人世间，我和他的牵绊是佛说的因缘。

就如迟子建所说：只有干干净净的黑暗，才会迎来清清爽爽的黎明。黑暗在这个不眠的世界上，被人为的光明撕裂得丢了魂魄。其实黑暗是纯净的黑，那些五颜六色的霓虹灯亵渎了圣洁的黑暗。大自然给了我们黑暗，送给我们梦想的温床，如果我们放弃梦想，不断制造糜烂的黑暗，纵情声色，那么我们就会面对单色调的世界。此时，我将黑暗的柔情揽进怀里，在这一刻开始孕育梦想。

我喜欢迟子建写的：我们和时间是一对伴侣，相依相偎着，不朽的它会在我们不知不觉间，引领着我们一直走到天荒地老。这是一直被忽视的客观规律，经常听人说：时间从来不会放过谁。反过来，我们应该如作者一样，把时间视作伴侣，它无时无刻不在陪伴我们，不管你经历过什么，走过什么样的泥泞，获得过多少鲜花和掌声，它是唯一见证你的点滴的朋友。我们应该愉快地接纳它，拥抱它，它可以是我们的日月星辰，这样我们才能与它的灵魂相连。

我沉醉在迟子建对细节的刻画中，她用细腻的笔触描绘了东北特有的风土人情，让人仿佛置身于那个世界。同时，她塑造的每一个人物都有着自己鲜明的个性和命运，触动着我。在特殊的年代，人们面临前所未有的困境和挑战，但她依然保持对生命的热爱和追求。她告诉我们，生命的意义不在于长短，而在于我们如何度过每一天。

在寒冷的冬天，一本书的温度能够温暖心灵，这本书温暖了我，让我领悟到人生的真谛，让我感受到生活的无常和坎坷，明白人生的意义在于追求和成长，让我更加珍惜当下的生活。人生就像一场长跑，我们需要不断地调整自己的步伐和心态，才能保持平衡和前进的动力。同时，我们需要学会珍惜身边的人和事，因为生命是短暂的，只有珍惜当下，才能不留遗憾。

悠然品味忙与闲

闲暇之余，我品读了梁实秋先生的《忙得有价值，闲得有滋味》，这是一本充满哲思与生活情趣的散文集，它以平实的语言，描绘了忙碌与闲暇在人生中的不同价值和意义。梁先生以其独特的视角，将忙碌与闲暇这两种看似对立的状态，通过生活中的琐事巧妙地融合在一起，向我们展现了一种平衡和谐的生活哲学。

书的开篇，围绕“心守一事，乐在其中”，以“忙”字引出话题，梁实秋提到忙碌是现代人的常态，人们常常为了生计、事业、家庭而奔波劳碌。这种忙碌，有的是出于生存的需要，有的是为了追求更高的目标和理想。然而，梁实秋同时指出，忙碌并非人生的全部，它只是生活的一部分。在忙碌之余，我们还需要找到属于自己的闲暇时光，享受生活的美好。

在梁先生的笔下，闲暇并非无所事事，而是一种有选择、有目的的放松。在忙碌之余，给自己一段静谧时光，可以是阅读一本好书，或品一壶好茶，或赏一幅画，或聆听一段音乐，也可以是与家人朋友共度时光，或沉浸于自然之美，让心灵得以放松，思绪得以飞扬。这些看似简单的活动，却能给人带来心灵的慰藉和精神的滋养。闲暇时刻，我们可以暂时放下生活的重担，让心灵得到休息和恢复。正所谓“闲情逸趣，才是生活”！

文章中，梁实秋先生提到“忙得有价值”。他认为，忙碌不应该是一种盲目的劳作，应该是有目的、有意义的。忙碌是为了实现个人的价值，追求更高的成就。在这种忙碌中，我们可以获取自我实现的满足感，感受生活的意义和价值。

同时，书中强调了“闲得有滋味”的重要性。梁实秋认为，闲暇不是一种空虚和无聊，应该是充满乐趣和享受的。在闲暇中，我们可以培养自己的兴趣爱好，可以提升自己的精神境界，可以享受生活的美好。这种闲暇，是一种生活的调剂，是一种心灵的滋养。

阅读的过程中，我被梁实秋对生活的深刻理解和独到见解所打动。他的文字，如同一股清泉，涤荡了我心中的浮躁和焦虑。在现代社会，我们常常被快节奏的生活裹挟，忘记了生活的本质和意义，陷入忙碌的旋涡中，无法自拔。我们为了工作、学习和生活琐事而忙碌，很少停下来思考自己的忙碌是否有价值。梁实秋先生的这篇文章，提醒我们要在忙碌与闲暇之间找到平衡，在追求物质生活的同时，不要忘记滋养精神生活。

文中的许多观点都让我产生了共鸣。比如，他提到“忙得有价值”，让我想到自己的工作和生活。在追求事业成功的同时，我思考如何让自己的忙碌更有价值，如何在工作中找到成就感和满足感。同时，我也在努力寻找属于自己的闲暇时光，享受生活的美好，培养自己的兴趣爱好。

此外，梁实秋提到的“闲得有滋味”，让我对闲暇有了新的认识。以前，我常常认为闲暇就是放松和休息，梁实秋先生的观点让我意识到，“闲”亦非纯粹的无所事事，而是心灵的休憩与精神的滋养，是一种提升和享受。在闲暇中，我们可以做自己喜欢的事情，提升自己的精神境界，享受生活的美好。

散文集以“内心湛然，无往不乐”作为篇末，我欣然认同，心中藏乐，眼前一切便是有趣的事物。《忙得有价值，闲得有滋味》不仅是一本充满智慧的散文集，更是一份生活指南，引导我们如何在纷扰的世界中找到属于自己的节奏，活出真我，享受每一个当下。它不仅让我对忙碌与闲暇有了新的认识，也让我对生活有了更深的思考。在未来的生活中，我要努力在忙碌与闲暇之间找到平衡，让自己的生活和工作更加充实和有意义。

笔墨间的古典情韵

我曾在课堂上教孩子们阅读，阅读的材料恰好是关于文学家、漫画家丰子恺的故事。于是，我将丰子恺的生平向孩子们娓娓道来，他们当然无法触及那段岁月，作为儿童，他们最感兴趣的还是丰子恺的漫画。

后来，有家长告诉我，孩子央求他购买丰子恺的作品，让我推荐一本，我向家长推荐了《万物可爱》。这是一本写给孩子的散文集，有人曾说："人间很可爱，且读丰子恺。"丰子恺认为，一花一草一木，世间万物皆可爱，只要保持一颗丰富善感的童心，美便无处不在。

如今，我再次接触到丰子恺的作品《漫画古诗文》。这本书从先秦两汉开始，一直讲述到民国。第一篇选录了《诗经・小雅・采薇》，对照这首四言诗，一位身披戎装的将军跃然纸上，正在瞭望祖国的大好河山。这幅画把将军军旅生涯的艰辛和思归情怀表现得淋漓尽致。书中不仅对《采薇》进行了文字注释，还呈现了丰子恺绘画时的心境和背景，这幅画的名字叫作《还我河山图》。

很多时候，我们只知道成语的意思，却不知如何运用，甚至用错语境。比如，《论语》中的“仰之弥高，钻之弥坚”，这是孔子的学生颜回对孔子的描述，他认为孔子的学问和道德高不可攀，后来这句话用来形容高尚的学问和品格。丰子恺以自己游雪窦山的所观所感勾勒成画，看到山之高、渊之深，便用“仰之弥高”来形容天地自然对人开阔襟怀的影响。

书中不乏丰子恺给恩师李叔同创作的配图，如《春游》中的“游春人在画中行，万花飞舞春人下”。他一改往日里的简淡风格，画了一幅浓墨重彩的游春图。此画风景秀丽、游人如织、春意盎然，仿佛一曲“春之声”随之诞生。

书中有很多故事和有趣的画面，画面与文字的结合，能够给读者留下更深刻的印象。因此，我总觉得一个文学家与绘画、音乐是分不开的，或许这就是所谓的韵律美。

丰子恺的漫画不仅是一种艺术形式，更体现了一种生活哲学。他画笔下的山川河流、市井小民，都透露出淡淡的温情和深深的哲思。他的漫画就像一扇窗，让我们得以窥见那个时代人们的生活状态和精神面貌。

在这本《漫画古诗文》中，丰子恺用他的视角，将古诗文中的意境和情感通过漫画的形式生动地展现出来。他的作品不仅再现了古诗文的场景，更是对传统文化的传承和发扬，让我看到了古人的智慧和情感，感受到了传统文化的魅力。

丰子恺的漫画还是一种心灵的触动。他的画笔下，春花秋月、夏雨冬雪都充满了诗意和哲理，让我们在忙碌的生活中，找到一片宁静的天地，让心灵得到片刻的安宁。

在书中，我看到丰子恺对自然之美的赞美、对人生百态的描绘、对传统文化的传承。他的漫画让我们在快节奏的生活中，找到一种慢生活的方式，让心灵得到净化和升华。

丰子恺的漫画是一种生活的态度。他的画笔下，繁华都市、宁静乡村都透露出他对生活的热爱和对美好的追求，让我在平凡的生活中，找到一种不平凡的意义，心灵得到提升和超越。我从中看到了丰子恺对人性的深刻理解、对人生的深刻感悟和对世界的深刻洞察。他的漫画让我在复杂的世界中找到一种简单的真理，心灵得到启迪和指引。

丰子恺的漫画是一种精神的传递。古代的圣贤、现代的普通人在他的画笔下，都充满了一种精神的力量和生命的活力。他的漫画让我在迷茫的时代中，找到一种坚定的信念，让心灵得到鼓舞和激励。

在《漫画古诗文》中，我看到了丰子恺对历史的尊重、对传统的敬畏、对未来的憧憬。他的漫画让我在变化的世界中找到一种不变的价值，心灵得到坚持和坚守的力量。

丰子恺的漫画更是一种生命的体验。在他的画笔下，生活的点滴、生命的瞬间都充满了生命的温度和情感的深度。他的漫画让我在短暂的生命中，找到一种永恒的意义，心灵得到满足和安慰。漫画中，我看到了丰子恺对生命的热爱、对自然的敬畏、对宇宙的好奇，足以让我在有限的生命中，找到一种无限的可能，从而使心灵得到拓展和延伸。

橙黄橘绿半甜时

《橙黄橘绿半甜时》是一部精心编纂的散文集，收录了多位文学大家的代表作。这本书以四季更迭为经，以文人墨客的笔触为纬，巧妙地编织出一幅幅绚丽多彩的画卷。全书共分为四章——“春夜宴桃李”“山中无暑事”“人闲桂花落”“松枝碎玉声”，对应着春茶之清新、夏果之丰盈、秋落之静美、冬酿之醇厚，通过细腻的描绘，展现了作家们笔下的四季流转，以及对乡土中国那份诗意的想象与追忆。

在“春夜宴桃李”一章中，周作人的《北平的春天》如同一股清新的春风，拂过了读者的心田。他以独特的审美视角，细腻地勾勒出北方春天的独特韵味。周作人写道：“春天似不曾独立存在，它不言不语，却总在不经意间悄然降临。若不算它是夏的头，亦不妨称为冬的尾。”这样的描述，既展现了春天的特征，又透露出作者对季节变换的敏锐感知和深沉情感。在他的笔下，北平的春天不再是简单的季节更迭，而成为一种情感的寄托，一种对过往岁月的温柔怀想。

转而步入“山中无暑事”一章，此处并未直接引用某篇具体的散文，但我们可以想象，这一章肯定汇聚了诸多描绘夏日山林清幽之美的佳作。有作家以细腻的笔触，勾勒夏日山林间的凉爽与宁静，让读者在炎炎夏日中也能感受到一丝丝凉意与惬意。这些文字如同山间清泉，洗涤着尘世的喧嚣与浮躁，引领我走进一个远离尘嚣的清凉世界。

秋风渐起，我们踏入了“人闲桂花落”一章。郁达夫《故都的秋》无疑是这一章的亮点。他以深情的笔触描绘一幅幅秋日的美景，表达对故都的无限眷恋和对秋天的深厚情感。在他的文字中，金黄的落叶、淡淡的桂花香、宁静的秋日午后，都被赋予了生命，成为读者心中永恒的记忆。郁达夫的文字充满对自然美景的赞美和对生活细节的深刻观察，让我在阅读的过程中，仿佛置身于金黄的秋日里，感受着那份宁静与美好。

芦隐《我愿秋常驻人间》以其独特的视角和清新的文字，为秋天增添了别样的色彩。她笔下的秋天，不再是悲凉的代名词，而是充满了生机与活力。芦隐通过对秋日景象的细腻描绘，表达了对秋天的喜爱和对生活的热爱。她的文字如同山间清泉般清新脱俗，充盈着对美好事物的追求。在她的笔下，秋天不再是岁月的流逝与凋零，而是生命的延续与升华。

这些散文作品，不仅描绘了四季的美景，更是作家们对生活、对自然、对人生哲理的深刻感悟。它们如同一面镜子，映照着作家的内心世界和对生活的独到理解。通过阅读这些文字，我感受到四季变化的美好与奇妙，体会到生活中的诗意与温情。每一个季节都有它独特的韵味和魅力，而作家们用他们各自不同的笔触，将这些韵味和魅力捕捉并呈现在读者面前。

这是一部值得细细品读的散文集，更是一本能够滋养心灵、丰富生活的宝典。它让我在忙碌与喧嚣的生活中，找到了一片宁静与美好的栖息地。无论是春日的清新、夏日的热烈、秋日的静美还是冬日的宁静，我都能在这本书中找到它们的影子，而这些影子，可以让我感受到那份来自四季的滋养与美好。

在阁楼独听万物密语

在纷扰繁杂的世界里，总有一抹文字的光辉，能穿透喧嚣，给予心灵片刻的宁静与美好。趁着春节假期的闲暇，我翻开了《在阁楼独听万物密语》。这是一部诗集，它宛如一股清冽的甘泉，滋润了我浮躁的心田，带来久违的清凉与慰藉。

这部诗集是诗人黑陶从作家杨向荣翻译的短篇小说《鳄鱼街》中汲取灵感，精心提炼并创作出的128首诗歌合集。每一首诗仿佛是一个独立的世界，引领着我走进一个静谧而深邃的天地，远离了尘世的纷扰与喧嚣。

诗集中的每一首诗都洋溢着浓郁的诗意，作者以细腻的笔触勾勒世间万物的轮廓，让我深切感受到生命的美好与神奇。我仿佛置身于篝火旁，听说书人缓缓道来那些古老而神秘的传说；又仿佛看到一位女士抱着吉他，在月光下轻声哼唱，旋律悠扬，直击心灵；还仿佛看见有一个人在静谧的森林中独自前行，步伐坚定，无人打扰，只与自然为伴。这些画面如此生动，如此真实，让我陶醉其中，仿佛我也成了那画面的一部分。

诗集的语言简练而富有力量，以最质朴的词汇，传达着最真挚、最深刻的情感。我尤其钟爱其中一首诗里的一句话："世界如此美妙，我却如此疯狂。"这句话好像一面镜子，映照出我内心深处那份难以言喻的挣扎与困惑，同时也让我意识到，在这个世界上，我并不孤单，因为有人能懂我的疯狂，有人能体会我的迷茫。

这些字字句句，不仅让我感受到生命的美好与神奇，更让我懂得珍惜当下的每一刻。它们教会我，在这个纷扰复杂的世界中静下心来，去聆听万物的声音，去感受生命的力量。无论是风穿过树叶的沙沙声，还是雨打在地面的滴答声，都是大自然给予我们的珍贵礼物，值得我们细细品味，深深珍藏。

这部诗集对我来说，不仅是一次心灵的洗礼，更是一次生命的觉醒。它让我明白，虽然生活充满挑战与困难，但只要我们保持一颗宁静的心，欣赏身边的美好，感受生命的力量，就能找到属于自己的那份平静与幸福。这部诗集会成为我人生旅途中的一盏明灯，照亮我前行的道路，陪伴我走过未来的每一个春夏秋冬。

在未来的日子里，无论我走到哪里，无论我经历什么，我都会带着这份对生命的热爱与敬畏，拥抱每一缕清晨的阳光，珍惜每一次与自然的对话。因为我知道，正是这些简单而纯粹的美好，构成了我们生活的底色，让我们的世界变得更加丰富多彩。

感谢《在阁楼独听万物密语》这部诗集，它给了我力量，给了我希望，更让我懂得了生活的真谛。在未来的岁月里，我将带着这份感悟与收获，追寻属于自己的美好与幸福。

聆听生命的低语

最近，我深深沉浸在《史铁生散文选》里。史铁生的文字如同清泉，缓缓流淌，不急不躁，却深深洗涤着我的心灵。他以独特的视角和细腻的笔触，将生活的哲理与人生的思考巧妙融入字里行间，让我内心深受震撼。

每一篇文章，都满载着史铁生对生命、对人生和对社会的独特感悟，令人动容。他常说：自己的职业是生病，副业才是写作。整本散文选都有一股牵引我的力量，特别是《我与地坛》和《好运设计》这两篇佳作，让我印象深刻。

《我与地坛》中，史铁生以地坛为背景，深情讲述了对生命、对命运和对亲情的深沉思考。地坛，这个历尽沧桑的历史遗迹成为史铁生探寻生命意义的圣地。他巧妙地将个人经历与历史变迁相结合，展现命运的无常与生命的坚韧。在地坛的见证下，史铁生的故事如同一幅幅生动的画卷，让人感受到生命的厚重与不屈。

《好运设计》中，史铁生以一种诙谐幽默的方式，探讨人们对命运的看法与追求。他构想了一个神奇的好运设计公司，通过这个设定，让人们意识到命运并非一成不变。人生虽然充满困境与挑战，但只要我们怀揣信心和勇气，就能够创造出属于自己的好运。史铁生的幽默与智慧，让这篇散文充满了力量与希望。

从这两篇散文里，我深刻感受到史铁生对生活的敏锐洞察力。他以平实、质朴的语言，触及了生命的本质，也教会我如何应对生活中的困境与挑战。在史铁生的文字中，我看到了生命的尊严与价值，明白了珍惜当下、勇敢追梦的重要性。

社会的复杂与人性的多面，让我更加深刻地认识到：在现实生活中，我们难免会遇到各种困境与挑战。史铁生的作品常常关注社会现实问题，通过生动的故事和深刻的分析，揭示了人性的弱点与社会的不公。这些文字也让我更加关注社会问题，思考如何成为一个更好的人。

有时，当我面对命运的无常与人生的坎坷时，也会感到无奈与无助，甚至想要放弃。但史铁生的作品时刻提醒我，命运并非不可改变。只要我们拥有足够的勇气和决心，就能够克服一切困难，创造属于自己的好运。

史铁生教我们感悟生活、品味人生，生活中的每一个细节都蕴含着哲理与智慧，只要我们用心去感受、去体验，就能够从这些细节里获得无穷的启示与力量。无论是地坛的沧桑历史，还是生活中的点滴琐事，都能成为我们人生旅途中的宝贵财富。

在未来的日子里，无论遇到哪种困境与挑战，我都会勇敢地面对，坚定地前行。我会用心感悟生活中的每一个细节，品味人生的酸甜苦辣。在史铁生的文字熏陶下，我会变得更加坚强、更加乐观，也会更加珍惜生活中的每一个瞬间。

文学之花绽放在悲伤命运中

一束暖阳恰好洒落在静谧的书店角落，在这里我偶遇了萧红的散文集，仿佛命运的指引，不由自主地捧起。萧红，这个名字早已镌刻在心，教科书中《祖父的园子》里，她的无忧笑靥跃然纸上，那份纯真快乐，至今温暖我心。

我轻轻翻动书页，仿佛穿越了时空，步入了她细腻温婉的情感世界。这位 20 世纪的文学才女，以笔为舟，载着平凡生活的点滴，驶向艺术的深海。她的散文，是生活最真实的写照，也是时代的缩影，字里行间流露出对社会变迁的深刻洞察。我被文字的力量紧紧牵引，仿佛置身于一片深情的沼泽，不愿自拔，只愿久久徘徊在这份感动中。

萧红的作品大体是叙事性的散文，尤其以自传性和追忆性的作品为多。她的文字没有华丽的辞藻，以朴实细腻的笔触，勾勒出生活的本来面貌。她从不刻意构造幻景世界，也不逃避现实，而是直面生活中的种种苦难与美好。无论是《商市街》

中回忆与萧军共同生活的片段，还是《回忆鲁迅先生》中对鲁迅日常生活的细腻描写，萧红总能依赖童年的美好，在困苦的生活中，捕捉到生活中那些不易察觉的美好与温情。

《商市街》中，萧红用细腻而感人的文字记录了与萧军（萧红口中的郎华）在哈尔滨共度的艰苦生活。尽管物质条件极度匮乏，他们过着朝不保夕的日子。他们每日饱受饥饿与寒冷的折磨。蜜月中的冬天，他们穿着破旧单薄的衣服，蜷缩在四处漏风的屋子里，身体状况堪忧。为了维持生计，郎华不得不四处奔波，寻找各种工作，如家庭教师、武术教练、广告员等，依靠微薄的收入勉强糊口。

在那些艰难的日子里，他们甚至因饥饿而萌生过偷列巴圈的念头，还曾将唯一的棉袍典当，仅换得五毛钱。然而，萧红的字里行间却流露出两人深厚的爱情和对生活的热爱。这些文字不仅是对那段岁月的深情回顾，更是对人性中坚韧与乐观精神的歌颂。它们让我们看到，即便在困境中，爱与希望依然能照亮前行的道路。

在《回忆鲁迅先生》一文中，我深刻感受到了鲁迅对萧红的特别赏识。关于鲁迅与萧红的故事，我听过诸多版本，但萧红对鲁迅先生的情感，犹如儿时对祖父的依恋。她曾是祖父口中的“樱花公主”，祖父离世后，她的快乐也随之消逝。鲁迅的出现，犹如一束光，点亮了她生活和文学的道路。这篇散文带我们走近了一个更加生活化的鲁迅，萧红细腻描绘了鲁迅的日常点滴：他的衣着、言谈、饮食习惯乃至休息方式，都被刻画得栩栩如生。透过萧红的笔触，我们仿佛亲身经历了那段与鲁迅相处的温馨时光，感受到了他们之间深厚的情谊。

这本书里不仅有对个人生活的记录，更有对时代变迁的深刻洞察。在《蹲在洋车上》中，她以一个孩子的视角，描绘了旧社会的种种不公与苦难。她对洋车夫的同情，对有钱人的不满，都体现了一个善良而敏感的心灵对社会的深刻思考。在《失眠之夜》中，她以细腻的抒情笔触，表达了对家乡的思念和对未来的憧憬。尽管身处异乡，她的心中始终怀着对家乡的眷恋和对美好生活的向往。

当时的生活迫使她对人性有了深厚的理解：懂得人性中的贪婪与漠然，也懂得人间的爱与温暖。在《同命运的小鱼》中，她对一条小鱼命运的关注，看出她对生命的珍视与尊重。她用大量的笔墨描写小鱼的细节，从它的生病到死亡，都充满了真挚的同情与怜悯。这种对生命的关怀与尊重，也延伸到她笔下关注的那些沉默的、被忽视的人群。她把自己对生命的体验与感悟真诚地融入笔下的艺术世界，把自己的孤独与忧伤、寂寞与怅惘，通过审美沉思转化为作品的情感基调和美丽的诗魂。

书里的文字就像一面镜子，映照出生活的真实面貌。她从不粉饰现实，也不逃避苦难，而是以一种清醒而冷静的态度，正视生活中的种种问题。她的作品中充满了对生命的热爱与追求，尽管人生坎坷、波折多难，但她始终坚信合理与美好的生活存在于现实之中，让我感受到了她对生活的热爱与执着。她以一颗敏感而善良的心，去感受生活中的点点滴滴，用文字将它们记录下来。她的作品中充满了真实与真诚，无论是对个人情感的抒发，还是对社会的深刻思考，都让人感受到她的真挚与热情。

《萧红散文集》是一部充满生活气息和情感波澜的艺术作品。她的文字真实而细腻，记录了个人生活的点点滴滴，也反映了那个时代的风貌和社会的变迁。这部作品不仅是对萧红个人生活的回顾与总结，更是对那个时代和社会的真实写照，让我们看到了生活的美好与苦难，也让我们感受到了人性的光辉与阴暗。如果形容萧红的文学贡献，可以用“春蚕到死丝方尽，蜡炬成灰泪始干”，但她的人生却不尽如人意了，短暂的一生：人生之初，繁花似锦；及至中年，凄凉满目；人生一世，草长一春。

科技与幻想的交织路

这是一部凝聚了人类智慧结晶的科技发展史，如同一扇穿越时空的窗口，将青少年读者和科幻爱好者们带入了一个既熟悉又陌生的世界。付昌义教授的这本《大国重器背后的科学与幻想》，不仅是一次知识的盛宴，更是一场思维的革命，让我们在饱览全书后，深刻认识到科技的发展并非一蹴而就，而是源于人类敢于幻想、勇于探索的精神。

在付教授的笔下，那些曾经占据我们无数个夜晚的电影画面，如《阿凡达》中的潘多拉星球、《流浪地球》中的宇宙航行、《异形》中的未知生物、《X 战警》中的基因突变、《终结者》中的人工智能、《E.T.》中的外星生命，以及《搜神记》中的奇幻世界，都不再是简单的娱乐消遣，而是科技与幻想交织的产物。付教授揭开这些影片背后的原理和背景，让我们看到了科幻与现实之间的微妙联系，感受到科幻作品对于科技发展的深远影响。

书中提到“蛟龙”号深海载人潜水器，在 2015 年已经成功投入商用，这一成就不仅彰显了我国科技实力的飞跃，更让我们看到了幻想与现实之间的无缝对接。当清朝的潜艇概念与现代的深海探索技术相遇时，我们不禁感叹，科技的力量竟然能够如此神奇地将古老的幻想变为现实。同样，火星探测、月球登陆及生命科学领域的基因研究，也在书中得到了详尽的阐述，这些前沿科技的突破，让我们对人类的未来充满了期待，更让我们深刻体会到了科幻与科技之间密不可分的关系。

在付教授的笔下，科幻与科技的关系被赋予新的内涵。科幻作品不仅仅是娱乐的载体，更是科技创新的灵感源泉。它们通过幻想的方式，挖掘科技发展的无限可能性，展现超越现实的力量。这种力量，不仅激发了人类对未知世界的探索欲望，更推动了科技的进步和发展。

书中对幻想价值的肯定，让我深受启发。在追求科技创新的过程中，我们往往容易陷入现实主义的泥潭，忽视了幻想的力量。然而，正是幻想，让人们敢于突破传统的束缚，敢于挑战未知的领域，才有了如今方便快捷的现代化生活。它像一盏明灯，照亮了我们前行的道路，让我们在科技的海洋中找到了方向。

在书中，我还看到了科技与人文的交融。科幻作品不仅仅是科技的展示，更是对人类情感的深刻探讨。通过幻想的方式，让我们思考科技对人类生活的影响，让我们反思科技发展的方向。这种思考，可以让我们理性地看待科技的发展，在科技的浪潮中保持人性的温度。

不仅如此，书中还提到了科技创新的可持续性。在追求科技发展的同时，我们不能忽视对环境的保护和对资源的合理利用。科幻作品中的未来世界，充满了对科技与自然和谐共生的想象。这种想象，让我们看到了科技发展的美好愿景，更让我们意识到了科技创新与环境保护之间的紧密联系。

读这本书时，我深刻感受到科幻与科技之间的微妙关系。它们相互依存、相互促进，共同推动着人类的进步和发展。科幻作品通过幻想的方式，激发了我们对科技的探索欲望和创新精神；而科技的发展，又为科幻作品提供了更加丰富的素材和更加广阔的舞台。这种良性互动，让我们看到了科技发展的无限可能，对未来充满了期待。

在未来的日子里，我相信科幻与科技将继续携手前行，共同探索未知的领域。而我们作为新时代好青年，应该珍惜这个充满机遇和挑战的时代，勇敢地追求自己的梦想，用自己的智慧和汗水为科技的发展贡献力量。

合上书页，我闭上眼睛，深深地领悟到“科幻是科技的翅膀，科技是科幻的基石。我们勇敢地张开翅膀，才能在科技的天空中翱翔；当我们坚实地踩在基石上，才能在未来的道路上走得更远”。让我们带着这份信念和勇气，继续前行在科技与幻想交织出来的道路上！

心灵的同行

在人生的旅程中，总有那么一段路，需要有人陪伴。

——题记

《陪我走一段》是一部有温度、有深度、有哲思的散文集，犹如一颗璀璨的明珠，汇聚了余光中、痖弦、蒋勋等文学大家的光辉之作。全书以深刻的情感和细腻的笔触，勾勒出人生中那些已经逝去的陪伴与令人惆怅的别离，宛如一场触动心灵的对话。通过不同作家的视角，深入探讨了情感的羁绊、时间与生命的交织，引领我们思索生命旅程的意义。

陪伴：人生旅程中的瑰宝

《陪我走一段》这个书名如同一把钥匙，悄然开启了整本书的核心主题——陪伴。陪伴，绝非只是生活中的一种常态，更是一种至关重要的情感支撑，宛如生命的基石。书中呈现了不同角度的散文作品，展现陪伴的多样性：有亲情的无私守护，那是生命中最温暖的港湾；有友情的默契支持，如同黑暗中的一盏明灯；还有爱情的相互陪伴，恰似春日里的一缕微风。

余光中的散文以其细腻至深的情感，如春风拂面般打动人心。在他的笔下，亲情陪伴，尤其是父母与子女之间的情感，演绎出时间对陪伴的考验。父母在孩子成长的历程中，扮演着关键的陪伴者角色，给予孩子无尽的支持与殷切的期待。时光悄然流转，陪伴者的角色也随之发生转变，父母渐渐老去，子女肩负起陪伴的责任。这种角色的转换，恰似人生的悲喜交织，让我们深刻认识到，陪伴不仅是一种行为，更是生命中传递爱与责任的重要途径。

蒋勋的散文更多地聚焦于人与人之间更为广泛的陪伴——朋友、陌生人，甚至是文化和艺术。他提出，文学和艺术是人类灵魂的陪伴者，在孤独的时刻给予我们慰藉和力量，这种精神层面的陪伴，是一种深沉的情感寄托。生活中，我们每个人都会有孤独的时刻，此时，正如蒋勋所言，艺术宛如一位温柔的使者，可以抚慰心灵、拓宽视野，成为人生中不可或缺的重要伙伴。

别离：生命中无法回避的课题

陪伴与别离，犹如一枚硬币的两面。正因为有了陪伴，别离才显得格外痛苦。而《陪我走一段》中的许多散文作品，尤其是余光中的佳作，深刻地探讨了“别离”这个人生的重大主题。

余光中的作品中，常常流淌着对故乡、对亲人的思念之情。在这本书中，他再次描绘了人生中的别离：对亲人的告别、对故乡的思念，以及对时间终结的无奈。这种别离，不仅是地理上的距离，更是时间和人生阶段的断裂。岁月悠悠，人们无法避免地要与一些重要的人或事物告别，这种别离感，无疑是人生中的巨大考验。

在别离之际，许多作家用怀念和感恩来面对这种情感。他们没有过度沉溺于别离带来的痛苦，而是将目光聚焦于曾经的陪伴和美好的回忆。蒋勋在文中提到，别离并不意味着终结，而是一种转变，一种将陪伴转化为心灵力量的过程。正如他所说，艺术和文学的陪伴是永恒的。即使与现实中的人或事物别离，我们仍然可以通过回忆和思考，继续感受曾经的陪伴所给予我们的力量。

流逝：时间与记忆的沉淀

在这些散文作品中，时间的流转是另一个贯穿始终的主题。每个人的生命都是一段不断前行的旅程，而时间会无情地带走我们珍惜的人、事和情感。余光中和蒋勋等作家通过对往事的追忆，唤起人们对时间的深刻思考。

余光中的散文尤其关注时间的力量。他用细腻的笔触描绘记忆中的片段，用文字筑起一座坚固的堡垒，留住那些已经逝去的时光。记忆，是对抗时间的有力武器，他在文章中提到：记忆能够让我们在失去陪伴时，找到那份贴心的关怀。虽然我们无法阻止时间的流逝，但通过回忆，我们可以将那些曾经陪伴过我们的人和事物珍藏在心中。

蒋勋在散文中探讨了时间对人与人之间关系的影响。随着时间的流逝，人与人之间的关系不断变化，曾经亲密无间的朋友可能会渐行渐远，曾经的恋人也可能会因生活的变迁而分离，然而，时间并没有抹去这些情感的痕迹。蒋勋强调，正是这些陪伴与别离的经历，塑造了我们的人生，让我们学会珍惜当下的每一个瞬间。

虽然时间的逝去令人感慨，但也带来了沉淀与成熟。每一段陪伴、每一次别离，都是我们人生中宝贵的财富。正如书中作家们表达的那样，时间教会我们接受别离、感恩陪伴，也教会我们在孤独中找到前行的力量。

赋予：生命的意义与价值

《陪我走一段》不仅是描写了陪伴与别离，更蕴藏着深刻的哲理思考。通过不同作家的叙述，每一篇散文都在引导读者思考：生命的意义究竟是什么？人与人之间的关系如何赋予生命更深刻的价值？

余光中的散文带着一丝怀旧的情愫，他常常通过对往事的回忆，探讨人生的短暂与脆弱。余光中认为，生命的意义在于我们如何对待那些陪伴我们的人和事物。尽管时间会带走一切，但我们的态度决定了我们能否从这些短暂的陪伴中找到永恒的价值。

蒋勋通过探讨艺术和文化的陪伴，提出了生命意义的另一种境界。他认为，真正的陪伴不仅是关怀中的互动，更是精神上的寄托。艺术、文学、音乐等文化形式，可以超越时间和空间的限制，成为我们心灵深处的陪伴者。当我们在现实生活中感到孤独时，精神世界中的陪伴可以帮助我们找到前行的方向。

在《陪我走一段》一书中，我不仅看到作家们对亲情、友情、爱情的深刻理解，也领悟到他们对生命的思考与感悟。陪伴是人生中最温暖的礼物，而别离让我们更加珍惜每一段关系。

我不禁思索，在短暂的人生旅程中，应该如何看待陪伴与别离？我们在生命的时间长河中找到了怎样的生命意义？正如书中所说，陪伴让我们温暖，而别离让我们珍惜。

时间如一股不可阻挡的洪流，带走了我们曾经拥有的一切。然而，正是在时间的冲刷中，我们明白永恒。那些曾经与我们同行的人，虽然会分开，但他们留下的回忆和情感，将永远存在于我们的生命中。正如书名所言，陪伴不一定意味着长久，面对各种人生境遇时，真正重要的是在每一次相遇和别离中，都能发现生命的价值与意义。

时光深处寻印记

时光如水，看似无痕，实则留下了诸多记忆，让人们从朝气蓬勃走向白发苍苍，年迈的人们坐在夕阳下的摇椅上，似乎对眼下的事情并不关心，而热衷于在时光深处寻找那刻骨铭心的记忆。阅读了朱宏先生的《梧桐雨》，我被这部作品深深打动，这部小说不仅是一部家族史，更是一幅中国近现代历史变迁的壮阔画卷。作者以一张父亲的照片为引子，巧妙地将个人记忆与民族历史交织在一起，让读者在家族的兴衰荣辱中感受到时代的风云变幻。

《梧桐雨》分为三章，记载着不同的历史时期和家族命运。第一章“烟雨江南”将读者带入了江南水乡的宁静与美丽。在这里，家族成员之间的爱恨情仇、悲欢离合被描绘得淋漓尽致。作者通过细腻的笔触，展现了家族成员在社会大环境下的困境与挑战。无论是家族内部的矛盾，还是外部环境的压迫，都让这个家族的生活充满了波折。第二章“天亮了”则聚焦于新中国成立后的时代转折点，描述了那个时代人们对于新生活的向往和与旧社会的决裂。这一章深刻地揭示了时代变革对家庭生活方式和思想观念的影响，同时也展现了人们在新旧交替中的迷茫与探索。第三章“现实与希望”将家族命运与时代使命紧密结合。在曲折探索的困境中，家族成员对希望的追寻成为唯一的精神支柱。最终，新生命的诞生象征着新生和希望，为整个故事画上了一个圆满的句号。

在阅读过程中，我被作者描绘的新中国成立初期人民的奋斗精神深深触动。那个时代，中国经历着翻天覆地的变化。人们用双手和汗水，甚至是生命，构建了一个崭新的国家。《梧桐雨》中的父亲形象，就是那个时代奋斗者的缩影。父亲的形象复杂而深刻，他既是严父，又是慈爱的守护者。在家族面临困境时，他发愤图强，不屈不挠，象征着家族在时代变迁中的坚韧与不屈。这种精神，不仅体现在父亲身上，更是整个家族乃至整个民族在那个时代的真实写照。在“天亮了”这一章中，我感受到了那个时代人们对新生活的渴望。他们愿意为了理想和信念，放弃个人的利益，甚至牺牲自己的生命。这种精神力量，是推动历史前进的不竭动力。

《梧桐雨》不仅是一部家族史，更是一部时代史。书中的文字告诉我们，每一个时代都有其独特的挑战和机遇，而人们在面对挑战时所展现的奋斗精神，是任何困难都无法摧毁的。这种精神，是中华民族生生不息的源泉。在“现实与希望”这一章中，新生命的诞生象征着希望和未来，也在悄悄地告诉读者，无论过去经历了多少苦难，只要我们有希望，有梦想，就有力量创造更加美好的未来。每一个时代都需要这种对未来的乐观态度。

《梧桐雨》是一部让人深思的作品，在波澜壮阔的历史长河中描绘了一个家族的兴衰荣辱，每个人物都活灵活现，栩栩如生，他们的经历让我们感受到了一个民族在历史长河中的奋斗与坚持。这部作品是对过去艰苦岁月的致敬，也是对未来生活的期许。阅读完这部作品后，我更加坚信，无论时代如何变迁，奋斗与希望永远是我们前进的动力，面对任何艰难险阻，唯有奋进向前，才是破局要义，才能让阳光永远照耀在内心的原野上。

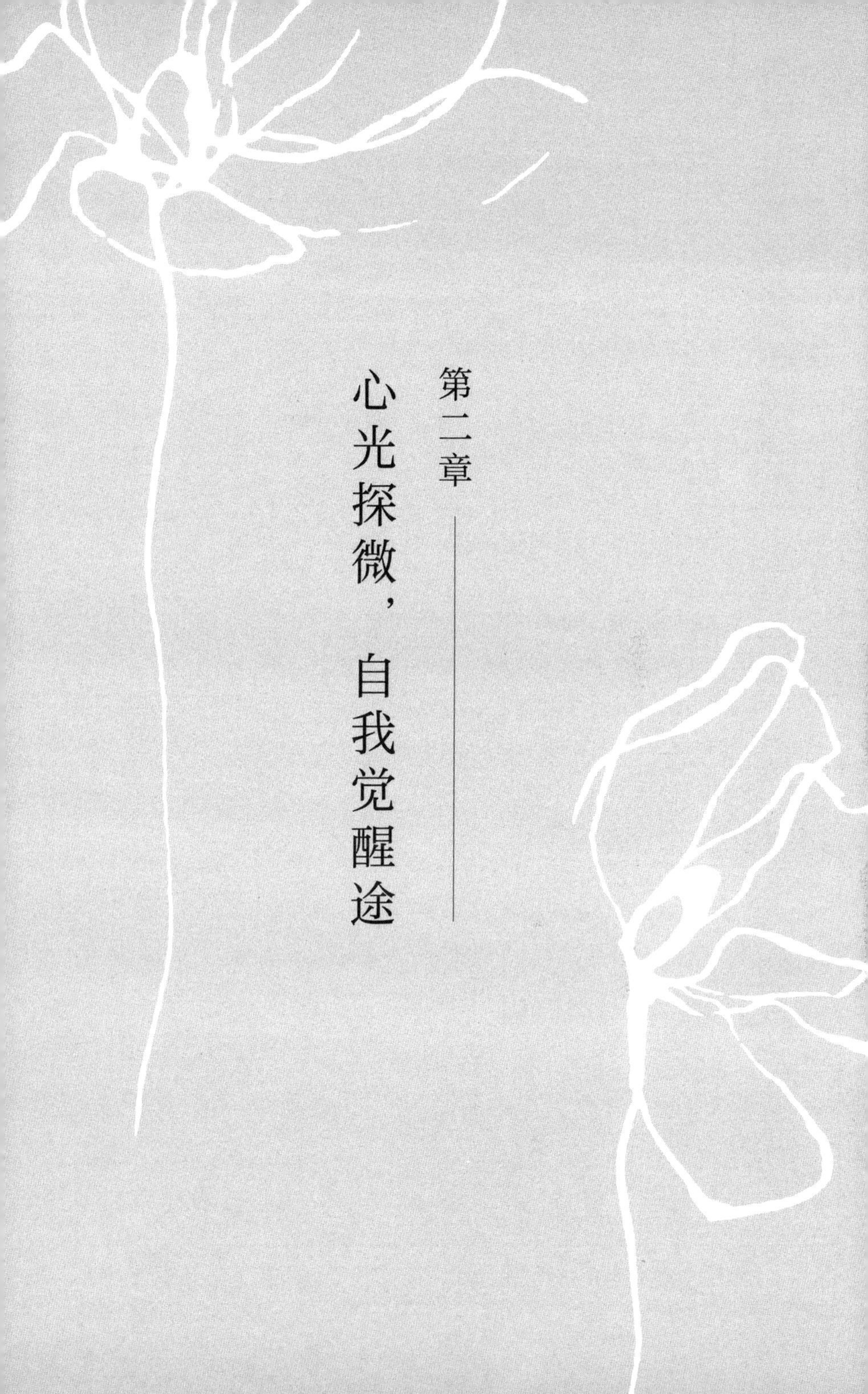

第二章
心光探微，自我觉醒途

走进弗洛伊德的潜意识深海，揭秘心灵的隐秘渴望；跟随阿德勒的个体心理学脚步，探寻自卑与超越的力量。在积极心理学的阳光花园，采撷幸福与成长的种子，剖析内心，踏上自我认知的觉醒之路。

自我成长的探索和启示

我对奥地利的个体心理学创始人——阿尔弗雷德·阿德勒已经不陌生，他曾经追随弗洛伊德探讨神经症问题，后来却反对弗洛伊德的心理学。他接受叔本华的生活意志论和尼采的权力意志论后，对弗洛伊德的学说进行了改造，自成一派。

我读过好几本他的书，收获颇深，这本《超越自卑》依然研究个体心理学，问世以来便以深刻的洞察力和富有智慧的见解，成为无数读者心灵成长的引路人。

这本书从生活的意义、心灵和肉体、自卑感和优越感等12章阐述个体心理，虽说是个体心理学，却强调人与社会的关系。

书里《生活的意义》给我的感触很深，这章强调："我们必须认识到的三项事实：我们生活在这个人称'地球'的荒芜星球上，要想离开这里，根本不可能；每个人都不是地球上独一无二的人类，另有其他人，我们活着的时候会跟他们产生关联，但关联紧密程度各不相同；人类有不同性别。”很多个体心理学家也证明了这种客观存在的事情，所有个体生活里发生的大部分问题都在这三个范畴里。

一个人如果想独自活下去就要独自面对一切问题，不依赖社会的人必然走向失败和灭亡。书中提出个体一定要跟其他人建立关联，才能得到幸福，并推动全人类幸福。一切个体对问题的反应，都展现他们对生活意义的深切体验。

如果一个人觉得跟别人的往来和接触让自己痛苦，又不得不每天接触，那么这个人就无法正常工作，也无法发挥出自己的优势，必然给身边的朋友、亲人带来一些负面的情绪，人际交往就会非常有限，生活艰难，获得的机会很少，得到的失败却很多，他们的潜意识里会避免和别人交往，自我封闭；另外一种人与他们相反，这类人热爱工作，热爱生活，遇到困难会想办法解决，社交圈很宽广，会收获很多，他们明白正确生活的意义是提高个人对其他人和社会的兴趣，与他们进行合作，多做些贡献。

作者提出童年塑造的生活意义对人的一生有极大的影响。我们经常会有这种想法或者听别人说："我要尽量改变这种不好的环境，不要再让我的孩子经历这些，经历自己曾经的不快乐！""为什么老天对我这么不公平，为何我的生活如此艰难？""我现在这样，都是因为我有一个不幸的童年！没有理由怪我！"阿尔弗雷德·阿德勒把这一切迹象归结为很多人把自己未来的生活建立在过去的某个特殊经验的基础上，其实这是错误的。人们不应该因周围的环境而决定生活的意义，人们的宿命既受到遗传和环境等先天因素的影响，也受到个人选择和行动等后天因素的影响。虽然某些大的生活轨迹可能难以改变，但人们通过自己的努力和选择仍然在塑造着自己的命运。

关于童年的成长环境。他提出："出生就有身体缺陷的孩子，会敏感，也容易造就错误的想法，不明白生活的真正意义。"这类孩子成人后容易形成自卑和逃避的人格。他们从婴幼儿时期开始承受巨大的压力，很难体会生活的真正意义。当然，也有一些孩子战胜困境成为优秀的人才，历史上有很多这样的名人，他们为社会做出伟大又突出的贡献。但是，大部分孩子缺乏正确的引导，从而导致人生的失败。

《超越自卑》指出，溺爱和忽略都会导致孩子形成错误的想法，被溺爱的孩子成为社会危险分子的概率很高，他们和任何人交往都是只懂得索取，不懂得付出。如果不被关注时，就感觉受到不公的待遇，慢慢地他们失去独立的能力，遇到困境时就是向别人摇尾乞怜。这类人觉得要改善自己的处境，必须提升自己的地位，要强迫别人承认他们跟别人不一样。阿尔弗雷德·阿德勒认为这一类人："生活的意义在于凌驾于所有人之上，必须让其他人承认自己的重要性，必须满足自己所有的需求，无论采取什么方法。"

社会上很多孤儿或私生子更容易被忽略、排挤、厌恶，被忽略的孩子对爱和合作一无所知，对友情的力量视而不见，对生活的理解陷入荒诞。他们会高估困难，低估自己的能力和身边人。他们认为社会对他们是冷漠的，所以自身的态度也变得冷漠，难以信赖别人，他们需要有人帮助他们走出困境。如果我们身边有这样的孩子，我们要发自内心地帮助他们，为他们投入更多的精力。

我是一名教育工作者，从事教育工作近二十年，对这些孩子感触很深，也有很多相关的例子，我会单独来谈关于教育的经验。社会是个大熔炉，如果没有明白正确的生活意义，这些孩子的一生都会活在阴暗和悔恨里。

个体心理学发现“自卑情结”相当常见，大多数精神病患者都有自卑情结。生活中，有自卑情结的人往往很傲慢，他们发表言论时，总是想改变别人的看法，想通过丰富的动作和表情，引起大家的重视，掩饰自己内心的自卑。比如，两个孩子比高矮，有自卑情结的孩子，会把背挺得很笔直，如果你问他：“你是不是觉得自己矮？”他肯定会否认。

书里说了一个小故事：三个孩子去动物园看到被囚禁的狮子的三种反应。一个孩子害怕地躲在后面；一个孩子站着不敢动，浑身瑟瑟发抖；最后一个孩子却要吐一口唾沫给狮子。在狮子面前三个孩子都表现不佳。

再来谈谈《青春期》这章的内容。众所周知，青春期是我们每个人成长的必经之路。也是人们从生理和心理真正同时发生变化、快速发育的时期。当孩子步入青春期时，父母都会有点怵，会把青春期当成孩子的叛逆期，这个时期的孩子表现得无欲无求，易暴易怒，情绪非常不稳定，跟父母明里或暗里对着干。一些父母会选择放弃自己的监护权，给子女更多的自由，从而消除与子女可能发生的冲突。书中指出：这就是“青春反抗主义”的显著标志。

青春期一般是十四岁到二十岁这段时期，没有严格的界定，也有些孩子十一二岁就进入了青春期。青春期的孩子各个器官发育很快，生理特征也会发生变化，功能无法协调一致。这个时候如果有人对他们进行嘲笑，他们就很容易否定自己，进入惶恐的状态，用反击周围的人来保护自己。当父母给他们自由的时候，他们根本没有做好充足的准备。有些人可以掌控自己，做得很优秀，但是大多数青春期的人对于自由行动却不知所措。其实，青春期只是漫长人生的一段时期，我们应该帮助孩子正确地度过这个阶段。

青春期的孩子开始思考成年后的生活，惊慌失措地面对生活或者社交等问题。阿尔弗雷德·阿德勒指出，“不要让他们的青春期耗光他们的价值与自尊，他们不必再合作、贡献，他们本身也不再被人需要”的念头，这种念头是青春期问题的根源，要让他们明白他们是社会的成员，要为社会做贡献。作为老师、家长，应该给予正确的引导和关心，帮助他们树立正确的“三观”，而不是给他们自由就不再管他们。

《超越自卑》是一本值得多次阅读的经典之作。在阅读的过程中，我仿佛置身于一个广袤无垠的精神世界，给我启迪，让我把自卑视为成长的催化剂，而不是阻碍前进的绊脚石；时刻提醒我在人生的道路上要持续努力与自我超越，才能真正意义上“超越自卑”，拥抱一个自信且充满意义的人生。

人性的探索之旅

在知识的海洋里，我们会遇到各种书籍，它们如同有缘人一般，在某个特定的时刻走进我们的生活，为我们打开一扇新的窗户。有缘人向我推荐阿德勒的《个体心理学》，让我看见人性的奥秘。

我曾深陷马斯洛的心理学世界，他的需求层次理论让我对人性的理解更加深刻。当我听到李教授在课堂上提及“繁衍”时，仿佛看到一个新的天地。这个词刷新了我对人性的认知，也让我重新审视自我与他人的关系。

心理医生朋友告诉我：“从事心理工作的人往往需要自我治愈。”同样地，权威性心理书籍是一种灵魂的牵引，但也如同人性背后的监视者，让我们赤裸地面对内心世界，无法挣脱。因此，我选择心理学书籍时格外小心，生怕被其中的理论束缚。

当我遇到阿德勒的《个体心理学》时，感受到前所未有的共鸣。他的理论主要关注个体的差异和超越自卑，让我可以从书里提取生活和工作中需要的理论知识，而不会感到心理学直击灵魂的痛苦。

书里关于“孩子性格养成”的论述特别引人深思。阿德勒指出出生在同一个家庭的两个孩子，由于出生的环境不一样，他们的成长轨迹会截然不同。第一个孩子出生时，他是家庭的中心，享受家里所有人的关注和宠爱。当第二个孩子出生时，第一个孩子意识到自己的地位受到挑战，这种变化可能会对他的成长产生负面影响。第二个孩子面临不同的境遇，必须适应新环境，找到自己的位置。年长的孩子害怕竞争，在父母的评价中越陷越深，表现越来越差，父母就会欣赏第二个孩子。现实中这样的例子比比皆是，很多父母并不知道这种情况，还会在敏感的第一个孩子面前，将两个孩子进行对比，造成第一个孩子的反感，甚至逆反和二次伤害。

这本书让我意识到，个体的成长会受到遗传因素的影响，更会受到家庭环境和社会环境的影响。每个人的成长经历都是独一无二的，我们要理解和尊重彼此的差异，才能更好地相处和理解。

通过阅读《个体心理学》，我对个体的成长有了更深刻的认识，也更清晰地了解了自己的内心世界。我开始思考如何超越自我和自卑，面对挫折时保持坚韧不拔的精神。同时，我要学会关注他人的需求，理解他人的立场，更好地与他人相处。

阿德勒的《个体心理学》让我收获很多，还为我开启了一扇通往人性奥秘的大门，让我更深入地了解自己和他人，更加珍惜与他人的关系。在未来的日子里，我会继续探索人性的奥秘，用阿德勒的理论指导自己的生活和工作，将这些奥秘传播出去，让更多人获益。

生活之镜，心灵之悟

我再度驻足于阿德勒心理学殿堂之前，轻启《阿德勒心理学讲义——生活的科学》的扉页，这是心灵土壤的深耕细作，也是智慧之树的成长。他的著作如同清泉般注入我的心田，激发思想的活水，引领思绪的航船驶向未知的深邃。

从《个体心理学》的细腻剖析到《自卑与超越》的勇敢宣言，再到《儿童教育心理学》的温柔启迪，阿德勒用他独有的智慧透镜，为我们揭开“生活科学”的神秘面纱。在这条探索之旅中，每一次翻阅，都是人们对自我、生活及人际关系的深刻洞察与全新诠释。

本书共十三章，每一章都像开启了一盏明灯，照亮了人们心灵的航道。“生活的科学”作为启航之标，引领我们理解生活的真谛；“自卑情结”与“优越情结”如双面镜，映照出人性的复杂与挣扎；“生活方式”的探索，让我们意识到每个人的生命轨迹，都是自我选择与塑造的结果。

谈及自我疗愈，阿德勒的文章似一把钥匙，解开了我心灵深处的枷锁。《自卑与超越》深刻揭示自卑感是人性共通，关键在于如何转化——是作为成长的催化剂，还是沉沦的泥沼。阿德勒的智慧之光，教会我们以勇气为舵，以智慧为帆，驾驭自卑之舟，驶向自信的彼岸。

本书进一步阐述了“自卑情结”，超越个体的范畴，聚焦群体性，启示我们：面对那些徘徊于优柔寡断边缘的灵魂，应该给予温暖的鼓励与坚定的支持，而不是冷漠的旁观或无情的打击，要让他们相信内心的力量足以驱散阴霾，跨越重重困难，成就生命的辉煌。

书中通过一个四十岁已婚男子的案例，深刻剖析了自卑与优越感之间的平衡。他的挣扎与胜利，不仅是个体心理斗争的缩影，更是对生命韧性的赞颂。阿德勒以其独到的见解，揭示人类追求优越感的本能，以及如何拥有克服自卑、战胜恐惧的强大动力。

接着，阿德勒将目光投向了儿童教育，提出了“社会关系塑造个性”的深远洞见。他强调孩子的成长是生理与社会的双重建构，每一个孩子的未来都与社会紧密相连。这一理念不仅是对儿童教育的深刻反思，更是对全人类发展路径的深刻洞察。

在阿德勒的引领下，我们更加珍视那些看似微不足道的生命缺陷。正是这些缺陷，激发了人类无尽的创造力与适应力。正如“江梦南”故事里展现个人的局限成为推动社会进步的强大动力，因为有了盲人才出现了盲文、导盲犬……每一项发明的背后，都是对生命不屈不挠的热爱。我们要学会用宽容和包容的心态，看待生命中的每一个挑战与不足。

在阿德勒的“生活科学”中，我们找到通往自我实现与和谐共生的光明之路。

先天性的缺陷如果没有经过恰当的雕琢就会铸就自卑的阴霾。谈及自卑之根源，实际上是社会适应之树上未熟的果实，社交的磨砺如同能将其雕琢成器的刻刀，引领我们穿越自卑的迷雾。

生活中，“左撇子”现象常引人遐想，他们仿佛携带智慧的密码。实际上，这些独特的孩子及其家长，用非凡的毅力与不懈的探索，将差异变为打开艺术殿堂的钥匙，展现他们持之以恒的精神。这一切又悄然指向人格原型的塑造，在人生画卷初展的四五岁时便已悄然绘就的蓝图。

阿德勒的理念犹如智慧之光，照亮心灵的幽径。幸福的人，以童年的温暖为灯塔，照亮余生之路；不幸的人，则背负童年的阴影，终其一生，寻觅治愈自己的药方。

自卑的暗流，其力量在于它的双面性。如同抑郁症患者在自我否定的深渊中，却悄然掌控未曾察觉的力量——那是一种对健康人的控制，正如婴儿虽小，却能用无拘无束的姿态，制定周遭的规则。

自卑与优越，这看似对立的双生子，是如何交织的呢？试想一些傲慢无礼、好胜心切的孩童在愤怒的时候，隐藏的其实是对自我能力的深深不确定。他们用情绪的锋芒，试图在他人眼中刻下“优越”的印记，实则是对内心自卑的一场徒劳的掩饰。这种虚幻的优越，不过是人生征途中的一叶障目。

再看那些自幼就沐浴在爱与关注中的孩子，他们的世界似乎完美无瑕，却也失去被风雨洗礼的过程。当独立时，社会与学校不再给予他们光环，他们方才惊觉脆弱，悄然浮现自卑的阴影。有人崩溃，有人抑郁，更有人转而以优越情结为盾，试图掩盖内心的彷徨。阿德勒洞若观火："犯罪，亦是优越情结的极端展现。"它揭示了一个真相：优越，往往是自卑最深沉的回响。

"自卑感，非病之态，实乃心灵成长的催化剂。"阿德勒的教诲振聋发聩。当自卑成为重负，阻碍个体的成长与发展，才化身为病，优越情结是自卑者逃避现实的避风港。

笔落于此，我们要明白，只有那些勇敢无畏、自信满满且洞明世事的人，才能在生活的风雨与阳光间自由穿梭，既要享受生活的甘甜，也不要惧怕生活的苦难，才能收获生命的真谛。

洞察人心，感悟人性

幸运的人一生都被童年治愈，不幸的人一生都在治愈童年。

——题记

阿尔弗雷德·阿德勒，这个名字时常在我脑海中盘旋，我已经涉猎了几本他的书籍。最初挑选心理学书籍时，我毫无方向，偶然间，一位哲学专业科班生向我推荐了阿德勒的《个体心理学》，我才得以涉足这位心理学家的知识领域。

阿德勒的三个理论深得我心，也与当下的教育理念相契合，这三个核心理论分别是目的论、课题分离、共同体感觉。

首先，“目的论”关联到心理创伤，阿德勒认为心理创伤只是借口，人的行为由当前的目的决定，这个目的潜藏在人的潜意识中。其次，“课题分离”是处理人际关系的关键理论，阿德勒认为人的烦恼源自人际关系，如嫉妒、自卑、逃避等，源于与他人的比较。最后，“共同体感觉”强调每个人内心深处都渴望成为群体中重要的一部分。

阿德勒的理念承袭了叔本华的“意志论”和尼采的“超人哲学”，并对“弗洛伊德学说”进行改造，创立了他的“个体心理学”。《理解人性》进一步阐述个体，全书分为两部分，比《个体心理学》更深入地阐释人性的特点。

此书以探讨人类行为开篇，以希罗多德的名言“人的命运取决于他的灵魂”拉开序言。阿德勒强调《个体心理学》的目的不仅在于培养领域专家，更让每个人都能够理解人性。他提出“人的心理生活由目标决定”，只有设定合适的目标，心理生活才会产生运动。个人目标在人生的早期几个月里形成，在婴儿时期就能确定影响心灵生活的最根本因素。当代家长常犯的一个错误是喜欢用衡量成人心理的标准来评判儿童的心灵。

为此，我们必须从孩子的视角出发去理解孩子行为背后的原因，站在孩子的角度，利用相关的感情基调来引导他们，以乐观的态度让他们有信心靠自己轻松地解决问题，在未来的生活中形成这样的性格，认为他们在各种生活的任务中都可以做得很好。这样，孩子就有勇敢、率真、坦诚、负责、勤奋的品质。反之，则会形成悲观的情绪，大多数人会成为懦弱的人，为了自我保护而表现出胆怯、内向、猜疑等性格特征。他们没有能力直面生活的挑战，也无法思考，更没有能力实现自己的愿望和梦想。考察一个人的能力可以致力于探究其生命的最初阶段。

接着，阿德勒提出人的社会属性。人类社会之外不曾出现过人。整个动物世界都验证了这样一条基本法则：无法自我保护的物种会通过群居生活来聚集新的力量。群居的本能让人类可以对抗外界的严酷环境，心灵的契合成为人生不断发展的重要工具，其本质渗透着公共生活的必要性。从古至今，在人类文明的历史中，都存在公共基础的形式。

书里谈到儿童与社会，讲述孩子出生就与他们相伴的关系。每个孩子都会面对一个既有给予又被索取、既要求适应又要求被满足的世界。在这个世界里，孩子们会出现两种行为：一方面，模仿成人的行动和方法，采取他们认为成年人会使用的行动和方法；另一方面，暴露自己的弱点，让成年人以为他们在寻求帮助。因此，有的孩子用自己的方法面对世界，有的利用自身的弱点来投机取巧。这就引出了缺乏关爱教育的问题，他们一生都会逃避爱意和关爱。许多父母把说教用到极致，试图改变孩子的学习方向；反之则是过度关爱。

其实，无论是娇生惯养还是被家人嫌弃的孩子，在社会上行走都会举步维艰。关爱的价值因各种错误的经历凸显出来，当孩子发现自己对爱的需求给成年人带来了隐形责任，有的孩子会特别任性来博得关注；有的则会更加精明，通过良好的品行来达到同样的目的。

人生路上，那些已经解决困难的人与被宠爱的孩子属于同一类型。这些孩子的能力都被贬低，没有机会承担责任，被剥夺了为未来生活做准备的机会。阿德勒总结道："一旦心理活动模式固定下来，那么任何事情都有可能变成达到目的的手段。为了实现目的，孩子可能会朝着邪恶的方向发展，或者怀着同样的目的，他也可能成为模范儿童。”

实际上，孩子都是可以教育的，可教育性的基础在于让孩子弥补自身的弱点。缺陷感能够刺激产生天赋和能力。每个孩子不同，有的对世界充满敌意，觉得全世界都是他的敌人，这种印象源于他们的思维过程采取的视角不完善，一旦遇上更大的困难，就会无限放大意识。这一类孩子的机体缺陷表现为运动困难、单个器官功能不全或整个机体抵抗力减弱，从而导致频繁生病。

作为一项基本法则，天生身体有缺陷的孩子从小就卷入了生存斗争中，他们的社会感往往被扼杀。生理缺陷与社会压力或经济负担一样，作为一种额外的重负，能催生对世界的敌意。每个孩子迟早会意识到自己无法独自面对生存的挑战，随之而来的是自卑感。自卑感可以是一种动力，是每个孩子奋斗的起点，决定孩子在生活中获得和平和安全的方式，决定他们存在的目标，以及为实现这个目标所作的努力。

无论是后天机体缺陷还是先天身体缺陷，孩子的器官发育潜能与可能性教育密切相关。可能性教育会遭遇两种因素的破坏：一种是夸大的、强烈的、未消除的自卑感；另一种因素则是一种目标，它不仅需要安全、和平与社会平衡，还需要努力表达对外界环境的权力，这是一种统治他人的目标。有这种目标的孩子总是非常显眼，他们之所以成为“问题”儿童，是因为他们把每次经历都当作失败，总认为自己被自然和人类忽视和歧视。

每个孩子都经受着错误成长的风险。由于必须在成人的环境中长大，孩子倾向于认为自己软弱、渺小，不能独自生活；他们不相信靠自己能够不出差错或者干净利落地完成别人认为他有能力做好的简单任务，有的父母或成年人刻意让孩子觉得自己渺小和无助。父母的态度常常导致孩子认为他能做的只有两件事：让大人开心或者感到不快，产生对自卑感的补偿意图，追求认可和优越感。在过度补偿中便会失衡，用优越感来逃避每一个职责，愈演愈烈，直至达到“病态”的程度。最突出的表现就是骄傲、虚荣及渴望不惜一切代价征服每一个人。

有些孩子会通过过度竞争、炫耀自己的成就来获得他人的认可，满足自己的虚荣心；有些孩子可能因为自卑感而变得孤僻、自卑，不愿意与他人交往。因此，我们需要引导孩子正视自己的自卑感，通过积极的自我提升和与他人的合作来实现自我价值，而不是通过不正当的手段来寻求补偿。

在某种程度上，每个孩子都有虚荣心，只是虚荣的程度不同。在心理活动中，一旦追求认可占据主导，就会引发更为严重的紧张状态。虚荣的人设是他们一生都无法实现的目标。比如，有的孩子感觉到自己被忽视，若缺乏适当教育，便会感觉自己渺小，从而变得十分压抑，进而变得傲慢。

这种动机之下潜藏的企图是把自己塑造成一个特别孤傲、不同于所有人的人，以此来保持特权，慢慢演变成自我陶醉，为自己的懒惰寻找借口，这些借口如同催眠或麻醉药物，使他们不再思考，进而浪费了宝贵的时光。这些人存在敌意，轻视别人的痛苦和悲伤。虚荣的人喜欢通过计谋让自己超越他人，并用尖锐的批评来腐蚀他人的性格。这种不断批评、贬损他人的行为是一种普遍的性格特征的表现，阿德勒称之为“贬低情结”，引申出“疾病情结”，不易被人察觉，比如，会有诸如恶心或处于危险之中的感觉，通过相关行为来暴露自己内心的真实想法。

有的人用简单的花招让周围的人被动接受他的训练，他对其他人的关心只是满足自身虚荣心的一种手段，其真正目的是在征服他人的过程中展示自己。现实世界中，在青少年犯罪中，“虚荣”起着很重要的作用。

虚荣除了容易产生攻击性性格特征外，还会产生野心、妒忌、嫉妒、贪婪和仇恨心理。妒忌在兄弟姐妹多的家庭中更容易显现出来，几乎所有孩子都会有妒忌心理。如果家中出现抢走父母更多关爱的弟弟妹妹，年长的孩子就会觉得自己像一个退位的国王，可能会做出让人细思极恐的事情。文中提到，一个小女孩因妒忌心理，八岁的时候便犯下了三起谋杀案，这是一个可怕的案例。

有攻击性性格的人，就会有非攻击性性格的人，后者表面上对人类没有敌意，却给人以敌对孤立的印象，自我孤立，无法与别人合作，主要表现为避世、焦虑、懦弱等。

文中结尾还讲了分离性情感（愤怒、悲伤、厌恶等）以及连接性情感（欢乐、同情、谦逊）。阿德勒引用瑞士教育名家裴斯泰洛齐的理论，认为母亲是决定孩子未来与世界关系的典范，孩子与母亲的关系决定了他以后的所有行为。

这本书让我对自己的人生有了更深刻的反思。我们每个人不断追求自己的目标和梦想，在这个过程中，遇到各种各样的困难和挫折。如何面对这些困难和挫折，如何调整自己的心态和行为，是我们每个人都需要面对的问题。

阿德勒的理论让我明白，我们不能被困难和挫折打败，应该将它们视为成长的机会，通过不断地努力和奋斗来实现自己的人生价值。同时，我们也需要学会与他人合作，共同面对生活中的挑战，只有在与他人的互动中，才能更好地发挥自己的潜力，实现自己的目标。

这本书还让我对教育和人际关系有了新的认识。在教育方面，我们应该注重培养孩子的社会兴趣和合作能力，不能仅关注他们的学习成绩。孩子只有具备良好的社会适应能力和人际关系处理能力，才能在未来的社会中立足并取得成功。

在人际关系方面，我们应该学会理解他人的需求和感受，尊重他人的个性和差异，建立良好的人际关系。同时，我们需要学会表达自己的需求和情感，避免沟通不畅导致的矛盾和冲突。

《理解人性》是一本具有深刻思想和实践价值的著作。通过阅读这本书，我对人性有了更深入的理解，也对自己的人生有了更清晰的规划。在今后的生活中，我将继续运用阿德勒的理论观点，不断地探索和发现自己的潜力，以实现自己的人生价值。

勇气的真谛与启示

阿根廷智者博尔赫斯在哲学的泉边低语："若天堂有形，必为书海之岸，图书馆之姿。"于是，我在闲暇之余，漫步在知识的绿洲，在泰晤士小镇的钟书阁邂逅日本作家岸见一郎的《被讨厌的勇气》与《幸福的勇气》，两本书并肩而立，字里行间，力透纸背，激发了我对生命更深层次的探索。岸见一郎的《无畏的勇气》也引领着我，步入其思想密林的更深处，每一步都踏着哲理的回响，仿佛我的心灵在密林间轻舞飞扬。

孔子有云："未知生，焉知死？"岸见一郎历经生死边缘的徘徊后，以心为笔，绘就了一幅关于生存的壮丽画卷。真正的幸福，在于无论在何种境遇都能怀揣生存的勇气，拥抱生活的喜悦，让生命的每一刻都闪耀着不朽的光芒。马丁·路德说："即便末日将至，亦要播种希望，因为生命的意义，在于向死而生，勇于自我超越，以宽广的胸怀拥抱变化，让有限的生命绽放出无限的光彩。"

《无畏的勇气》犹如五道璀璨的光芒，照亮勇气的多维面，从“失落之勇”的寻觅，到“重拾勇气”的征途，再至坦然面对“衰老与疾病”，对“死亡”的深刻省思，直至坚守“生存之勇”。岸见一郎剖析勇气之殇及其痕迹，提供实践与思考，以智慧之钥开启通往勇气重生的大门。

尤为触动我心弦的哲思是“活在当下”。纷扰的世界里，太多人迷失在过往与未来的迷雾中，忘却了脚下的路。岸见一郎提醒我们：“唯有直面自我，拥抱自我，方能洞见生活的真谛。”我们的所求、所愿、所行，都源于对当下的深刻体悟。活在当下的勇气对每一个平凡的灵魂而言，都是一场静默而伟大的革命。

探讨勇气的深邃课题时，我们将其视为成人世界的灯塔，播撒在孩童心灵的土壤，滋养着他们成长的每一步。阿德勒的智慧之语犹在我的耳畔回响：“父母之责，非但为子女铺设坦途，更在于点亮心灯，引领他们自我装备，以无畏之心拥抱人生的风雨兼程。”在光明又曲折的探索之旅中，我也时常漫步在迷雾与启迪之间，深知世间尽是梦幻泡影般的蔷薇园，仍与万千家长同频共振，用汗水铺就一条通向优质教育与未来之门的道路。好高中、好大学仿佛是通往梦想的必经之桥，而桥那头的征途，是永无止境的自我超越。

在这场漫长的赛跑中，我们渐渐领悟世间万物非尽人力所能及，即便是最不懈的努力，也无法触及每一片星空。教育的旅途中的这份领悟往往来得悄然无声，让孩子们待在象牙塔内，他们难以触及现实的棱角，这既是成长的庇护，也是未知的挑战，其间的幸运与不幸，或许正是生命赋予的复杂韵律。

谈及为孩子的人生奠基，其真谛远非简单设定目标、规划路径，而是激发他们内心的火种，让每个孩子都能成为自己命运的舵手，勇敢地航行在未知的海域。遗憾的是许多父母在爱的驱使下，不自觉地越界耕耘，以“他立”之名，行包办代替之实，忽略了自立之根在于自我探索与承担。

另有一类父母，洞见世态炎凉却以悲观为刃，不经意间在孩子的心中刻下了恐惧的烙印，父母的本意是想护孩子周全，却适得其反，让孩子在面对生活的荆棘时，增添了一份怯懦与退缩。正如未经风雨洗礼的幼苗，潜意识中寻求逃避挑战的避风港。

最终，我们深刻意识到教育的真谛在于赋予孩子直面风雨、解决自身人生课题的力量。唯有如此，他们才能在未来的日子里，无论风雨如何变换，都能用一颗坚韧不拔的心，绘制属于自己的绚烂图景。

回归内心深处的课题，我要援引阿德勒的智语：“人常因奢求过往而轻易对人生投以黯淡的目光。”期待是自我认知的朦胧映射，个体往往在自我能力的天平上摇摆不定，或高估其锋芒，或低估其潜力。探索之路上的坎坷与挑战是我们的必然伴侣，然而，有人将希望全然寄予他人，自己却吝于耕耘。阿德勒说：“宠溺温室中编织的虚幻泡影，终难抵现实风雨。”

遗憾的是，人生舞台如梦幻泡影般绚烂，就算心里有期盼，别人也不是专为填补我们的期待而生。如果不明此理，失望的深渊便悄然临近。此刻，我们需要有一股内在的力量，勇于直面自我，深知就算倾尽全力，也会有没有完全做到的事情。因此面对另一重境界——幸福与幸运，我们可以发现这两者间横亘着本质的区别。幸运是命运之神偶然垂青，幸福则是在灵魂深处拥抱真我，是对过往与当下差异的深刻接纳，是挣脱外界目光枷锁，自在绽放的生命姿态，这是幸福的真谛，是人生旅途中最难求索也最易遗落的宝藏。

假如人生是一场长途旅行，快速到达目的地并不是人生旅途的精髓。自从你踏出家门那一刻，旅途已经启程，每一分每一秒都是风景，时间以独特的韵律流淌，场景更迭如织如梦，追求效率的行进会让旅途显得苍白无力。旅行是寻觅让心灵震颤的价值，在不断地挑战中汲取勇气，正如罗曼·罗兰所言："真正的勇士，是明白生活的本质后依然热爱它。"

《无畏的勇气》是心灵的清泉，引领我们在人生旅途的疾驰中寻觅从容不迫的雅致，在纷扰的情绪迷雾中找回内心的宁静与和谐。正如蜗牛缓缓而行虽然不显示速度，但是步步坚实，留下生命的印记。我的阅读之旅也是如此，不疾不徐间的每一步都绽放思考与感悟的绚烂之花，让灵魂得以深邃，让生命更加丰盈。

智慧与传承

听从内心的召唤，寻找自己独一无二的理想，引领自己一生。

——题记

在翻阅《父亲巴菲特教我的事》之前，我怀揣着对经济学知识的渴望，希望从书中寻觅智慧的瑰宝。深入阅读后发现这是一本令人深思的书籍，彼得·巴菲特以自己的成长为线索，讲述他成为音乐家的经历，分享了父亲沃伦·巴菲特对他的教育和影响。这本书让我知道了沃伦·巴菲特对待财富和慈善的观念，以及巴菲特家族独特的教育理念观和价值观，从中获得了许多启示。

作者从恩赐、回馈、期望导入，以提问的方式呈现："人生在世不过匆匆数载，是什么样的信念与直觉决定了哪些事情值得一起做？我们又当以什么样的行为与姿态立世，才足以过好这一生？"答案是价值观，它决定着我们的选择。书中深入剖析了我们对自我身份的认知，即我们要通过使命、才华、决策与癖好去成就独一无二的自己。

世人熟知的沃伦·巴菲特，是“股神”、曾经的世界首富，是一个终身想持股的人，而这本书从儿子的角度去审视他，展现了他投资之外的人生哲学。作者说自己是命运给的上上签，父亲沃伦·巴菲特称他是“中了投胎的乐透奖”。作者认为，父亲是因为具备勤勉的工作态度、坚定的职业操守和稳定的智商水平，所以成为世界上最富有、最受人尊敬的人之一。作者认为，这是他父亲的成就，而不是他的，无论父母是谁，自己的人生必须自己弄清楚。

人们都认为沃伦·巴菲特的资产足够家人几世无忧，他把 370 亿美元捐赠出去就是最好的证明。但是，沃伦·巴菲特自己认为：“人在出生时，叼在嘴里的金汤匙在大多数情况下都变成了插入背后的一柄金匕首——成了一份未能善用的礼物，让人逐渐丧失了抱负和斗志，剥夺了年轻人踏上冒险之旅、追寻自己人生的机会。”

作者彼得·巴菲特 19 岁时只得到了一笔 9 万美元的资金，很多人不信，如果他们了解巴菲特家族的教育理念，就不觉得稀奇了。

巴菲特家族推崇的价值观是“赢取自尊”，这是职业操守。良好的职业操守不是在自己不感兴趣的工作中埋头苦干几十个小时，自我克制，自我奉献——这是受虐，某种情况下就是一种懒惰与缺乏想象力的表现。

良好的职业操守的本质是敢于发现自我，找到自己热爱的事物，这样就算是异常艰难的工作，也能让人心生欢喜甚至感觉是神圣的事。彼得·巴菲特观察到，父亲在研究价值线的过程中，所投入的专注程度可以说是进入了“入定”的状态。

在漫长的工作时间与令人殚精竭虑的决策压力面前，沃伦·巴菲特长年保持着饱满的精神状态，因为他不是为了金钱而工作，而是为了证明自己的商业智慧，金钱只是锦上添花，最重要的是工作本身满足了他无穷无尽的好奇心，令他走上发现新价值、开拓新机遇的奇幻旅程。

明智的、持久的工作理念不会把重点放在缥缈无常的回报上，而是放在过程中，即我们对工作的热情、专注及对目标的坚定程度，这些东西没人可以从我们身上夺走。人没有选择父母的机会，没有决定自己出身的权力，生命之初，是随机主宰了一切。可是，人最终能够拥有什么与出生时的境遇没有关系，而与如何对待这样的境遇有关，只有努力行动才能配得上良好的境遇。

巴菲特家族强调的另一个价值观是笃信教育的力量。作者彼得·巴菲特认为，教育的意义在于成全好奇心，为孩子的好奇心添一把火。童年时期，彼得·巴菲特的母亲带他认识了很多人，有的是寄宿在他家的留学生，有时候他们会去看看贫民区的生活，他从这些“朋友”口中得知他们的梦想、目标、生活现状、困难与挣扎等。潜移默化中，他懂得了“三人行，必有我师焉”的道理。教育的实质不只是传授书本知识，从更广阔的视角来看，应该是引导孩子尽可能丰富地、有意义地度过人生。而关于人性的理解，除了要了解自己内心最真实的想法，也要洞见他人的动机与渴望。

谦逊与持续学习也是教育的目标之一，更是一种力量，书中反复提及的一个主题就是谦逊。虽然沃伦·巴菲特成绩斐然，但他始终保持着学习者的姿态，这也是他成功的重要因素之一。他教导子女，无论取得多大的成就，都要保持对未知的好奇心和学习的热情，因为世界在不断变化，唯有学习才能让我们跟上时代的步伐。沃伦·巴菲特谦逊与求知的态度让我深刻反思，在快节奏的现代生活中，我们是否已经忘记了停下脚步，去聆听、去学习、去成长。

人生的目标不是追求财富和物质享受，而是寻找自己热爱的事情，并为之努力奋斗。作者回忆自己小时候，父亲没有给他过多的物质财富，而是鼓励他去探索自己的兴趣爱好，培养自己的才能和技能。这种教育方式让他明白，人生的意义在于追求自己的梦想，而不是被金钱和物质所束缚。我们面对的不是一个非黑即白的世界，没有足够的才华，就算拥有全世界最高的起点、最多的人脉，也无法保证我们成功。

值得一提的是，作者彼得·巴菲特是一名音乐家、作曲家、慈善家和作家，代表作品叫《做你自己》。了解他的经历后我很惊讶，股神之子却没有继承家族企业，不仅如此，沃伦·巴菲特的两子一女都没有从事巴菲特的事业，哥哥是一名摄影师，姐姐成为一名家庭主妇。在一次采访中，彼得·巴菲特说："爸爸的钱，应该还给世界！我很清楚我出生于一个有特权的家庭，但金钱是附属品，做自己喜欢的事才重要……"从这里我们可以看出，彼得·巴菲特认为，一个安全、有爱、开放的家庭才是人生的最大财富。沃伦·巴菲特不仅在物质上给予孩子充分的支持，更在精神上给予他们有益的关爱和引导。他鼓励孩子追求自己的梦想，勇于尝试新事物，不怕失败。在这种开放和包容的教育理念下，沃伦·巴菲特的子女得以自由地成长和发展，成为各自领域的佼佼者。

人们在追求梦想的过程中总会犯错，这些错误会给我们带来麻烦，也可能让我们付出时间与金钱的代价；但是，如果这些错误是因为我们听从内心所致，那我们不必为之感到惭愧。每一次跌跌撞撞犯下的错都是一次学习的机会，是我们人生大道上留下的小标记。如果不敢大胆试错，我们就失去了一次宝贵的机会；如果我们犯下错误却拒绝承认，就会错过向着更好的方向前进的机会，也错过成就自己的最好时机。我们经常说："真正想要的事和自以为想要的事混为一谈，这是人性。"现实生活中，我们常常被物质和虚荣迷惑，忽略了内心的真正需求。本杰明·富兰克林有句非常著名的话："经验是一所昂贵的学校，但对愚蠢的人而言，成长别无他途。"

彼得·巴菲特认为，真正的成功是自内而外的，源于我们自身所积蓄的力量，源于我们的热情、勤勉与投入。真正的成功是我们默默为自己赢得的，它的价值由我们而定。就如沃伦·巴菲特已经94岁高龄依然一周上6天班，住着60多年前买的普通民宅，开着十几年前买的车，他觉得这就是幸福的生活。

这是一本关于巴菲特的书，更是一本关于人生、成长、教育的书，让我重新审视自己的价值观和生活方式，从而更好地成为一个有品格、有责任感、有智慧的人。

心灵深处的纽带与成长

近两周的时间，我没有去书店了，感觉心里空落落的。终于能够放下手中的事务去书店汲取些营养，说走就走，目标是附近的朵云书院。

书院开放的时间是上午九点，但是我喜欢迎着六点半的晨光出发，享受温柔的和风，感受沿途的春光，触摸那一抹抹暖阳，慢慢渗透我浑身的细胞，一点点唤醒身体里的每个部位，世间万物都被那一束束金色的光爱抚。

书院开门时，我已经摆脱了朦胧的睡意，快步走进去，成为书院的第一个客人。我看着一排排书架如同威严的士兵般整齐地排列，木质的书架散发着醇厚的书香气息，承载着岁月的沉淀和智慧的积累，仿佛诉说着无数个挑灯夜读的故事。我情不自禁地开始寻找合眼缘的书，更倾向于古典诗词、人物传记、诗歌、散文、哲学等书籍。

当我走到心理学书架时，一本橙色封面的书映入我的眼帘，我常自嘲属于“外貌协会”的一员，这本书的色彩吸引住我。拿下来看到书名《爱与依恋的力量》，作者是美国科普作家德博拉·布卢姆博士，她有很多著作，主要关于灵长类动物研究，如《猴子战争》等，这本书里的主角也有猴子。

这本书由十章组成，主要记录的是20世纪最伟大的心理学实验，从比较心理学家哈利·哈洛的成长故事展开。哈利·哈洛最初的名字叫哈利·弗雷德里克·伊斯雷尔，小时候，他梦想着写诗、画画，从而能够出人头地，他的父母有自己的标准培养孩子。在当地信仰、宗教盛行的情况下，他的父母依然认为自己的标准排在第一位，三个孩子都考进了斯坦福大学，只有哈利·哈洛拿到了学位。哈利·哈洛遇上了三位优秀的导师：一位是动物行为学家卡尔文·斯通；另一位是“二战”时期为飞行员设计夜视镜的沃特·迈尔斯；还有一位是团队领导人刘易斯·特曼，他是比奈智力测试样题的设计者。哈利的三位老师都是他的引路人，让他立志改变现有科学。

斯通是个彻头彻尾的科学家，他有一个绝对的标准，就是做实验必须准确无误，大部分实验都是用兔子和老鼠，让哈利学会对实验满怀敬意，教会哈利如何用正确方法精确地罗列事实以及热爱科学。关于爱与依恋的力量哈利都是逐一去验证。

将母老鼠和幼鼠用网格状物隔开时，幼鼠显得很慌乱，母鼠愤怒地撕咬网格，最终咬开了障碍物。尽管面前有美食，但母鼠依然带着幼鼠到达安全的地方才开始进食。

哈利和斯通教授在研究母鼠强烈反应背后的原因，他们思考，这种现象难道只是简单的感觉反射吗？于是，斯通教授指示工作人员摘除了母鼠的子宫，弄瞎了母鼠的双眼，切除了母鼠感知气味的嗅球，再进行实验。这时，母鼠还是坚定不移地向幼鼠所在的方向爬去，这是母鼠的本能，来自母鼠的爱永远不会消失。

伟大的爱却历经了一个毒药时代。18 世纪欧洲文献记载，佛罗伦萨的一家孤儿院接收了 15000 名婴儿，但是三分之二的婴儿没有活到 1 岁就夭折了，不仅如此，西西里、圣玛丽救济院都有这种情况。一份调查报告显示，当时某些地区 1 岁以下的婴儿死亡率为 100%，因此将其归咎为大人传染给孩子的病菌。后来为了预防感染，婴儿出生后就被医院隔离起来，把干净、卫生的环境当作神圣的准则。部分华生派心理学家认为过度的母爱可能是一种有害的因素。仅英国就有超过 70 万儿童离开家园，但是再干净的环境也消除不了婴幼儿的孤独感，活下来的孩子越来越冷漠。研究人员在不断的观察中发现，医院里健康状况比较好的婴儿都是护士违反规定抱得比较多、比较宠爱的孩子。尽管如此，依旧没有改变婴幼儿的命运。

直至第二次世界大战的爆发，导致孩子无法送至医院喂养，却恰恰拯救了孩子，巴温克主张 :“婴幼儿都是感情动物，就像他们要吃饭一样，他们需要感情交流。”施皮茨主张 :“对孩子而言，爱是生存所必需的。而爱的首选，就是母亲之爱。”他把孤儿院发生的事拍成了心理学影片《痛哉——垂死的婴儿》，这部电影影响力很大。直至 20 世纪 50 年代，约翰 · 鲍尔比提出“依恋理论”，强调在孩子的成长过程中被爱的重要性。

哈利为了宣扬爱走了不同寻常的路，在动物园做实验实现目标，也迎来了 20 世纪最伟大的心理学实验——恒河猴实验。

哈利养了3只卷尾猴，3只猴形成了一个马斯洛所说的等级体系，他原本认为猴子的一系列行为只是由“练习率”和“效果率”形成。为了证明训练过的猴子的智力，他组织了17个孩子，年龄在2至5岁，智商在109至151分，开展了一些没做过的项目测试，猴子的表现很出色。于是，哈利训练了这些孩子，训练完后，再进行对比，发现孩子的表现远远超过了猴子。于是，他确定了自己的观点：“猴子与人类一样都有分析能力。”他认为：“没有谁生来就是聪明的，每个人都大有前途。只有受到良好的教育和培训，才能激发他们的潜能。”

影响人们智力的是什么呢？是爱吗？人类对一切充满好奇，总在不断地追求真相。在纽约市的威廉·戈德法做了一项有关于情感与智商的研究，他对弃儿之家的儿童进行研究，把原本家庭出身优越的孩子，包括遗传基因好的孩子留在孤儿院；把出身和遗传不太好的孩子送给别人收养。若相信遗传法则，我们能推论出，弃儿之家的儿童更聪明，可是戈德法得到的结果相反，被收养的孩子的平均智商96分，而留在孤儿院的孩子平均分才72分，并且做事不够果断，玩耍的时候都要按秩序，听从大人的指令才知道下一步，性格上非常冷漠。威廉·戈德法得出结论：“兴趣和感情是合二而一的，像扭在一起的绳子，无法分离。”

再回到哈利的猴子实验。他使用两组猴子，找了两个代理妈妈，一个是柔软的布妈妈，一个是铁丝妈妈。实验结果是，不管哪个妈妈不在，小猴子们都会慌张，受到惊吓后都会逃回妈妈怀里。在后续的观察中，他发现布妈妈的孩子更勇敢，铁丝妈妈的孩子冷漠、退缩、暴力。时间久了，小猴子发现代理妈妈们对它们没有回应，但是它们依然依恋代理妈妈们。哈利把布妈妈拿到树脂玻璃箱内，小猴子们试图想把妈妈弄出来，显然它们不希望妈妈待在那里。所有的实验证明：孩子与母亲之间存在深刻永恒的纽带，爱是从生命一开始就有的，也许没有谁比孩子更会爱，更会珍惜。

哈利·哈洛的研究和实验给世界带来一系列的改变。布卢姆对哈利的研究进行深刻的剖析和领悟：爱意味着工作，需要日复一日、一砖一瓦地打造爱的基础。付出时间，倾尽心力，其结果必然培养出身强健壮、充满爱心的孩子。当然，布卢姆博士在书中列举了很多案例，主要是阐述了爱与依恋作为人类基本情感诉求的重要性。

布卢姆用深厚的学术底蕴和人文关怀，将爱与依恋的力量展现得淋漓尽致。指出爱不仅是一种强烈的情感表达，更是驱动个体生存、成长与发展的核心动力。无论是亲子之间的天然依恋，还是伴侣间的深情厚谊，抑或人与社会的紧密联系，都离不开爱与依恋的力量。她在论述中强调，健康的依恋关系对个人的心理健康发展至关重要，能够提供安全感、满足感和归属感，并有助于塑造积极的人生观和价值观。反之，缺失或不良的依恋关系可能导致心理障碍甚至人格缺陷。

这本书使我深深体会到充满爱与依恋的关系，是我们实现自我价值、提升生活质量的重要途径。我希望更多的人能够读到这本书，共同感受爱与依恋的美好和力量，开启每个人的爱之旅。

掌握命运之舵，航向新高度

在浩瀚的书海中，我很少选择“鸡汤”类的书籍，然而这本书却让我爱不释手，因为她来自一段机缘，这本书的作者是许文艳老师。

初次相识是在微信上，我和许老师因为我的作品而有接触。因为我的个性，就事论事后就没有下文，许老师也是如此，只觉得大家只是配合工作。我们的再次相遇是出席协会会议，我们相邻而坐，会后我们侃侃而谈，谈好书，谈人生，谈如何写作。

对初出茅庐的我，她给了很多建议，交谈过程中我逐渐了解到她在文学上取得的成就，似乎写书对她来说是一种享受。她谈吐间的婉约，对人生观的理解，让我有豁然开朗的感觉。我要的文学感觉就是对生活充满热爱，漫不经心地踏过岁月，又可以悄然无声地留下回忆。

一次美好的相遇，让我开始品读许老师的书，这本《自制力：活得更高级的人生标配》是她亲赠，让我激动不已，也是我阅读她的第二本书。这本书让我走进她的故事，走进她的人生历程，体会她的一段又一段心路历程。

书籍的封面主色调是灰白的，看起来很和谐，像极了人生，除了黑白两极端，还有灰色地带。许老师对自制力有独特的视角和深刻的见解，解开我曾经寻觅许久都找不到答案的疑惑，让我对自制力有了全新的认识和理解。

书中提到："自制力是一种能力，更是一种智慧。"自制力不仅意味着抵制诱惑和克服困难，更意味着对自己的掌控和规划。这种能力能够让我们在复杂的世界中保持清醒和坚定，不受外界的干扰和诱惑。这种智慧可以让我们在人生的道路上走得更加从容和坚定，不迷失前进的方向，不偏离人生的轨道。

如书中所述，每个人都有取得成功的可能，只是通往成功的路上会有两个路口：一是"借口"，二是"方法"。前者是逃避现实，后者则是挑战成功。在追寻成功的路上，借口可以让自己躺平每一段历程，自制力成了普通人高攀不起的奢侈品。

海明威说过："自己就是主宰一切的上帝，倘若想征服全世界，就得先征服自己。"人最怕没有志向，有了志向才会懂得自制。书中列举了很多关于自制力的小故事，以层进的方式引导我们如何自制及走向成功，比如"弱者拒绝改变""一旦拥有梦想"等主题。

《自制力活得更高级的人生标配》带着读者一步步走出迷茫。让我们学会立长志，因为生活从来不会向我们许诺什么，但是却不会辜负每一个正在努力奔跑、改变现状的人。机遇也总是留给有准备的人。

我们总是羡慕别人的岁月静好、与世无争，却不知道真正的岁月静好，是在成功之后才会获得。真正的幸福需要物质的支撑，需要同频的梦想，需要自带光芒去照亮彼此。这样修行的人生才可以滋养出岁月静好的幸福。

梦想如作者所说很沉重，似梦似幻，她需要无数的挫折、磨难来当基石，有的人一辈子都未触及过。当我们信心十足追梦时，现实往往会给我们一记响亮的耳光或者一种覆灭的灾难感，足以吓退大部分人。智者会选择迎难而上，所以成功就成了小概率。我们需要明白，在追梦的路上“失败是常态”，不放弃并且找到合适的路继续前行，才是我们需要坚持的。

泰戈尔在《飞鸟集》中曾写道：“如果错过太阳时你流了泪，那么你就会错过群星。”既然选择远方，就要做好风雨兼程的准备。

我曾经在凌晨三点时开始攀登南岳衡山，就为了登顶看衡山的日出。四点多钟时，我正在努力攀爬，突然整座山瞬间被无尽的黑暗笼罩，迎来黎明前的黑暗，除了手电筒发出的微弱的光，光圈之外伸手不见五指。这是我第一次真正体会到黎明前的黑暗，心里很害怕，后悔弥漫全身。但是，身处在山路上的我，没有退路，只能前行。胆小的我咬咬牙，排除杂念，鼓足勇气继续向上爬，口中默念着：“向前一步就离顶峰近了一步。”我向着我的目标前行，最终登上顶峰，饱览衡山上最壮观的日出和一线天，领略层林尽染的枫叶红海。那时的我感谢我的坚持，它让我收获满满。

或许有人艳羡别人的成功，或许有人将成功的过程轻描淡写一番，但是我们要知道：小草的春风吹又生，才汇成大地生生不息的绿意盎然；零零星星的花儿永不停息地绽放，才能创造五颜六色的世界。

生活在尘世里，我们惊叹彩虹的美丽，却不知道它经历过雷电风雨的洗礼，才成就美好。没有永远的巅峰，只有学会不断地淘汰自己，“自制”相伴，才能活出属于自己的人生，走上一条适合自己的成功之路。

以努力之名赴梦想之约

这是一本充满特殊意义的书，我与它相遇，并非偶然，而是源于一次心灵的触碰、一次同频的闲聊，更源于那份难以言表的尊崇与相互的欣赏。在浮世万千中，能遇到这样一本书，能遇到这样一位灵魂契合的作者，实在是我人生中的一大幸事。

我初次翻开《让你的努力，配得上你的梦想》这本书，便被书中深入浅出的文字所吸引。作者没有用华丽辞藻堆砌出一个个空洞的故事，而是用我们耳熟能详的生活片段，以她独特的视角和解说，勾勒出一幅幅关于梦想与努力的生动画卷。这些故事如同一位智者在我的耳边低语，告诉我每一个梦想都不是轻易能够实现，每一个梦想的背后都需要付出无数的汗水和努力。这些汗水和努力，是梦想之花的肥料，正是它们，让我们的梦想有了实现的可能。

书中处处升华着对“努力”的赞美，每一句话都充满了力量，如同激昂的鼓点，激励着我不断地前行。同时，这本书是对每一个追梦人的鼓励和鞭策，书里的一个个现实故事让我明白，成功并不是遥不可及的彼岸，只要我们愿意付出努力，不怕困难，不怕失败，就一定能够到达梦想的彼岸。

我读着作者对故事的独特解说，又细细地体会着她自己的故事。仿佛她的一幕幕人生经历在我的眼前浮现，那份对梦想的执着和坚持，让我深受感动。她把自己的经历写成文字，无声地诉说着一个道理：只要我们肯努力，只要我们保持初心，就一定能够实现自己的梦想。这种精神，不仅仅是对个人梦想的追求，更是对生活、对未来的积极态度。它让我看到，即使面对困境和挫折时，只要我们不放弃，不妥协，就一定能够找到一条通向成功的道路。

这本书没有一味地强调努力和奋斗。它以一种温柔而坚定的语气，提醒我们在追梦的旅途中，要学会调整自己的心态，用积极的心态面对挫折和失败。因为追梦的道路并不平坦，充满了未知和变数。有时，我们可能会因为一时的失败而心灰意冷，甚至想要放弃。但正如书中所说，只有当我们学会接受失败，学会从失败中汲取教训，才能真正地成长，才能走得更远。

在这本书的陪伴下，我逐渐学会调整自己的心态。我开始明白，每一个成功者的背后，都隐藏着无数次失败和挫折。但他们之所以能够成功，是因为他们从未放弃过追求梦想的步伐，从未停止过努力。他们始终坚守本心，保持上进心，无论遇到多大的困难，都能够坚定地向前走。

此外，这本书还让我更加深刻地理解了梦想与努力之间的关系。梦想，是我们人生的灯塔，指引着我们前进的方向。而努力，则是我们实现梦想的桥梁，它让我们跨越重重困难，最终到达梦想的彼岸。没有梦想的努力是盲目的，没有努力的梦想是空洞的。只有当我们将梦想与努力相结合，才能够在人生的道路上走得更远、更稳。

我读完这本书后，更加坚定了自己的梦想和追求，更加努力地学习、工作，不断地提升自己的能力和素质。同时，我也学会了面对挫折和失败，在困难面前保持冷静和坚定。我知道，这些都是我在追梦路上必不可少的财富。

感谢《让你的努力，配得上你的梦想》这本书，感谢作者，让我学会了追逐梦想，用积极的态度面对人生。我相信，在未来的日子里，我会带着这份坚持和努力，继续前行，直到实现自己的梦想。因为我知道，我的努力一定配得上我的梦想。无论前方有多少风雨和坎坷，我都会坚定地向前走，因为梦想就在前方，等待着我去追寻、去实现。

自我实现的呐喊

《妈妈，我想为自己而活》是一部由海伦·内勒倾注心血撰写的非虚构杰作，它叙述了一段个人成长的故事，更是一面镜子，映照出现代家庭教育中那些被忽略的阴影。我在阅读这本书的过程中，心灵深受震撼，记录下我内心的一些回响。

海伦以她稚嫩的童年和动荡的青春期为起点，细腻地描绘了一幅家庭的画卷。在父亲病榻旁，母亲病弱的阴影下，她早早地肩负起照顾双亲的重担。尽管她的生活充满了艰辛，但在她幼小的心灵深处，却埋藏着一段段温馨的回忆。

随着父亲的离世，海伦逐渐意识到，她在成长之路上，有许多事情并未学会。在外人眼里，这一切似乎是母亲溺爱的结果。但在她的世界中，那位“脆弱”的母亲，让她的生活变得单调而沉重，她被迫做着不愿做的事，却因为习惯的力量，始终无法挣脱母亲的束缚。

当她踏入大学的殿堂，终于获得一丝喘息的空间，那些困扰她的失眠症状也有所缓解，她甚至怀疑自己患上了抑郁症。后来，她步入婚姻的殿堂，也成为母亲，但她母亲对她的操控依旧如影随形。

当母亲住院时，她经历了无数次的内心挣扎，直到母亲离世，她才逐渐揭开了母亲生病背后的真相。海伦在痛苦中变得歇斯底里，后来在爱人的陪伴下，她慢慢地释怀，慢慢地走出了阴霾，最终拥抱自己的新生，这个过程也引发了读者的深思。

这本书揭示了家庭教育中一个常被忽视的课题：父母对子女的过度控制和情感操控。海伦的母亲通过扮演“病人”的角色，逃避作为母亲的责任，将海伦推向照顾者的位置。这种行为不仅剥夺了海伦的童年，也对她的心理健康造成了深远的影响。

在现代家庭教育中，我们常常强调父母应该给予孩子足够的爱和支持，但我们往往忽视了父母行为的另一面：过度的控制和期望会成为孩子成长的枷锁。

书中展现了“有毒”的亲子关系对个人成长的破坏性影响。海伦在成长的过程中不断挣扎，试图摆脱母亲的阴影，寻求自我认同和独立。这个过程充满了痛苦和挑战，也展现了个体成长的力量和可能性。

现实生活中，许多年轻人努力摆脱父母的过度保护和期望，寻找自己的道路。这本书提醒我们，尽管家庭是我们成长的摇篮，但我们也需要空间去探索、去失败，成为真正的自己。

这本书中对母爱的探讨深深触动了我们内心深处的琴弦。母爱，常被描绘为一种无私和伟大的力量，然而海伦的故事却揭示了一个复杂的真相：母爱有时是有条件的，甚至可能带来伤害。这并不是否定母爱的价值，而是提醒我们认识到父母也是有着自身局限和挣扎的普通人，他们的行为，往往受自己经历和心理状态的影响。因此，当我们评价父母的行为时，应当怀有更多的理解和同情。

在现代家庭教育的语境中，我们常常强调父母应该为孩子营造一个充满爱与支持的环境。这本书却提醒我们，家庭教育的质量并不仅仅取决于父母的善意，还需要父母具备正确的教育观念和方法。父母应该尊重孩子的个性和选择，支持他们探索这个世界，而不是试图将他们塑造成自己心目中的理想形象。

此书同样引发了我们对家庭教育的深思。随着社会的快速发展，家庭教育面临许多新的挑战，比如父母工作时间的增加、隔代教育的问题，以及网络和社交媒体的深远影响等。这些变化要求我们重新审视家庭教育的角色和方法，探索更适合现代社会的教育模式。

《妈妈，我想为自己而活》不仅是一部讲述女性成长历程的著作，也对现代家庭教育提出了深刻的挑战和反思。通过阅读这本书，我们可以更深刻地理解家庭教育的重要性，以及如何在爱与自由之间找到平衡，让孩子可以健康成长，成为他们想要成为的人。

点亮儿童的成长之路

在探索人类心灵的奥秘时，我时常惊叹于那些能够洞察人性深处的伟大思想家。最近，我有幸接触到阿德勒的《儿童教育心理学》，他的心理学理论如同一盏明灯，照亮了我通往专业殿堂的道路。他不仅是一位伟大的心理学家，更是一位深刻的哲学家。

在阿德勒的理论中，自卑感是一个核心概念。这种心理天性普遍存在于儿童，也是成人世界中的一种常见现象。自负，往往只是为了掩饰自卑感。无论是儿童还是成人，我们都在追求一种优越感，这种追求有时会让我们偏离正确的轨道，成为我们追求卓越的负担。通过适当的训练和引导，我们可以弥补自卑感，找到让它消失的秘诀。

在情感和独立性方面，我认为每个孩子都是一个独特的个体，他们的成长需要爱和指导。在儿童早期教育中，我们不仅要关注他们的情感需求，让他们在安全和信任的环境中成长，还要鼓励他们去探索世界，尊重他们的个性差异。我们不应该强迫他们达到某种标准或期望，应该给予他们足够的空间和支持，激发他们的好奇心和创新精神，发挥他们的优势和特长，培养他们解决问题的能力。正如阿德勒强调，教育的目标不仅是传授知识，更重要的是培养孩子独立思考的能力、自主能力和社会责任感。

阿德勒的理论有许多值得我们深思的地方。他强调，人的尊严和价值在于实现自身的可能性，这种可能性不仅是个体的潜力，更是对社会的贡献。他的理念旨在帮助孩子建立积极的人生观和价值观，让他们能够在未来的人生旅程中更好地应对挑战并取得成功。

在教育孩子的过程中，我们经常会遇到各种挑战。有时候，我们会因为孩子的不听话而感到沮丧；有时候，我们会因为孩子的成就而感到骄傲。但是，我们要记住：孩子的成长是一个复杂的过程，需要我们的耐心、理解和支持。我们不能只关注他们的成绩，更要关注他们的心理健康和情感需求。我们要教导他们如何面对失败，如何从挫折中站起来，如何与他人合作，如何为社会做出贡献。

阿德勒的理论告诉我们：每个人都有自己的价值和尊严，无论他们的出身、背景或能力如何。我们应该尊重每个孩子的个性，鼓励他们追求自己的梦想，帮助他们发挥自己的潜力，教会他们独立思考、自主决策、承担责任。我们要让他们知道，他们的价值不在于他们的成绩或成就，而在于他们作为一个人的本质。

在教育孩子的过程中，我们自己也要不断地学习和成长，不断地更新自己的知识和技能，以便更好地指导和支持孩子。我们要学习与孩子沟通，理解他们的需求和感受，激发他们的兴趣和热情。我们要成为他们的榜样，让他们看到我们勇敢地面对挑战，克服重重困难，为社会做出贡献。

总之，阿德勒的《儿童教育心理学》给我们提供了一个宝贵的视角，让我们能够更深入地理解孩子的心理和行为。他提醒我们，教育不仅是传授知识，更是培养孩子的独立性、自主性和社会责任感；他鼓励我们尊重孩子的个性，激发他们的潜力，帮助他们实现自己的梦想。通过学习和实践阿德勒的理论，我们可以更好地教育孩子，帮助他们建立积极的人生观和价值观，为他们的未来打下坚实的基础。

整本书探讨了阿德勒的心理学理论在儿童教育中的应用，能够激发读者对儿童教育心理学的兴趣，鼓励他们在教育孩子的过程中应用阿德勒的理论，从而帮助孩子们建立积极的人生观和价值观。我相信，通过我们的努力，可以培养出更多自信、独立、有社会责任感的孩子，可以帮助他们在未来的人生旅程中更好地应对挑战并取得成功。

汲取宝贵的智慧和力量

一次偶然的机会，朋友向我推荐了《高效能人士的七个习惯》这本书。阅读之后，我深感此书对于提升个人效能及加强团队协作具有极其重要的指导意义，我的观念与书中所述不谋而合。

作者史蒂芬·柯维通过详细阐述七个习惯，为我们指明了一条清晰的成长之路，引领我们从依赖他人走向独立，进而学会有效地影响他人。

“积极主动”的习惯，强调了个人责任的重要性。它教导我们，在面对生活与工作中的各种挑战时，应当勇于为自己的行为和成果负责，而非一味地抱怨外界环境。

“以终为始”的习惯，要求我们明确自己的目标与愿景。我们只有清晰地知晓自己想要到达的终点，才能制订出切实可行的计划，一步步向目标迈进。

“要事第一”的习惯，提醒我们要将精力集中在最重要的事情上。我们只有优先处理那些对实现目标至关重要的任务，才能确保自己的时间和努力不被浪费。

以上三个习惯，不仅为我个人的成长提供了有力的支持，也让我在团队协作中更加游刃有余。而接下来的四个习惯——“双赢思维”“先理解，再被理解”“协同合作”和“不断更新”，更注重于人际关系的建立与维护。

“双赢思维”鼓励我们在与他人交往时，寻求双方都能受益的解决方案，从而建立起稳固而持久的合作关系。

“先理解，再被理解”教会我们，在沟通的过程中要先倾听对方的声音，理解对方的立场和需求，才能更好地表达自己的观点，达成有效的沟通。

“协同合作”强调了团队合作的重要性。我们要集思广益、共同努力，才能够创造超越个体能力的成果，实现团队的共同目标。

“不断更新”提醒我们，要保持自我成长和提升的意愿。无论是个人技能、知识储备还是心态调整，都需要不断地进行更新和优化，以适应不断变化的环境和挑战。

这四个习惯对管理者而言尤为重要。它们不仅能够帮助管理者建立起良好的人际关系，提高团队的凝聚力和战斗力，还能够为团队创造更大的价值，推动团队不断向前发展。

尽管我的兴趣不偏向管理类书籍，更倾向于历史类读物，但不可否认的是，《高效能人士的七个习惯》确实为我提供了一套实用的工具和方法。这些工具和方法不仅能够帮助我提升个人能力，还能够在团队协作中发挥重要作用。如果大家还想了解细节，我推荐你们尝试阅读这本书，相信在阅读过程中，你们也会从书中汲取到宝贵的智慧和力量，为自己的成长和团队的进步贡献出更多的价值。

一场自我探索的旅程

我在上海钟书阁邂逅了岸见一郎的《被讨厌的勇气》。我花了十天的时间，断断续续地读完了这本书。在阅读的过程中，我不断地思考，不断地反思。书中不仅提及了另一本书《高效能人士的七个习惯》，而且以阿德勒心理学为理论基础，通过生动的案例和浅显易懂的语言，让我对勇气、自由、自我接纳、人际关系等重要概念有了更深入的理解。

《被讨厌的勇气》中提到，我们每个人都渴望被他人喜欢和接纳，但是，这种渴望往往导致我们过度在意他人的看法，从而失去了自我。真正的勇气在于敢于被讨厌，敢于做自己，敢于追求真正的自由。我们应该学会接受不完美的自己，理解自己的价值并不取决于他人的思想。

一、反思人际关系

虽然这并非我阅读这本书的初衷，但书中的见解却让我深受启发。我们常常在追求他人的认可中迷失了自己，忘记了自己的独特价值。而真正的自我接纳，是认识到自己的不完美，在此基础上建立起自信和自尊。这种自我接纳，不是自大，也不是自卑，而是一种平和的自我认知和自我尊重。

二、人生规划的思考

关于人生是否应该是规划的，书中提出了一个颠覆性的观点：人的每时每刻都是一个点，人生只是点的连续，因此人生便是那一连串的刹那。规划式的人生不是没有必要，而是根本不可能。我非常赞同作者提出的："此时此刻才是最重要的。"我们应该"以终为始"，否定以目标为主的价值观，而是重视此时此刻，摒除过去、未来，因为它们和此时此刻都没有关系。我们应该专注当下，一切将水到渠成。我们的价值由自己决定。

三、自我成长的重要性

这本书让我意识到，我们应该勇敢地面对自己的人生，勇敢地与他人建立良好的人际关系，勇敢地实现自我成长，努力成为一个更加自信、独立、有价值的人。这种成长，不是一蹴而就的，而是需要我们在每一个当下，不断地自我反思和自我超越。

四、勇气的真正含义

书中的每一个案例，都像是一面镜子，映照出我们内心深处的恐惧和渴望。这些案例让我们看到，那些我们害怕被别人讨厌的情绪，其实是我们内心深处对自我价值的怀疑。当我们敢于面对这些恐惧，敢于被讨厌，我们才能真正地活出自己，活出自由。

五、活在当下的智慧

《被讨厌的勇气》不仅仅是一本书，更像是一把钥匙，打开了我们内心深处的一扇门，让我们看到了一个更加宽广的世界。在这个世界里，我们不再被他人的看法束缚，不再被过去的阴影困扰，也不再恐惧未来的不确定性。

六、自我价值的实现

这本书让我明白，人生不是赛跑，而是一场旅行。在这场旅行中，我们不需要和别人比较，不需要追求别人的认可，我们只需要做自己，做最真实的自己。我们的价值，不是由他人来决定，而是由我们自己来决定，勇敢地做自己。

最后，我想感谢《被讨厌的勇气》这本书，它让我看到了自己的不完美，也让我看到了自己的价值。它让我明白，真正的勇气，不是没有恐惧，而是在恐惧面前，依然选择前行。它让我明白，真正的自由，不是没有束缚，而是在束缚中，依然选择做自己。

在未来的日子里，我将继续带着这本书给予我的勇气和智慧，勇敢地面对自己的人生，勇敢地做自己，追求真正的自由。因为我知道，只有这样，我才能活出自己的价值，活出自己的精彩人生。

寻找幸福的密码

在人生的长河中，我们或迷茫或彷徨，不断探寻幸福的真谛。

——题记

继《被讨厌的勇气》之后，我再次翻开岸见一郎的作品《幸福的勇气》，仿佛又找到了一颗璀璨的明珠。《被讨厌的勇气》告诉我们：所谓的自由，就是拥有被别人讨厌的勇气。而《幸福的勇气》则进一步指明：要有去爱的勇气，这是通往幸福的勇气。两部作品都以“自我启发之父”阿德勒的哲学为核心，引领我们探索内心的世界，寻找真正的自我。

在《幸福的勇气》的推荐序言中，有一段文字对这本书进行了深刻的诠释，让我深受启发。它说：“遭遇伤害却报之以琼瑶，这不仅仅是勇气的体现，更是知识和智慧的结晶。”在生活中，我们经常遇到伤害和挫折，如何面对这些伤害，决定了我们的成长和幸福。如果我们选择以善良和宽容回应，不仅需要勇气，更需要我们对生活的深刻理解和智慧。

人生是一场漫长的旅程，我们可能会遇到各种困难和挑战，最重要的是要知道该怎么办，而不是沉浸在受害者的角色中无法自拔。无论你经历了什么，遭受了怎样的不幸，都不要以受害者自居。只有积极面对困难和挑战，才能找到解决问题的方法，从而走出困境。

不畏将来，不计较过去，学会自我消化，承认自己是普通人。过去已经成为历史，无法改变；未来则充满未知，无法预测。我们能够把握的只有现在。因此，我们不要过分纠结过去，也不要过分担忧未来，要学会放下过去，珍惜现在，勇敢地面对未来。接受自己的普通，不要给自己过高的期望和压力，这样才能轻松地生活。

幸福的核心是对自己负责，找到属于自己的心灵。幸福并非外界的给予，而是源于自己内心的满足和成长。我们要对自己负责，找到自己的心灵归宿，明确自己的价值观和人生目标。只有这样，我们才能在纷繁复杂的世界中保持清醒和坚定，追求真正的幸福。

新的理论指出，幸福是诸多元素的积累，并非一蹴而就，需要我们不断的努力和积累。同时，幸福与我们的性格一致性和稳定性有关。一个性格稳定、内心强大的人，更容易在生活的各种挑战中保持平静和乐观，从而更容易获得幸福。

勇者不惧，不惧者幸福。主动去爱，自立起来，选择人生，这是通往幸福的必经之路。我们需要勇敢地面对自己的内心，主动去爱别人，去关心别人。同时，学会自立，不要依赖别人来给予我们幸福。只有当我们真正掌握了自己的人生，才能找到真正的幸福。

《幸福的勇气》不仅适合个人阅读，更适合家长和教师阅读。在书中，作者详细阐述了“问题孩子”的五个发展阶段：称赞的要求、引起关注、权力争斗、复仇、证明无能。这五个阶段通过对话的形式清晰地呈现出来，让我受益匪浅。多年的教学经验告诉我，这些问题行为的“目的”确实值得我们深入思考和探索。

书中提到了竞争的关系，以及不表扬和不批评的教育方式。人生始于不完美，每个人都是多种性格的集合体。因此，我们不能简单地用表扬或批评来评价一个人。教育的目标是自立，教育者应该承担起心理咨询师的角色，帮助孩子们找到自己的内心力量，实现自我成长。这个新鲜的定义如同一汪清泉，注入了我的心底，让我对教育的意义有了更深的理解。

通过阅读这本书，我再次更新了教育的意义。教育不仅仅是传授知识，更是帮助孩子们找到自我、实现自立的过程。作为教育者，我们应该关注每一个孩子的内心世界，帮助他们解决成长中的困惑和问题。同时，我们也要学会自我反思和成长，不断提升自己的专业素养和教育能力。

在未来的教育道路上，我的目标更加清晰。我将以更加饱满的热情和更加坚定的信念，投入教育事业中。我相信，只要我用心关爱每一个孩子，用智慧引导他们成长，就一定能够培养出更多自立、自信、幸福的孩子。同时，我也会在自己的成长道路上不断前行，追求更高的境界和更深的幸福感。

《幸福的勇气》不仅是一本关于幸福的书，更是一本关于成长和教育的书。它让我重新审视了自己的内心世界和教育观念，让我更加坚定了追求幸福和成长的决心。我相信，在未来的日子里，我会带着这份勇气和智慧，继续前行，在教育的道路上创造更多的奇迹，拥有更多的幸福。

开启胜利之门的思考

在纷扰复杂的现代社会中，寻找一本能够指引我们前行的书，无疑是一件令人兴奋且充满期待的事情。当我翻开冯唐的《胜者心法》时，心中就充满了这样的期待。这本书是一部关于在职场和生活中取得成功的指南，更是一部深邃的人性洞察和谋略智慧宝库。通过深入研读，我感受到书中蕴含的巨大力量，也对自己的生活和职业道路有了全新的认识。

《胜者心法》是冯唐基于对《资治通鉴》的多年研读和深刻理解，结合现代商业社会的实践，精心打造的一部力作。冯唐不仅是一位才华横溢的诗人、作家，还是一位资深的战略管理专家，他曾在麦肯锡公司担任全球董事合伙人，还在华润集团、中信资本等企业担任高管职务。这样的背景使他在解读历史智慧与现代商业实践之间游刃有余，为我们提供了一部既有深厚文化底蕴，又极具实战指导意义的佳作。

在阅读过程中，首先，我就被冯唐对人性深刻而细腻的剖析所吸引。通过他讲述《资治通鉴》中的历史故事，将人性的复杂与多变展现得淋漓尽致。无论是智伯之死的战略抉择，还是吴起 PK 田文的用人原则，都让我们看到人性中的贪婪、自私、勇敢与智慧。冯唐通过这些故事，让我们对人性的本质有了更深入的认识，也教会我们在复杂的人际关系中保持清醒的头脑，洞察他人的心思，从而在交际、谈判、管理等方面游刃有余。

除了对人性的深刻洞察，冯唐在《胜者心法》中还为我们揭示了谋略的精髓。他结合现代社会的特点，将传统谋略的智慧进行了新的解读和升华，提出了许多独到的见解。这些谋略不仅适用于个人成长，也适用于企业发展，让我们在追求成功的道路上更加得心应手。例如，在商鞅入秦的故事中，我们看到了破局的关键在于用奇才；在围魏救赵的故事中，我们学会了如何迂回解决问题；在苏秦合纵六国的故事中，我们明白了强弱联合很难，弱弱联合必败的道理。这些谋略和智慧，让我们在面对困境时有了更多的应对策略，也让我们在追求成功的过程中更加从容不迫。

《胜者心法》不只是一部关于谋略和智慧的书籍，冯唐在书中还强调了心态的重要性。他认为，真正具备胜者心态的人，拥有共享、创新、不断学习的能力。他们敢于面对困难，处理变数，充分利用时间，积极进取，充满信心。更重要的是，他们懂得把握机遇，增强自己的竞争力，从而在任何困境中都能找到出路，获得成功。这种心态的培养，不仅需要我们对自身有深刻的认识和清晰的定位，还需要我们在实践中不断磨砺和成长。

我在阅读《胜者心法》的过程中，深刻感受到了冯唐对成功和失败的独到见解。他认为，成功不是一蹴而就的，而是我们不断努力和积累的结果。同时，失败也并不可怕，关键在于我们要从中吸取教训，调整心态，重新出发。这种对于成败的辩证认识，让我在面对生活的挫折和困难时更加从容不迫，也更加坚定了追求成功的信念。

此外，《胜者心法》还让我深刻认识到了修炼自我、提升品质的重要性。冯唐通过讲述历史人物的故事，让我们看到了那些成就伟业的人是如何不断修炼自我、提高自身能力来应对各种挑战和困境的。这些故事不仅让我深受启发，也让我更加坚定了修炼自我、提升品质的决心。我相信，当我们真正做到了这一点，就能在竞争激烈的社会中脱颖而出，成就一番辉煌的事业。

《胜者心法》是一部极具价值的著作，为我们提供了丰富的知识和智慧，让我们在追求成功的道路上有了清晰的认识和坚定的信念。通过阅读这本书，我学会了洞察人性、运用谋略、调整心态及修炼自我。这些经验和智慧伴随我在未来的生活和职业道路上不断前行，成为我取得成功的强大助力。

此书不仅是一本关于成功的书，更是一本关于成长和智慧的书。它让我们在追求成功的过程中不断反思自我、提升品质，从而成为更加优秀和卓越的人。如果你正在寻找一本能够指引你前行的书，那么《胜者心法》是一个不容错过的选择。

年龄：一个被误读的概念

趁着一个特殊的空档期，我独自去了书店，想换个环境思考一下当时遇到的困惑。进了书店后，我也慢了下来，静了下来，忘却踏入书店前的一切，弥补了两周没有与书相约的遗憾。

我走进书店，本来想直奔古代文学区，不知不觉就走到了哲学书区，看到了一本周国平老师的书。我读过他的一些语录和散文，但都不完整。随手翻了一下目录，便决定带走这本《年龄是一个谣言》。

这本书的书名很有意思，书中提出年龄是虚无缥缈的，无法证实，只是外界数据给其定义了一个数字。我仔细一想，确实有道理，因为真的没有证据证明年龄的真实性。

书中提到了尼采和凡高，这两个人我们或许都听说过。一个是西方哲学的重要奠基人，一个是生前仅卖出一幅画的天才画家。他们既是天才也是疯子，让我想到了《天才与疯子的狂想》里说的天才与疯子或许只有一线之隔，他们的结局让我扼腕长叹。其实，解开“年龄”的束缚，他们的一生也活出了自己的精彩。

关于“主动的孤独”，书中提到不要让快节奏的生活占据自己的全部，支配你的整个人生。我们应该学会主动抽身出来，找回自己，找到适合自己的节奏和位置。

周国平老师说：“一个人如何拥有定力？一是有明确而坚定的价值观，知道自己要什么，否则会被社会的时尚所支配；二是对自己的认识和了解，才能找到合适的位置。”这也是对孤独的一种独特理解，优秀的人总有一段孤独的路要走，因为他们在寻找适合自己的位置，但这不会影响他们一路的历练、成长，以及欣赏到的美景。

另一个让我震撼的观点是“做自己的朋友”。前段时间我一直在看史铁生的散文集，发现周国平老师和史铁生老师有同样的观点：学会跟自己做朋友。书中指出，幸福感源于自我接纳程度。家庭教育也是如此，比如，一味地对孩子抱有希望，自己却无法接纳自己。不打开自己和孩子的心扉，怎么能拥有获取幸福的能力呢？而智者平静地上路，只是想做好自己。

这本书的精彩之处在于，它告诉我们，忘记“年龄”这个谣言，现在的每一步都是最合适的。没有人规定二十岁没做到什么就是失败，我们应该活在当下，待在自己的舒适区域里，才是最值得的人生。

这本书让我开始思考：年龄真的只是一个数字、一个标签，并不能定义我们的人生。我们不应该被年龄所束缚和限制，应该勇敢地追寻自己的梦想，不管年纪多大，都应该有勇气去尝试新的事物，探索未知的世界。

书中还提到了“美”的概念，周国平老师认为，“美”存在于我们的生活和心中，无处不在，我们应该学会发现、欣赏生活中的美，这种美不仅仅是外在的，更是内在的，是一种生活态度和生活哲学。

关于“幸福”，周国平老师认为，“幸福”是一种内心的满足感和对生活的热爱。我们应该珍惜生活中的每一刻，感恩生活中遇到的每一个人。只要我们用心去感受，就会发现幸福就在我们身边。

这本书让我思考“自我”这一概念。周国平老师认为，“自我”是一种内在的力量，是对生活的掌控感。我们应该认识、了解自己，找到适合自己的生活方式和幸福。自我并不孤立，是与他人相互联系。我们应该学会与他人沟通、交流，才能更好地认识自己、理解他人。

关于“时间”，周国平老师认为，“时间”是宝贵的资源，我们应该珍惜时间、合理利用时间。时间是不可逆的，一旦过去就不会再回来。我们应该规划、管理好自己的时间，这样才能更好地实现目标和梦想。

关于“生活”，周国平老师认为，“生活”是一种艺术、一种创造。我们应该享受生活、创造生活，而不仅仅是为了生存，我们应该在生活中寻找乐趣和意义。

关于“哲学”，周国平老师认为，“哲学”是一种思考、一种探索。我们应该学会思考、探索，并在生活中运用和实践哲学。

《年龄是一个谣言》让我深刻地认识到，生活是自己的，我们应该学会做自己的朋友和主人，勇敢地追求梦想，面对挑战。我们应该发现、欣赏生活中的美，珍惜每一刻，感恩每一个人。年龄真的只是一个数字、一个标签，它并不能定义我们的人生。

探寻勇气的真谛

勇气的源泉，在心灵深处涌动。

——题记

在过去的一年里，我被阿德勒的理论吸引。他的理论摒弃了晦涩难懂的专业术语，以通俗易懂的方式呈现在读者面前，以其深刻的哲理性和实用性，让我在教育工作中找到新的启示。我作为一名教育工作者，深知孩子们在成长过程中需要勇气和目标的引领，而阿德勒的理论恰好为我提供了这样的视角。

阿德勒的理论，经由岸见一郎的继承和发展，更加深入人心。岸见一郎《勇气的源泉》一书，便是对阿德勒心理学的深刻解读。全书共分为九章，以反常识的勇气为核心，阐述了阿德勒心理学的精髓。书中提出的一个重要观点是："把原因归咎为过去，也无法解决眼前的问题。唯一的办法就是思考——

接下来该怎么做?”这个观点直击要害，提醒我们面对问题时，应着眼于未来，而不是沉溺过去的遗憾和懊悔。

书中在探讨阿德勒与弗洛伊德的关系时，用一张弗洛伊德写给阿德勒的明信片作为佐证，说明两人并非师徒关系，而是对等的研究者。他们都属于“星期三心理学会”的成员，但因学说差异而分道扬镳。尽管弗洛伊德高度评价阿德勒的创造性和敏锐性，但两人最终未能成为好友。这个历史背景，让我们全面了解阿德勒的学术背景和成长环境。

岸见一郎在书中详细解说了阿德勒关于“器官缺陷”的观点，引用了阿德勒的一篇关于“神经官能症”的文章。阿德勒认为，有器官缺陷的人为了适应社会，会努力克服障碍，这一过程被称为“补偿作用”。贝多芬、阿炳、江梦南等人物的事迹，便是这个理论的生动例证。他们通过补偿作用，克服自卑，实现自我超越。阿德勒本人也经历了类似的挑战，他小时候罹患佝偻病，无法自由行走，在父母的鼓励下，他努力练习体力，最终战胜了病魔。这些经历促使阿德勒形成“个体心理学”的理论框架，深入探讨了情感、人生等议题。

岸见一郎从“原因论”转向“目的论”，提出了“不找借口的勇气”。阿德勒的理论指出，同样的遭遇可能导致不同的结果，这个结果取决于个体对自己人生赋予的意义。人们往往根据自己的诠释来行动，如果不改变诠释的内容，就不可能改变行动。这一观点强调了主观意识在行为决策中的重要性。在现实生活中，我们看待事情时也会给同样的事情赋予不同的意义，反映了我们各自独特的认知和价值观。然而，在阿德勒和岸见一郎的理论中，这种差异被归结为“赋予的意义”不同。

关于“目的论”，书中指出，人在行动之前会有一个明确的意图，即“我想做什么”。当我们被问及为什么做某件事时，我们通常会回答目的，而不是做这件事的原因。我们的决定都是基于特定目标。原因只是说明行为的一种方式，而并非决定行为的唯一因素。即使面对相同的原因，不同的人会做出截然不同的选择。例如，贫穷和易怒性可能会驱使人去犯罪，但这只是动因之一，而非唯一目的。犯罪者可能更关注解决当前的温饱问题或情绪释放，而非单纯的动因驱动。

从“目的论”中引出了“善”的概念。阿德勒认为，“善”是指一个人判定某件事对自己有益即为善。这里的“善”已经超越了道德范畴，而是指对个体有益的事情。他引用了大哲学家苏格拉底的悖论来进一步阐释这一观点：没有人有意为恶。岸见一郎指出，人们在做出某个行为时，通常认为这件事对自己有好处，“好处”是人做出某个行为的真正目的与目标。苏格拉底在接受死刑判决后没有逃狱，因为他认为对雅典人来说，他不逃狱是对的，这就是他认为的“善”。

在现实生活中，人们往往容易陷入“原因论”的误区。他们倾向于将问题归咎于过去的经历或外部因素，逃避现实责任。例如，学生在考试失利后，会将原因归咎于熬夜、努力不够或电子产品等外部因素，以逃避自己学习不足的事实。这种逃避行为实际上是无意识状态下的自我保护机制，长期下去会阻碍个人的成长和进步。因此，阿德勒和岸见一郎强调要拥有不找借口的勇气，直面问题并寻求解决方案。

在我个人的教育工作中，多次遇到类似的情况。一些学生在考试失利或上课打瞌睡时，会将原因归咎于外部因素，如睡眠不足、粗心大意等。然而，这些借口不能解决问题，反而让他们陷入一种自我安慰的假象中。因此，我会引导他们正视问题，找出真正的原因，制定切实可行的解决方案，鼓励他们培养不找借口的勇气，勇于面对挑战和困难。

此外，《勇气的源泉》还提到了易怒或生气的情绪问题。阿德勒认为，这些情绪的背后隐藏着某种目的，即为了让对方接受自己的想法或主张。然而，通过生气的手段达成目的，不是一种健康或有效的方式，会让对方感到不满或反感，甚至破坏彼此之间的关系。因此，我们应该学会控制自己的情绪，以理性和成熟的方式来表达自己的观点和想法。

拥有随时变革的勇气，探索生活形态的真谛。在人生的漫长旅途中，我们时常会停下脚步，审视自己的内心与周遭的世界，试图寻找一种能够让自己安心、让他人理解的“生活形态”。岸见一郎在书中提出了一个振聋发聩的观点：没有秉性，只有生活形态——这是对我们固有认知的一次深刻挑战。他引用阿德勒的理论，将我们对这个世界、人生以及自己赋予的意义统称为“生活形态”，这个术语在日常语境中常被替换为“性格”。然而，生活形态与性格之间存在着本质的区别，强调的是一种动态性、可变性与个人主观能动性的结合。

生活形态的核心在于“目的论”。每个人根据自己的目标制定行动策略，这些策略因人而异，构成了一个人独特的行动法则，引领着他朝既定的方向前进。正如《自卑与超越》所言，人类潜藏着巨大的可能性，每个人都有可能成为独一无二的存在。这种可能性不仅体现在外在的成就上，更在于内心世界的丰富与成长。因此，每个人的生活节奏、韵律和方向都是独一无二的，它们共同构成了个人自传中的文章风格与表现手法。

阿德勒对于生活形态的定义涵盖了自我概念、世界观与自我理想三个方面。自我概念是个人对自己赋予的意义，决定了我们如何看待自己、评价自己；世界观是我们对周遭世界赋予的意义，会影响我们的认知与行为方式；自我理想是我们想象自己成为怎样的人，它既是我们的目标，也是我们的动力源泉。当一个人树立了明确的自我理想时，便能坚定地朝这个目标迈进，即使遇到困难和挑战，也能保持不屈不挠的精神。

现实生活中，我们常常会陷入一种固定的思维模式中，认为某些特质或能力是由遗传决定。比如，我们会说某个孩子聪明是遗传了父母的智慧，或者某个孩子画画得好是因为他的母亲是美术老师。在岸见一郎对阿德勒理论的解说中，我们看到了一种截然不同的观点。阿德勒不重视遗传对生活形态的影响，他认为教育最大的问题在于孩子的自我设限。换句话说，孩子能否发挥出自己的潜能，不完全取决于遗传，更多地取决于他们的兴趣、态度及努力程度。

阿德勒认为，遗传只是影响生活形态的因素之一，相比之下，身体缺陷直接影响生活形态。有些人会像阿德勒一样，通过缺陷补偿来克服自己的不足，变得更加独立和坚强；而有些人可能因为缺陷变得更加依赖他人，把原本应该由自己承担的人生责任推给他人。这种差异并非由遗传决定，而是由个人的选择和态度所决定的。因此，岸见一郎强调，选择何种态度面对生活中的挑战和困难，完全取决于我们自己的决定。

除了遗传和身体缺陷外，“环境”也是影响生活形态的重要因素之一。这里的环境并非指物质环境或自然环境，而是指人际关系环境。最基本的手足顺位关系就是一个典型的例子。长子在出生后的一段时间内独占父母的爱与关注，当弟弟妹妹出生时，长子身上的关注就会被分散。这种“失宠”的感觉会让长子产生不安和焦虑，从而采取一些行为夺回父母的关注。而中间出生的孩子可能从未体验过独占父母爱的感觉，他们模仿长子或者完全放弃对父母关注的追求，更早地走向自立。

此外，家庭价值也是影响生活形态的重要因素之一。当父母毫无原则地责备或称赞孩子时，这些行为就成为家庭文化的一部分，塑造孩子们的价值观念和行为习惯。比如，如果父母重视学历，那么学历就会成为这个家庭重视的价值之一，影响孩子们的学习态度和人生选择。

现实中，生活形态是一个复杂而多维的概念，涵盖了遗传、身体缺陷、人际关系及家庭价值等多个方面。然而，无论这些因素如何影响我们的生活形态，我们都有能力通过自己的选择和努力来改变它。正如岸见一郎所言：“每个人都可以完成任何事情。”只要我们勇敢地面对自己的不足和挑战，不断寻求变革和成长的机会，就能塑造更加美好、更加充实的生活形态。

我们一直在探讨的共同体感觉的理念在这本书的第四章得到了深入的阐述：“共同体的感觉，是超越小我，拥抱更广阔世界的勇气。”阿德勒有句振聋发聩的话语：“人的烦恼，全都来自人际关系的烦恼。”这句话如同一面镜子，映照出人性中对于孤独与连接的深刻矛盾。既然人际关系会成为烦恼的源泉，为何我们还要义无反顾地投身于社交的洪流？作者以深刻的洞察力，为我们揭示了这个悖论背后的真相：人，并非孤岛，要在与他人的相互依存中定义自我。个人的存在，在社会性脉络的交织中得以彰显，《阿德勒的心理学讲义》中的这个观点，如同一盏明灯，照亮了人性本质的幽深处。

岸见一郎进一步阐释，人之所以无法独自存活，并不是生理上的脆弱，从更本质的层面来说，人的存在本身就是以他人的存在为前提。这种共同生存的需求，构成了人类社会的基石，也塑造了“人类”这个概念。当我们面对人际关系带来的烦恼时，阿德勒的独特视角鼓励我们将他人视为“同伴”，而非“敌人”。这种转变，是共同体感觉的核心，不仅存在于家庭、学校、职场等具体的社会组织，更是一种心灵上的归属与联结，让我们在纷扰的人际关系中找到前行的力量和方向。

教育，作为塑造个体的重要力量，被阿德勒赋予了培养共同体感觉的重任。通过教育，我们引导过度聚焦于自我的孩子，学会将目光投向他人，理解并关心他人的感受与需求。这种转变，不仅是对个体情感的拓宽，更是对人性深度的挖掘。真正的理解始于自我怀疑与反思，敢于承认自己对他人理解可能有所偏差，并持续努力增进理解的人，才能在人际关系的海洋中航行得更远。

书中巧妙地引入弗洛伊德与柏拉图的理论，为共同体感觉提供了丰富的哲学土壤。弗洛伊德对潜意识的探索，揭示了人类内心深处对归属感的渴望；柏拉图的理念世界启示我们，真正的共同体不仅是物理空间的共存，更是精神层面的共鸣与融合。

接下来，让我们聚焦“解决问题的勇气”。在《阿德勒心理学讲义》中，追求优越性与自卑感被赋予新的解读：它们本身没有病态，而是推动个体健康成长与努力的自然动力。然而，当这种追求走向极端，如强烈的自卑感或过度追求优越，会滋生自卑情结与优越情结，成为个体发展的绊脚石。优越情结者试图通过外在表现掩盖内心的不足，无法真正解决问题，反而促使他们逃避现实，错失成长的机会。

谈及对优越性的追求，阿德勒提醒我们，完美之路没有固定的模式，每个人都在探索属于自己的道路。将控制他人、依赖他人视为完美的目标，就是误入歧途。真正的勇气，在于面对问题，勇于解决，而不是逃避问题。这里，“善”成为行动的指南针，指向对个人有益、对社会有益的事物，是行动的最终目标。通过“善”，我们赋予优越性追求以正确的方向，让每一次努力都充满意义。

自卑情结的表现多种多样，读过《自卑与超越》，我们不难发现，自卑与超越并存，关键在于如何转化这份力量，使它成为自我成长的催化剂。最后，我需要强调的是，共同体感觉与对优越性的追求并非相互排斥，而是相辅相成。共同体感觉为追求优越性提供了方向，使个体的成长与社会的进步紧密相连，推动人类向着更加和谐、美好的方向发展。在这个过程中，我们学会了超越小我，拥抱更大的世界。

在这段探索与自我发现的旅程中，我们逐渐意识到，勇气不仅是解决问题的钥匙，更是构建自我独立人格的基石。精神官能症作为一种心理状态，不仅是个人内心的阴霾，更是社会互动与自我认知扭曲的镜像，提醒我们需以包容和理解的目光审视看似“异常”的行为背后，隐藏的深刻人性需求与挣扎。

当我们谈论受溺爱的孩子时，实际上是探讨一种过度保护与依赖的畸形关系，这种关系如同温室里的花朵，看似备受呵护，实则被剥夺了经历风雨、自我成长的机会。因此，培养共同体感觉，不仅是为了让孩子学会与人相处，更是为了让他们认识到，每个人都是独一无二的价值创造者，能够在贡献的过程中发现自我，将短处转化为成长的土壤，滋养出独特的生命之花。

自信源于内心的坚定与自我价值的认同，使我们在面对外界纷扰时，能够保持一份难得的从容与自在。自信让我们敢于活出真实的自己，即使不被别人理解或接纳，也能在孤独中绽放光芒，享受那份“不被认同的勇气”。它教会我们，真正的价值不在于赢得多少掌声，而在于能否忠于自我，勇敢地站在人生的舞台上演绎自己的剧本。

岸见一郎对阿德勒理论的解读，让我领悟到，心理学的学习与实践是一场漫长的修行，要求我们不断反思、勇于尝试，在生活的点滴中寻找成长的契机。未来，让我们带着这份收获，在理论与实践的交织中前行，不仅治愈自己，也可以照亮他人，共同构建一个和谐、理解与包容的世界。最终，我们会发现，真正的勇气，不仅是面对外界的挑战，更是勇敢地拥抱自己的不完美，活出最真实的自我。

解读情绪，拥抱生活

我涉猎的心理类书籍不多，准确来说，是对国内的心理类书籍涉猎较少。我认为买到的都是鸡汤，特别是碰上儿子青春期的那段时间，感觉内心的能量严重不足。

于是，我在各大平台购买书籍，包括励志类等，很多传记里都会有心灵鸡汤的内容。可能是我领悟不够，看完书后没能治愈焦虑的自己，反而陷入更多的希望里，想追寻更多的书，加重了我的心理负担。

我放弃了那些书，开始选择适合我的书。那是一段难挨的时光。曾有很多日子，晨起后，我对着晨光发呆，感受阳光的能量。门口的两棵银杏树在晨光中摇曳着小扇般的影子，树荫下的爬藤蔷薇努力地向小院的护栏上攀爬。不管日子怎么变幻，好像除了消亡就剩下生长了。

偶然，我打开抖音，跳出来一段小视频，本来想听听新闻，忽然一句话传入我的耳朵："快乐会传染。"这句话正是我所缺少的，触动了我的心弦，于是引起我的兴趣。我看着青春期的孩子每天疲惫的身影，以及放学回来时一双无神的眼睛，沉郁透露出与青春活力相反的样子。我很想他快乐——快乐地学习，每天快乐地生活。

我开始认真听，可是视频时间太短，我便检索相关的视频，在百度上查询视频里的这位教授。原来，他是清华大学的心理学教授，还是积极心理学的创始人。那一天，我居然花了三个小时来听他的讲座，心里明亮了，开始有力量，整个人升腾起来。我在手机备忘录里截取了自己需要的内容，尝试努力改变自己。

这样的习惯，我坚持了大半年，每天都会去搜索一下，有些视频甚至听了好几遍，每次听都能有所领悟。此时，我居然把小视频里学到的知识和王阳明《传习录》中知行合一的理念联系在一起，再把一些传记的思想贯穿其中，形成一套排解负能量的方法，开辟了一条吸收知识的路。

直到今年，我在彭教授的直播间里，邂逅了这本《生活中的情绪心理学》，便果断下单。书很快就寄到了，我迫不及待地开始阅读，书中还有彭教授的亲笔签名。

这本书一共分成三大篇：消极情绪篇（化消极情绪为积极优势）、积极情绪篇（以积极情绪创建幸福生活）、道德情绪篇（用道德情绪铸就意义人生）。每一篇都让我有很大的收获。

书的开篇提到："愤怒是人的情绪系统中基本的情绪之一。"

情绪心理学家证明，每个人对愤怒的感知，包括频率、强度、持续时间都不同。造成这种差异的因素不一，包括遗传、家庭环境、社会文化等。愤怒的方式有六种：被动式愤怒、反击、责备、发现自己特别容易生气、强烈的愤怒、愤怒到伤害自己。如果一个人长期处于愤怒中，容易抑制自己，形成自责的状态，在这种压抑的情况下，连呼吸都会觉得错，将自己置于极度不堪的状态。我想很多人有过这样的愤怒状态，或者正在经历。

彭教授提出，愤怒也有其积极意义，能激发人的生存力、战斗力和创造力。那么，如何将愤怒转换为积极意义和价值呢？彭教授提供了四种可行的方法。

第一，认知重评，即改变自己的思维方式。告诫自己不要夸大想法，避免戏剧化思考。语言上尽量避免使用“总是”“不可能”等绝对化词汇，以免伤害对方和自己。正如埃皮克·迪特斯所言，真正困扰我们的不是事件本身，而是我们围绕事件编造的故事。俗话说：世上本无事，庸人自扰之。

第二，延迟反应。将愤怒情绪暂时悬置，用三分钟的时间深呼吸，转移注意力，三分钟后再审视这件事。时间难以捉摸，也是极佳的心理治愈剂，很多人忽视了时间的心理价值。彭教授指出，“时间贴现”是指个人对事件价值量的估计，随时间流逝而下降的心理现象。

第三，寻找第三方。在冲突发生时，当局者迷，旁观者清。用第三方的角度对事情进行分析和评判，对化解愤怒有很大帮助。

第四，将愤怒转化为资源。利用愤怒激发解决问题的行动，锻炼自己的控制力。每次愤怒时，记录愤怒的事由、原因及身体反应，每周翻看并反思，以便下次更好地应对。

接下来看另一个问题，成年人经常要求小辈或孩子学会控制情绪。愤怒也是一种情绪，压抑它会引起一系列问题。被压抑的不满情绪让人变得狂躁、敏感、易怒，甚至找替罪羊，或让人“撞在枪口上”。愤怒与童年创伤相关联，阿尔弗雷德·阿德勒曾说：“幸运的人用童年治愈一生，不幸的人用一生来治愈童年。”书里列举了马斯洛等人的童年不幸经历。教会孩子表达愤怒和恐惧，对塑造其人格和加强心理力量尤为重要。

我们应该避免的愤怒表达方式包括责备、咒骂、向他人抱怨、冷战和不理不睬。我们可以尝试解决愤怒的五部曲：分散注意力、厘清思想、表达愤怒、提出解决方案、给自己一颗“后悔药”。

说到后悔药，长辈灌输给我们“人生没有后悔药可吃”的观念。但心理学家詹姆斯·格罗斯提出了情景重评的概念，践行“吃一堑长一智”，即承认自己当时的不完美，接受教训，不苛责自己，总结复盘，以便下次做得更好。所以，愤怒能促使人更努力实现目标，从而获得更大的成功。

翻阅到这章结尾时，彭教授提出了“自卑情结”。关于“自卑”与“超越自卑”，我专门阅读了阿德勒的《超越自卑》，书中提到了“自卑情结”，列举了拿破仑的例子，称之为“拿破仑情结”，作者认为个子不高的男人可能更暴力。自卑的人往往遵从别人的意愿而非自己的意愿，低自尊者容易自暴自弃，他们内心深处认定自己会失败。

彭教授引导我们认识两种自卑人格：一种是外显型，以林黛玉为代表，她虽然有颜值与才华，却郁郁寡欢；另一种是内隐型，在青春期孩子中最为明显，而且隐藏得很好，这是一种典型的低自尊，称为防御型悲观。

阿德勒与彭教授都证明，自卑是促使自己变得优秀的原动力。自卑并不可怕，不敢面对才可怕。只用优秀平衡自卑不可取，应该直面自卑，悦纳自我，接纳自己，扬长避短，马云就善于此。我们要学会接受赞美，培养自我欣赏的能力，确定自己的能力，发现自我价值。

如何才能做到呢？彭教授指导我们：从小事做起，勇于展现自己，从现在开始向宏大目标进发；多尝试新方法，简单又有效；追随优秀的朋友或团队，享受“反射的光荣”；加入你认同的人和事。用足够的耐心去做，可以用一句话安慰自己：“命运为我关闭了这扇窗，但一定是另有安排。”

接下来，我们进入另一种情绪——焦虑。这是当下流行的词，对孩子的焦虑、对工作的焦虑、对家庭的焦虑等。焦虑有适度和无度之分。人们对焦虑并不陌生，很少有人真正理解它。焦虑由期望与现实之间的落差造成，适当的焦虑可以激发创造力，助力成功，如“李广射石”的故事。

焦虑表现为躁动不安、急迫感、无法控制的担忧、易怒、注意力不集中、睡眠困难。这些症状在女性中比男性高出两倍。彭教授教了缓解焦虑的方法：首先，不要刻意抑制焦虑，学会转移注意力。“白熊效应”实验表明，越想忘记就会越记得清楚；其次，克服焦虑，给自己积极的暗示，阅读积极文字、做让身体快乐的动作或接触暖色，如黄色，黄色是让人幸福的颜色。总之，不要抑制，要转移注意力。

后续还介绍了独处与孤独的区别，以及抑郁者如何走出阴影。现实中，很多人分不清悲伤和抑郁，它们都表现为情绪低落、对人和事缺乏兴趣、反应迟钝、意志消沉。但是，悲伤的人知道自己悲伤的原因，而且悲伤中还会有愉悦的往事。而抑郁者却不知道抑郁的原因，往往绝望，走不出心理的黑暗。

再走进“快乐会传染”的话题。荷兰研究者发现，个体快乐时，身体会产生化学信号，这些信号是有效的沟通媒介，可以让无关的人感受并产生快乐。

甘·瑟敏在《快乐的气味》一文中提到一个实验：让受试者观看不同类型的视频片段，采集不同情绪下的汗水，然后将收集的汗水给正常人闻，发现他们闻后的身体反应与受试者情绪反应一致。这表明“汗味的提供者和接收者之间存在行为同步”，证明了“快乐是可以传染的”。当然，不能把自己的快乐建立在别人痛苦上。

这个结论让我深受启发。我们常说，不要在孩子面前表现焦虑，这种方法似乎改变不了焦虑的传染程度，顶多大家都心照不宣，加重青春期的反感。不焦虑要真正放开，寻找快乐的源泉。

书的最后，彭教授教我们要学会宽恕、提升幽默感、欣赏美，培养兴趣，触发情境兴趣、维持情境兴趣、发展个人兴趣和成熟的个人兴趣，我们就可以从兴趣走向福流。

愿你我都能成为自己情绪的主宰者，做一个散发快乐、充满幸福气息的人。

遗失在书页之间的亲情

每翻开一页都是与智慧的邂逅，是自我反思的契机。

——题记

家庭教育，已经成为当今社会众人热议的焦点。随着时代的进步，各类书籍、短片、视频，包括相关平台，如雨后春笋般涌现；人们纷纷探讨家庭教育的内涵与方法，众声喧哗，各抒己见。然而追溯历史，我们可以发现，家庭教育的话题自古有之，它一直伴随着人类文明的演进而发展，从未间断。

在当下竞争激烈、内卷严重的社会境况下，家庭教育的重要性愈加凸显。许多优秀的孩子，在周围人的映衬下，似乎变得平庸无奇，这让许多家长为孩子的未来感到担忧。而现实生活中的这种焦虑感，令许多家长在教育孩子的过程中，容易陷入“病急乱投医”的境地。

家长们急于寻找一种能够迅速提升孩子水平的教育方法，

却忽略了家庭教育的本质——它并非一蹴而就的捷径，而是一个需要家长与孩子共同努力、长期积累的过程。在这个过程中，家长需要深入了解孩子的个性与需求，因材施教，而非盲目跟风，随波逐流。

需要正当时，我邂逅了英国作家菲利帕·佩里的《真希望我父母读过这本书》，封面上赫然印着一行黑体字："你的孩子也会庆幸你读过"。菲利帕，一名具有二十年资历的心理治疗师，她专门为父母和孩子之间的情感沟通而写了这本书。作为一名教育工作者，这类书籍每每让我驻足。

整本书分成六个部分，从上一代的教养方式给我们养儿育女造成的影响拉开序幕。

亲子教养的传承。"如果把人比作植物，关系就是土壤。关系支持和滋养着孩子，让孩子得以成长（或抑制成长）。"这很好地解释了为何亲子关系是教养的核心。我主张给孩子足够的安全感，这种安全感就是孩子可以依靠的关系，有了安全感，孩子才有力量的源泉。

俗话说得好：言传不如身教。在思考孩子的行为之前，我们不妨先看看他们效仿的榜样，而其中一个榜样，就是我们自己。关于这一点，我留学回来跟朋友分享有关经历时，她一句话点醒了我——她说，我家孩子在自我安排上可能随了我，俗称：遗传！是的，我们的言行对孩子一定有影响，当然，环境也是影响因素。因此，我们需要经常检视内心，多做自我批评，这一点对父母来说极为重要，我们需要避免把某些具有破坏力的行为传给下一代。

书中，作者谈到传承，从“过往经历的影响”里，回忆起一句话：“我一张嘴，说出来的话竟然跟我妈妈如出一辙。”如果这些话语是积极的，那便指向了一个温暖的童年；但实际上，这些话语的效果往往正好相反，给孩子带来的不良后果可能是缺乏信心、悲观、过度保护、焦虑等，从而影响了亲子关系的质量。书中指出，即使是那些最有自我认知、最心存善意的人，也可能陷入情感上的时间错位，他们会突然发现，自己对孩子的某些反应是源于过往的经历，而不是针对当下的情境。

其实，在现实的教养过程中，我们会刻意摆脱自己曾被教养的影子。当孩子正在做的事情或提出的要求让我们感到愤怒时，我们最好将其视为一种警示：这不一定是孩子的错误，可能是自己某段记忆的阀门被打开了。我们很难意识到，自己发火的时候，可能只是选择了这种方式来保护自己，因为孩子的某个行为可能触发了我们过去某个阶段的绝望、渴望、孤独、嫉妒或不自信等。往往此时，我们下意识地挑选了最简单的应对方式：不去深入理解孩子的感受，以及思考背后孩子真正的需求，而是直接发飙，或陷入沮丧，或开始恐慌，甚至迫使自己步入“焦虑”的情绪陷阱。说到这里，菲利帕给了我们一个建议：“把这些当成是唤醒了过往经历的感受，不是孩子触发的，这样就不会连累到孩子了。”

当然，并不是每一次我们都可以追溯过去的源头，但那个源头一定存在。德国诗人威廉·布施说过：“当父母容易，做父母难。”父母赋予了孩子生命，往往也愿意给予孩子最好的一切。而对于父母的付出，有的孩子却视若无睹，甚至觉得天经地义，这就说明父母与孩子的关系存在裂缝，需要去修复。

在理想的世界里，我们总是觉得：自己懂得克制，不会对孩子大喊大叫，不可能威胁他们，不会让他们难过。只可惜回到现实世界，我们常常是做不到的。有的家长质疑：如果自己做错事，向孩子道歉，会失去父母应有的威信，或以后得不到尊重。其实不然。菲利帕对此做了明确的答复："孩子需要的父母是真实可信，而不是十全十美。"我很赞同这句话，我就是一个例子。曾经在亲子关系的一段糟糕的时间里，不管我是真心的鼓励还是夸赞，孩子总是以敏感的语气回复我，总觉得我是在讽刺，觉得我眼里流露的是虚伪的眼神。亲子关系的修复过程是漫长的，除了足够的时间，还要深入每一个相处的细节。

要修复亲子关系，家长先得修复自己的过去。作者列举了一个例子：马克从小被自己的父亲遗弃，所以马克在成年后的某一个阶段，也开始从自己与孩子的亲子关系中抽离，因此引发了一系列的亲子矛盾，当他意识到后，才慢慢修复。现实生活中，我们的身上有很多东西会影响下一代，但不应该是恐惧、憎恨、孤独或怨恨，而应该是温情、善意、尊重和交流，我们要尊重孩子的感受，尊重他们的个性、观点，以及他们看待世界的角度。换句话说，我们需要在孩子清醒的时候，表达对他们的爱。我们应该丢掉内心持续不断的唠叨或评价，因为这些声音可能是一些严厉的批评，我们在不停否定自己的同时，也将负面的声音传递给了孩子，导致孩子做出错误的判断，放大低落的情绪，打击他们的信心。孩子会因此失去幸福快乐的能力，而长此以往，这些焦虑和不安也会给周围的人增加心理负担。

“不要轻易评判：好父母 / 坏父母”，这是作者的劝告。生活中，我们经常会给自己贴标签：有的人觉得自己不是好父母，有的人觉得自己是好父母，问题在于孩子不听话。家长一旦给自己贴上这样的标签，如果觉得“好”，那么做错了也会假装没错，甚至意识不到问题；如果觉得“不好”，往往会下意识地采取情绪宣泄的方式掩饰内心的不安，导致亲子关系的恶化。需要认清的是，这两种方式都不可取。我们不要评判自己，更不要对孩子做评判，因为做任何评判，都无助于让自己或孩子变得更好。

人，都在改变，也一定会改变，小的时候可塑性更大。我主张，观察孩子的具体行为，说出值得欣赏的点，这比那些笼统的赞赏和批评更好。比如：看到孩子做数学，与其说“你的数学很好”，不如说“我真喜欢你做数学时聚精会神的样子”；与其说“你歌唱得真好”，不如说“你的歌声让我想起了美好的童年”。我们尽量去描述我们观察到的，并且用自己的感受给予赞赏，这远远比“太棒了”“你真棒”之类笼统的评语更有用。批评的艺术也是如此，比如，当你看到孩子作业上不太好看的字迹时，不妨找出其中最好的那个字，说“我真喜欢这个字”。于是，你将惊喜地发现，以后会有更好的字出现。

“我们如何看待自己，以及我们对孩子的反应负起多少责任，是亲子教养的关键。”这是菲利帕给我们的忠告。我们不需要评判自己、评判自己的教养方式，以及评判孩子。

关于孩子的成长环境。传统观念里，一个完整的家庭才可以培养出优秀的孩子。但是菲利帕有不一样的理念，她通过实践证明："真正的好环境不是家庭结构，而是在这个'小圈子'里，大家相处得如何——你的伴侣（如果不是单亲抚养）、你的兄弟姐妹、你的父母，或是付钱请来的保姆。"

孩子是独立的个体，也是整体的一部分。一个孩子的系统中，除了亲密的家庭关系，还有学校、朋友，以及他们所处的文化氛围。所以，我们需要把这个系统打造成最好的环境。当然，环境不可能完美，就像父母也不是十全十美一样，因为完美并不存在。

既然重要的不是家庭结构，那么传统的小家庭当然好，而父母分居或同住、住在闹市或郊外等，其实并不重要。研究显示，家庭结构本身对孩子的认知或情感发展几乎没什么影响。作者提出，经实践调查，超过 25% 的孩子是在单亲家庭成长，这些家长约有一半在孩子出生时有了新的伴侣，而这些父母并没有比传统家庭结构的父母更好或者更差。

孩子在生活中接触的人，构成了他们的世界。这个世界可能充满爱，也可能纷争不断。我们要做的是，不让这个世界偏向纷争的那一端。生活中，我曾经碰到这样的孩子：他们心事重重，担心自己的安危和归属，无法积极地探索自由广阔的世界，缺乏好奇心，这对他们的专注力与学习都可能产生负面的影响。其实，当孩子在与父母或者照顾者关系不睦时，孩子所经历的痛苦，成人是无法体会的，他们也因此不会反思这些问题。

就此，菲利帕提出了一些可行性建议：第一，当父母不在一起生活时，只要以尊重的方式提到对方，对孩子就不会产生负面影响。切勿将相看两厌的态度拿出来教育孩子，否则孩子会顺着这样的思路，将自己的父亲或者母亲内化为“坏人”，而自己也将是“坏人”。第二，父母离异时应做好协商，相互配合，离异后让孩子与父母定期密切接触，这样孩子便不会抑郁或好斗。父母离异后如果渐行渐远，孩子往往会感到痛苦、愤怒、忧郁或自卑，这尤其体现在父亲的层面。作者列举了一个例子，孩子被父亲遗弃，但母亲并没有告诉孩子真相，幸好家里有许多充满爱的亲人，在一定程度上填补了父亲的缺席。第三，把孩子的痛苦程度降到最低，虽然无法消除他们的痛苦，但是父母可以通过陪伴，陪孩子熬过最痛苦的日子，而不是逃避。

事实上，生活从来不是静止的，我们也不可能预料未来。我们经常发现，有的时候生活就是一地鸡毛：刚刚新婚，就要游走于各种家庭关系之中；刚刚完成婚姻生活的过渡，新生儿的到来又将打破原本的模式；养儿育女，琐事缠绕，个人空间被挤压；刚刚适应，随着孩子的成长，又会面临新的问题。这些其实会导致夫妻对彼此甚至孩子心生怨恨。我们需要接受、处理并拥抱改变，比起抵制改变，试图找回失去的东西更加积极有效。通常，我们可以把问题一个个分开处理，常用“我”之类的陈述句，而不是“你”之类的陈述句，这样可以培养夫妻之间的善意，不要将对方视为对手。换句话说，就是和工作一样经营家庭——合作和协作，而不是竞争。当然，展现善意并不是指自我牺牲或缺乏自信，而是体会对方的感受和说出自己的感受。

对于孩子，我们需要回应他们的感受。菲利帕认为，为人父母比任何事情更能教会人们一个道理：人类先有感觉，之后动脑思考。她指出，敏锐地回应孩子们的感受，可以引导孩子和他的感受建立一种健康的关系，无论是何种感受，从愤怒、悲伤，到满足、心平气和，再到慷慨、大方的振奋感，都包含在内，这是心理健康的基础。

我们如何包容孩子的感受？生活中，我们经常忽视孩子的感受，比如，当他们感到难过时，孩子也会感到难过，但我们往往否认孩子的这种感受。在持续的否认中，孩子的问题没有得到改善，而是不断恶化，继而制造出新的问题。当自己的感受无人倾听时，人的内心是压抑的，成年人中常有得抑郁的人，他们基本上在童年时没有从亲子关系中获得安抚，还总被告知不要想太多。就好像有一个空间，硬把太多的情绪塞进去时，情绪很快会溢出来，并且失控。

菲利帕告诉我们："无论我们有什么样的情绪，总是有人接纳我们；无论我们感觉有多糟，一切都会雨过天晴。"我们是父母也是人，总会犯错，重要的是纠正错误。当孩子诉说自己的感受时，如果我们用压抑来回应，那么他以后就不可能再和你分享任何感受了；而如果我们反应过度，孩子以后也会不敢表达，害怕带给他人太大的负担；只有我们回应以包容，且情绪稳定，孩子才会觉得父母理解了他，才会觉得他得到了父母的宽容和抚慰。这样，亲子之间才能建立更多的信任，尤其是引导的基础。我们都希望孩子幸福，幸福和富有、耀眼无关，和亲子关系有关。未来，勇敢地接受孩子的每种情绪吧！

接下来的话题是“最初的孕育”与“培养心理健康的孩子”，这两个部分更适合刚孕育孩子的父母，从胎教到出生，各方面都有需要注意的细节。在孩子懵懂无知时，父母就应开始积极地给予正向回应，在孩子成长的过程中，则需要对孩子给予照顾、尊重与关注，一步一步地铺垫，也是对亲子关系的“投资”。其中的道理，就像棋局一样，每一步都是为了最终的目标而落子，那必然是一个漫长的过程。

第六部分的议题是“所有的行为都是沟通”。或许我们一直觉得，沟通要通过语言进行，而这里提到的沟通方式是“行为”，无声的语言。

作者列举了一个例子：一次外出购物，特别累，她想回家躺着休息，女儿却不肯，要原地休息。于是，她只能陪女儿在路上看蚂蚁，这一幕被一个老人看到了，老人问了一句：“她赢了吗？”作者回应：“没有输赢。”蚂蚁走了，老人走了，她们便回家了。

回观这个例子，作者的回答，是从孩子的角度来看问题的——孩子还没有习惯走那么远的路，还没有学会抵制那些与她无关的外在刺激。同样作为父母的我们，碰到这种情况，或许会强制孩子回家，那就是反意志而行。这里还提到了“输赢”，亲子关系常在这种状态里往复，父母习惯于支配孩子的意志，而长此以往，孩子也会将这种意志强加于他人身上。“输赢”的游戏会影响孩子，“输”掉游戏所带来的羞耻感，不会令人谦卑，反而容易让人恼羞成怒，那种愤怒会转向自我，导致抑郁，或者转向外界，导致反社会行为——这种行为未来的可预见性很大。其实，孩子的行为是阶段性的，可能某个时期很黏人，某段时间脾气比较大……因此，我们需要优先选择当下可行的做法，引导孩子做出得体的行为。

所谓“行为得体”，不是用“好”或“坏”来定义，菲利帕用“得体”与“不得体”来形容。作者在书中指出，行为得体是需要特质，需要培养四种技能：抗挫能力、灵活应变的能力、解决问题的能力、从他人的角度看待感受事物的能力。我很认可这四种技能的培养。今天，现实的焦虑席卷了大部分人，时代在发展，科技在进步，未来是个未知数，而一个没有抗挫能力的孩子，很难去面对未知的一切。灵活应变和解决问题的能力是共通的，在“小圈子”关系里，具备这样的能力才能遇事冷静，不将自己置于不利状态。从他人的角度看待感受事物的能力，就是我们经常说的，我们希望孩子在为人处世时，能够考虑他人，发扬同理心，而不是因为担心受到惩罚或渴望获取奖励而为之。比如，孩子给你端了一杯水，你说“谢谢”，这不是一句废话，而是在引导孩子在待人接物时，如何用得体的行为回馈对方。这是我们为教养所做的投入。

反之，孩子那些不得体的行为，就是我们对教养没有积极投入的后果。我们不可随意为孩子不得体的行为找借口，否则长此以往，孩子会用这样的方式来吸引关注，包括我们难以接受的一些行为。怎样管教才是合适的呢？文中列举了一些孩子发脾气、莫名其妙哭闹的例子。发脾气也好，哭闹也好，都是孩子的情绪表达。我们首先要学会界定自己，而不是界定孩子。文中很有意思的方法是，“学会倾听，去感受这些语言背后的真实感受，描述我们自己的感受”，孩子在做出明显错误的选择时，父母需要表达自己的感受，以及坚持原则到底。

孩子是天赐的礼物，不要让这份珍贵在家庭教育里黯然失色。我们在讨论这一复杂而重要的议题时，应保持清醒的头脑和理性的态度，不轻易被各种花哨的教育方法所迷惑，而要深入了解其背后的教育理念与原则，结合孩子的实际情况，有针对性地选择与应用。同时，我们也要给予孩子足够的关爱与支持，让他们在家庭教育的温暖环境中茁壮成长。

触动心灵的启示与感悟

每当我轻轻翻开阿尔弗雷德·阿德勒的著作，心中便涌动着一股难以言喻的崇敬之情。自从踏入他的文字世界，我的内心仿佛被一股无形的力量充盈，智慧与洞见在我的灵魂深处悄然生根。书橱中，一本本阿德勒的书籍巍然矗立，它们不仅是知识的宝库，更是我心灵的慰藉，让我爱不释手，反复咀嚼。

此时，我再次沉浸在阿德勒的《性格心理学》中，这部著作深刻地阐述了阿德勒的核心观点——自卑与超越。在这部作品中，他引领我们以谦卑之心探索人性的奥秘，揭示性格的本质与起源。

阿德勒指出，当我们能够洞悉自己行动的源泉与心灵的动力时，我们的自我认知能力将得到质的飞跃，这将使我们成为截然不同的个体。在一些病例中，他巧妙地重建了患者如今的性格模式，揭示了童年经历对性格形成的深远影响。一个人想要挣脱童年时期铸就的行为枷锁，无疑困难重重。

阿德勒的观念与世俗观念相悖，他认为性格特征不是遗传，不是先天存在，也不是遗传能力或倾向的体现，而是个体为适应特定生活习惯而逐渐形成的。例如，一个孩子的懒惰，往往并非天性使然，而是他为了在当前环境中保持权力感而采取的一种策略。同样，有些人会刻意凸显自己的先天性缺陷，以此作为失败的借口，暗示自己若无此缺陷，必将成就非凡。在阿德勒看来，性格不是一成不变的，而是有可能改变。

阿德勒强调，一个人的生活方式、行动与立场，皆与其目标紧密相连。在现实生活中，许多人选择躺平，家长们抱怨孩子缺乏内驱力，这些现象的背后隐藏着目标的缺失。一旦我们洞悉了个体的目标，便能从其行为中捕捉到他的心理。

遗传在性格的形成中究竟扮演了什么角色呢？阿德勒给出独到的解释：在个体生命的初期，某些性格特征可能因家庭、国家或种族的共同影响而呈现相似性。这源于个体通过模仿他人或与他人保持一致而习得这些特征的过程，包括犯罪性格。

在追求认可的过程中，孩子们会遭遇诸多障碍，于是他们渴望获得某种形式的权力。在追求权力的过程中，他们会以自己的认知为标尺，将环境中他们认为重要的人视为榜样，模仿其行为。即使面临重重困难与复杂性，他们也会坚守所学，不懈追求。

这种对优越感的追求，是一个隐秘而微妙的目标，它悄然生长，隐藏在友善的面具之下。作为成年人，我们仍受童年时期形成的偏见与谬误束缚，仿佛它们是神圣不可侵犯的法律。这一切都源于我们试图通过抬高自尊来解释一切，以获取更大的权力。

心灵的旅程，是一场寻求补偿、安全感与整体和谐的深刻探索，它始于自卑感的萌芽，旨在构筑生活的宁静与幸福的基石。因此，当我们审视一个人时，绝不能仅仅依据其生活中的某个片段，如身体状况、成长环境或教育经历，就草率地下结论。这样的判断，往往如盲人摸象，难以触及真实的全貌。唯有深入了解一个人的背景与环境，我们才能对其性格做出更为准确的评价。

阿德勒的智慧之光，照亮了儿童性格发展的奥秘。他告诉我们，孩子的性格成长，总是与童年时期心灵发展的轨迹相吻合，这条轨迹或许笔直如箭，或许曲折蜿蜒。在最初的阶段，孩子们如同初升的太阳，满怀希望与斗志，为实现心中的梦想奋力前行，展现积极乐观的性格特质。然而，在追求梦想的路上，难免会遇到阻碍与挑战。当这些障碍来自强大的竞争对手时，孩子们或许会选择迂回前行，在无形中塑造他们的性格特征。

除了童年的心灵轨迹与社会环境，还有许多其他因素影响孩子的性格发展，如老师的要求、怀疑及情绪的表达等。这些因素，如同细雨润物，悄然地影响孩子的心灵，塑造他们的性格轮廓。阿德勒强调，教育应当采取最适合学生的方法与态度，引导他们朝着社会生活和主流文化的方向健康成长。任何阻碍孩子直线发展的因素，都是潜在的危险，可能导致孩子在追求目标与实现权力的过程中偏离正轨。

如果我们能够深刻理解孩子的性格发展原理，就能避免将性格的直线发展推向极端，如将勇气扭曲为厚颜无耻，将独立异化为自私自利。同时，我们应警惕“压力教育”的负面影响。压力，如同一把双刃剑，既能激发孩子的表面适应，也可能迫使他们盲目顺从，从而形成扭曲的人格。这种强迫的顺从，不过是表面的和谐，它掩盖了孩子内心的挣扎与痛苦。

谈及性格分类，作者依据多样化的标准将其细致划分，无疑为我们揭示人性的复杂多面提供了更为清晰的视角。

从对待障碍的态度出发，我们可以将人群一分为二：乐观主义者与悲观主义者。乐观主义者的心灵轨迹仿佛一条笔直向前的直线，他们无惧任何阻碍，视之为成长的磨砺。他们内心充盈着自信与乐观，对外界的纷扰评价置若罔闻，即便身处逆境，亦能泰然自若，坚信谬误终将被纠正。他们性情温和，易于相处，举止间流露出孩子般的纯真无邪。诚然，在现实生活中，适度的乐观便足以支撑我们前行。

反观悲观主义者，他们往往是教育者面临的棘手难题。阿德勒曾指出，这类人的性格往往源于童年的不幸经历，从而形成了“自卑情结”。他们总是聚焦于生活的阴暗角落，这份阴郁的底色正是童年时期被错误对待的烙印。相较于乐观主义者，他们对障碍的敏感度更高，更易丧失前行的勇气。他们内心缺乏安全感，不断向外寻求慰藉，甚至饱受睡眠障碍的折磨。这一切，都昭示着他们对生活的无力与对未雨绸缪的逃避。

此外，我们依据个体的行为模式，还可以将人划分为攻击型与防御型两类。攻击型性格者，其行为特征鲜明，如同狂风骤雨般猛烈。他们渴望通过行动证明自己的价值，却往往因内心的安全感缺失而显得鲁莽冲动。在焦虑情绪的驱使下，他们可能变得冷酷无情，以抵御内心的恐惧。若再叠加悲观倾向，他们便如同与世隔绝的孤岛，既无同情之心，也无合作之意，整个世界在他们眼中都充满了敌意。

而防御型性格者，则如同风雨中的一叶扁舟，他们选择以焦虑、警惕和怯懦为甲，来抵御外界的攻击。他们在幻想与理想中构建自己的避风港，向苦难屈服，变得多疑且悲观。

阿德勒从“气质和内分泌”的角度对性格进行了深入剖析。这个古老的分类方法可追溯至古希腊时期，将气质分为多血质、胆汁质、抑郁质和黏液质四种类型。多血质者乐观开朗，善于从每件事中寻找积极的元素；胆汁质者则勇往直前，对权力的追求异常执着；抑郁质者容易陷入悲伤的回忆中无法自拔；而黏液质者则仿佛置身于生活之外，对周遭的一切漠不关心。

值得注意的是，一个人的性格并非单一气质类型的简单呈现。很多时候，多种气质类型会在同一个人身上交织融合。因此，科学界对气质学说提出了挑战，认为气质的形成与内分泌腺密切相关。

写至此处，我不禁想起本书的第二部分——关于人类行为的深刻解说。其中有一个观点尤为引人深思：一个人的性格从来不是道德判断的依据，而是衡量其对周围环境的态度以及与社会关系的重要指标。

因此，真正的教育是引导孩子认识自我、理解世界，让他们在自由与受尊重的环境中健康成长，勇敢地面对生活的挑战与真相。只有这样，我们才能培养出拥有健康性格、独立思想与坚韧意志的下一代。

性格的多样性构成了人类社会的斑斓画卷，每一种性格都有其独特的价值与意义。我们应该以包容与理解的心态接纳不同的性格类型，共同构建一个和谐美好的社会。

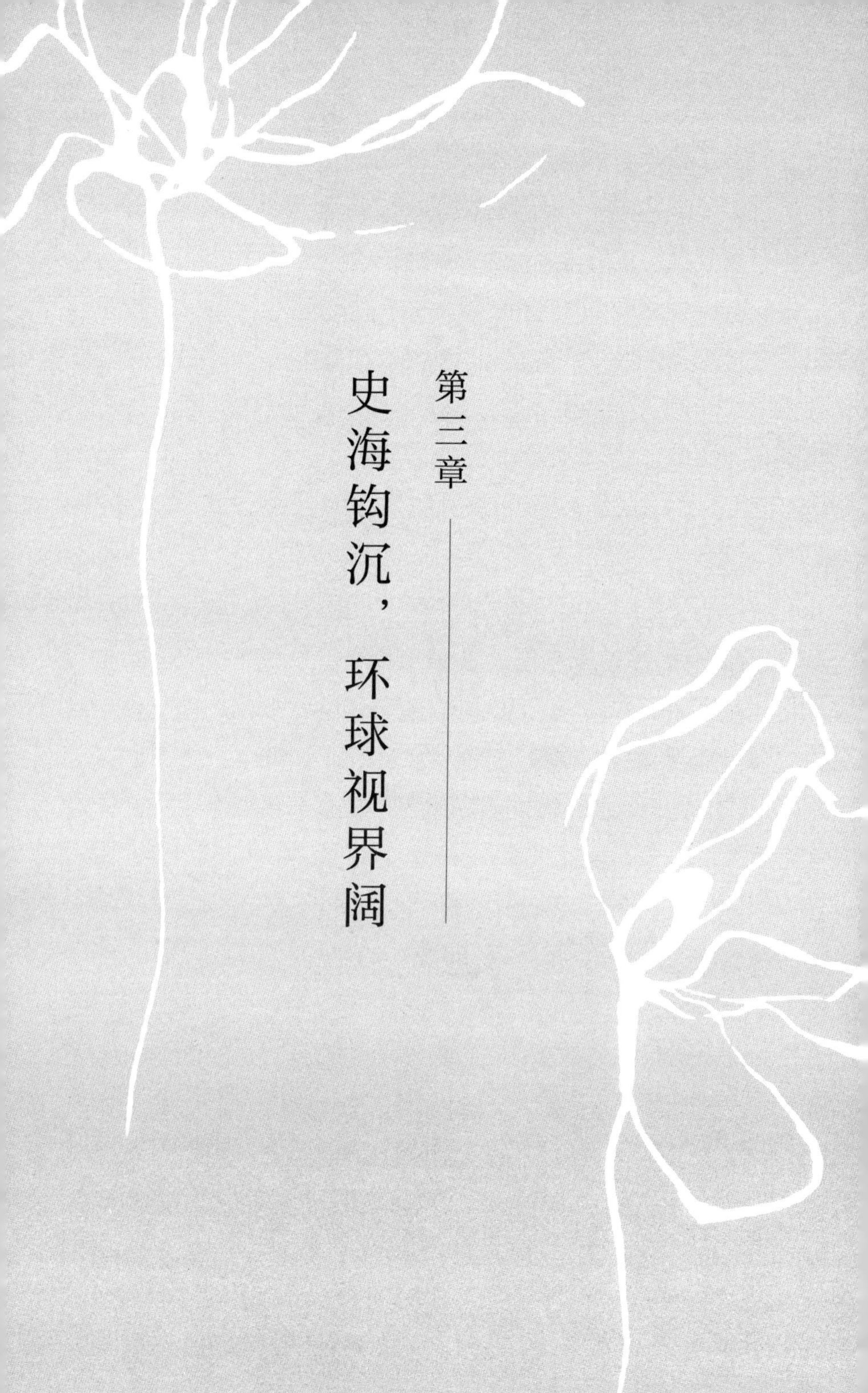

第三章

史海钩沉，环球视界阔

回溯华夏五千年的历史长河，我们在感叹历史沧桑的同时，也对生命有了更深刻的理解与感悟；再探西方文明的演进之路，从古希腊的哲学曙光，到文艺复兴的人文觉醒。在历史与世界的交汇中，我们拓宽视野，洞见古今中外的时代脉络。

细微之处见历史风云

匆匆流逝的时光里，我又一次翻阅马伯庸的《显微镜下的大明》。第一次看到书名还以为是小说，实际上是一部有故事情节的历史读物。我用了一周的时间沉淀与消化，方能领略书中深沉而丰富的内涵。这部作品由六个精彩纷呈的故事组成，马伯庸总能用文字带人进入历史场景，他赋予每一个故事一个有人情味的名字，闪烁着智慧与哲理的光芒，一幕幕故事如同历史长河中熠熠生辉的明珠。

“学霸”必须死——徽州丝绢案

数学“学霸”帅嘉谟凭借对数字的敏锐洞察力，发现了“人丁丝绢”的问题，为了减轻歙县老百姓的赋税压力，他决定揭开歙县丝绢税背后的重重黑幕。他本以为能够一举揭露真相，岂料乡贤的阻挠与“皇权不下县”的陈规，加之他对人性的理解不够，不懂官场的钩心斗角和潜规则，令他陷入旷日持久的马拉松式维权。最终，帅嘉谟难逃一死，为这场利益斗争付出沉重的代价，他短暂的人生如同夜空中划过的流星，令人唏嘘不已。

笔和灰的抉择——婺源龙脉保卫战

龙脉保卫战揭示了古时人们对风水的迷信。婺源是朱熹的祖籍、儒宗的根脚，灵气攸钟，一等一的文华毓秀之地，故事在这里拉开了序幕。

明代科举分为三级：乡试、会试、殿试。乡试是省一级的考试，三年一次，考试时间在八月，俗称“秋闱”。通过秋闱乡试的士子就成为举人，有进京跃龙门的资格。“范进中举”的例子可以看到中举后士子的境况会发生翻天覆地的变化，小说不是夸大其词，事实就是如此。

当年的徽州因屡出高官，被人们视为风水宝地，婺源更是每年都能拿下一掌之数的“解额”，因而这里是龙脉的说法深入人心。

奇怪的是，万历二十八年（1600）庚子九月初放榜时，婺源竟然脱科。对此，人们的第一反应便是科考舞弊，当时科考舞弊并非新鲜事。经过一系列的调查，主考官是清廉的，而提调官有猫腻。提调官虽然不阅卷，却深谙科考之道。科举题目是主观题，是否中举取决于考官一念之间，提调官抓住考官阅卷疲劳和阅卷时间有限的关窍，调换了考卷的顺序。这样的操作很难被举报，因为根据科举制度，不受贿泄题、不冒名夹带、无涂改考卷就没有错处。六府考生愤恨不已，却无可奈何只能接受现实，等待下一次机会。

万历三十一年（1603），癸卯秋闱，婺源尽遣精英，要一雪前耻。重阳节榜单公布，本籍的学子只有三人中举，只比未脱科好一点点。乡试后是会试，会试通过后便成为贡士，仕途就定了。最后皇帝主持一场殿试，不淘汰，只把贡士排个名次，分为三等。一甲有三人，即状元、榜眼、探花，赐进士及第；二甲若干名赐进士出身；三甲若干名赐同进士出身。

三甲的101位里只有一名婺源学子，也就是说，整整六年婺源只出了一名同进士和两名举人，这样的结果对毓秀之地来说无疑是场灾难。学子的科举成绩决定当地官员的考评，连续的秋闱失利，一荣俱荣，一损俱损，知县的治理能力受到质疑。乡绅乡宦们进入紧张状态，从各个环节上找原因，仔细研究师资、考生、环境等因素，直到一个叫程世法的生员提出风水问题。

明代风水师评价婺源的龙脉："龙峡展开大帐不下数里，中为中峡，前后两山相向，三龙会脉，中夹两池，合为一山，形家所谓'朋山共水，川字崩洪'是也。峡内五星聚讲，文笔插天，砚池注水，石石呈奇，难以尽述。左右帐脚，护峡星峰，跌断顿起，胚秀毓灵，真通县命脉所系。"《山海经》里也有相关记载。于是，程世法做了一番调查，发现龙脉上多了很多灰户，灰户指开采石灰的人。龙脉以山石为骨，以土为肉，以水为脉，以草木为皮毛，在婺源人眼里，这些灰户无疑日日在龙脉上剜肉。

因为龙脉的风水问题，当地官绅和朝廷进行了一场风云变幻的争论，之后龙脉得到改善。那一年秋闱出了三个举子和一个三甲进士，这样的成绩让婺源人更加信任龙脉的作用。婺源集一县力量和灰户进行斗争，甚至动用了朝中人脉，才保下龙脉。

所谓保龙大战持续了一个多甲子，为了告知后世，当地还制了一本《保龙全书》，原以为可永保无虞，却好景不长。1891 年，龙脉与烧灰的保龙战争贯穿了整个清朝，其诡诈离奇，不逊于明代。龙脉牵涉官绅们的利益，当龙脉受到威胁时，他们纷纷站了出来。书里的故事反映了当时官场的黑暗，也剖析了人性，只有触及共同利益时，才能聚集人心。《论语》记载："君子和而不同，小人同而不和。"现实这两种情况都有，要完成一件困难的事情，可以联合各种关系，而人们在追求权力和利益的过程中，也经常会迷失自我，不惜牺牲他人的利益。

谁动了我的祖庙——杨干院律政风云，在祖庙的这场斗争里，我们看到人性的复杂与多面，也看到正义与邪恶的较量。最终，正义战胜了邪恶，过程却充满曲折与艰辛。

天下透明——大明第一档案库的前世今生，让我们领略了天下透明的理念。作者马伯庸通过这个故事告诉我们透明与公开是政治清明的基础。现实中，透明往往受到各种利益的阻挠与干扰，真相难以浮出水面，无法变得透明。

胥吏的盛宴——彭县小吏舞弊案，揭示了胥吏们的盛宴背后的黑暗。故事让我们看到权力与金钱腐蚀人心的过程，使应该为人民服务的官吏变成了贪婪的蠹虫。

正统年间的四条冤魂让我们感受到历史的残酷与无情。在那个年代，人们的命运被权力与利益操控，无辜者成为牺牲品。

《显微镜下的大明》展现历史的真实面貌，让我们看到人性的光明与阴暗，六个故事情节跌宕起伏，引人入胜。马伯庸深入挖掘历史细节，用文字展现给读者，让我们可以更深入地理解那个时代的社会风貌与人文情怀。

读史使人明志，使人聪慧，读《显微镜下的大明》，让我们领略历史风云，收获智慧与启迪。

职场哲思之旅

在浩如烟海的文学作品中，马伯庸的文字像一颗璀璨的明珠，以其独特的魅力在历史与现实的交织中熠熠生辉，引领我们探索那些被岁月尘封的角落。从《显微镜下的大明》到《太白金星有点烦》，他的每一部作品都仿佛是一座深邃的宝藏，等待着我们去细细挖掘，品味书中浓浓的韵味。读者们亲昵地称呼马伯庸为“马亲王”，表达了对他的崇拜之情。

马伯庸在《太白金星有点烦》里以细腻的笔触，让我重新审视那些曾经被忽视的历史细节。在马伯庸的笔下，历史不再是冰冷的文字堆砌，而是一个个鲜活的故事和人物，仿佛被赋予了生命，跃然纸上。每一页都充满了新奇与惊喜，如同缓缓开启一扇神秘的大门，引领我步入了一个全新的世界。在那里，我可以近距离地观察被历史尘埃掩盖的真相，感受被遗忘的情感与智慧。

《太白金星有点烦》带给我一种截然不同的阅读体验。初读时，我误以为这是一本轻松幽默的《西游记》解读，随着故事的深入，我渐渐发现，它其实是一部关于职场和社会现实的深刻剖析之作。太白金星和观音菩萨等经典角色，在马伯庸的笔下焕发了新的生机，他们不再是单纯的神话人物，而是成为洞察人性和命运的哲学家。他们穿梭于各种复杂的关系和情境中，面对种种挑战与困境，不断地挣扎、成长，最终找到了属于自己的道路。

在这本书中，每一个角色都拥有其独特的深层含义和背景。他们不仅代表着一方势力，更象征着一种人生哲学。尤其是孙悟空，他的遭遇和心路历程更是引人深思。从最初的替人背锅、承受冤屈，到逐渐意识到自己是制造劫难的根源，再到最后的开悟超脱，这一系列的变化不禁让人感慨万千，更让我们看到了职场中常见的困境与成长之路。孙悟空的经历告诉我们，无论身处何种环境，都要保持一颗清醒的头脑，勇于面对自己的不足，才能在纷繁复杂的世界中找到属于自己的位置。

马伯庸的作品不仅仅是文学创作，更是一种深刻的思考与探究。他以独特的视角和见解，将历史与现实巧妙地融合在一起，为我们展现了一个既熟悉又陌生的世界。在这个世界里，我们可以看到历史的厚重与现实的残酷，也可以感受到人性的光辉与命运的波折。每一部作品都像是一把钥匙，打开了我们内心深处对文学、历史和人生的渴望之门，让我们在阅读的过程中不断地思考、感悟，从而获得更多的启示和力量。

对于那些平时不太爱看小说的人来说，《显微镜下的大明》和《太白金星有点烦》无疑具有强大的吸引力。马伯庸的文字仿佛有一种魔力，能够轻易地引导我们进入一个全新的世界，让我们沉浸其中，无法自拔。他的想象力天马行空，但又不失严谨的历史考究，这使得他的作品既有深度又有广度，让人在阅读的过程中既能领略文学的魅力，又能感受历史的厚重。

马伯庸无疑是“文学鬼才”的最好诠释。他不仅拥有超乎寻常的想象力，更有着对历史和现实的深刻洞察力。他的每一部作品都是一次心灵的洗礼，让我们在阅读的过程中不断地思考、感悟。无论是《显微镜下的大明》还是《太白金星有点烦》，都从一个全新的视角去审视历史、人生和社会，让我们在轻松愉快的阅读中获得更多的启示和收获。这些作品不仅丰富了我们的精神世界，更让我们在面对职场和社会的挑战时，拥有更多的智慧和勇气。

我阅读完马伯庸的这本《太白金星有点烦》，深刻体会到职场法则的哲理与智慧。我们在复杂多变的职场环境中，一定要保持清醒的头脑，勇于面对挑战和困境；同时，也要学会从他人的经历中汲取经验和教训，不断完善自己。只有这样，我们才能在职场中立于不败之地，实现自己的价值和梦想。

繁华背后的荔枝情

我第三次接触马伯庸的书——《长安的荔枝》，这又是一本历史小说，通过对唐朝历史中一段鲜为人知的事件的书写来解读“一骑红尘妃子笑，无人知是荔枝来”，让我对辉煌的长安城，对那个时代的风云变幻有了更深刻的认识。

通过主角李善德的视角，作者展现了大唐帝国在盛世下的种种矛盾和暗流涌动。主人公李善德是开元二十五年明算科出身，任职于上林署，只是一个小吏，通过招福寺“贷款”买了落脚之地，不过那个时代不叫“贷款”，而是以香积钱的方式出现。李善德只是一个默默无闻的小吏，却因为一次偶然的机会，被封为“荔枝史”，原以为他的好日子到来了，却被无情卷入了大唐帝国的权力旋涡。

在这个时代，多了很多名称的官吏，比如想吃螃蟹，就会设一个“螃蟹史”的职位；贵妃想吃荔枝，就设一下“荔枝史”。这些官位直接由圣人（李隆基）负责，很多呈报的过程都免了。李善德接到圣旨时以为圣旨上写的是“荔枝煎”，也就是俗称的加工后的荔枝，当他睡一觉醒来却发现圣旨上面仿佛掉下来一个字，再仔细看，发现圣旨上写的是“荔枝鲜”。他宛如五雷轰顶，时间上也来不及了，于是他立即求告上级，可是没人愿意承认“荔枝煎”，都说是“荔枝鲜”。李善德做好赴死的准备，休书一封，然后自行了断。他向好友韩洄和杜甫告别时，朋友们劝他不如拼死一搏，看看能不能博出希望。

相聚后，他计算了时间，以最快的脚程赶至岭南，沿途记录路线，里程数，驿站数量，记录了到达的时间。当他再次想到鲜荔枝的特性：三天坏，一天色变，两天香变，三天味变，他的希望瞬间化为泡影。想到朋友的劝告，他把心一横，对自己说：“就算失败，我也想知道，自己倒在距离终点多远的地方。”

于是，他开启抢时间的模式，要从死神手里抢希望，要把鲜荔枝保存到长安城。这时候，他认识了胡商，拉到赞助，并且问到了荔枝保鲜的方法，把采摘下来的荔枝分六路运送到长安，并且每一路都要及时反馈信息。第一次六路全部失败，还被人追杀，不过他收获了荔枝保鲜的方法。接着，他改良运送线路，自己赶至长安城，准备向圣人呈报鲜荔枝的情况。

鲜荔枝储存方法呈报的过程中，功劳被鱼朝恩占为己有，高力士知道了这件事，因他和鱼朝恩对立，就直接将李善德引荐给杨国忠（卫国公），李善德把方法说了出来。因为好友韩洄曾经告诉他：“和光同尘，雨露均沾，花花轿子众人抬。一个人吃独食，是吃不长久的。”这句话也是为官之道。于是，他把保存鲜荔枝的方法告诉了杨国忠。

第二次运荔枝到长安发生了很多变故，如他违约了胡商、增加荔枝采摘量导致伤了荔枝女阿僮的心、驿站逃逸等，但最终还是送到了长安。我看到这里时，以为他凭借鲜荔枝可以飞黄腾达了。

可是，他面见杨国忠时，把运送荔枝劳民伤财的情况说出来，犯了大忌，他准备赴死的时候，被高力士引荐到圣人和贵妃面前，得到了赏赐，并且死罪被改成了流放岭南，算比较好的归宿了。

因为荔枝，李善德从无到有，从卑微到显赫，来不及显赫就被流放，在这一过程中见证了辉煌的长安城里人们在权力斗争中逐渐衰落的风云变幻。

我被作者的历史洞察力和叙事技巧折服。繁华的长安城，既是政治权力的中心，又是文化交流的枢纽。长安城里生活富裕，文化繁荣，但也充满了权力的斗争和阴谋诡计。李善德的形象塑造得十分立体，他既机智又善良，既胆小又勇敢，在历史的洪流中努力求生，却又不忘初心，始终坚守着自己的道德底线。

阅读过程中，我仿佛置身于那个时代的长安城，感受到长安的繁华与衰败，了解了唐朝的历史，认识到人性的复杂和多样性。书中的每一个人物都有自己的故事和追求，他们的命运交织在一起，描绘出壮丽长安城的历史画卷。

盛世危机下的人性洞察

这部沉甸甸的书有600多页。我曾经读过马伯庸的《显微镜下的大明》《长安的荔枝》《太白金星有点烦》，书中每个故事里的字字句句都让我心灵激荡。但是这部《长安十二时辰》，却让我在悟到精彩处时不得不按上暂停键，我的时间被工作和生活琐碎织成一张网，以至于我无法静下心读。最终，它成了我旅行的忠实伴侣，陪着我跨越千山万水，在异国他乡完成了一场阅读的盛宴。

当我合上书页的时候，心里仍激荡着对书中人物的无限感慨：贺知章以老谋深算筑就太子基石，他的养子愚忠的姿态，令人唏嘘；岑参的书生意气重，却在大义面前挺身而出，尽显书生的本色；龙波本名萧规，是一个西域的铁血男儿，为清洗蒙受的不白之冤，以守捉郎之名撼动皇权，却留下暗流涌动的局势；更有静安司的智囊李泌，他文武双全又慧眼识珠，启用死囚张小敬，展示了家国情怀与顺势而为的智慧，他眼光锐利，能洞察事物幽深细微之处，可以掌控大局。

这本小说，从天宝三载上元佳节前夕开笔，巧妙地将惊心动魄的侦探故事融入盛唐的辉煌画卷。二十四小时里，长安城的繁华与暗流涌动，交相辉映，紧张与刺激交织。主人公张小敬是一个复杂又鲜活的灵魂，更是这场盛宴的灵魂舞者。他有五尊阎罗的名声，背负死囚的身份，还拥有战士的英勇与智者的深邃。

张小敬的形象一开始就充满矛盾和张力。他曾经在重要的陇右和西域经历了岁月的风霜，他在陇右当兵，征战西域，成为统治不良人的主帅“不良帅”。做了九年的长安不良帅让他对长安城了如指掌，也对官场腐败和百姓疾苦有深刻的体会，铸就了他对这座城深沉的爱与痛。他怒斩上司而被判死刑，表现出他对世间不公平的愤怒和对正义的执着追求。

张小敬的形象非常鲜活，因为他不仅仅是英勇的战士，更是一个有血有肉、有情感、有矛盾的人。他行事极端，手段狠辣，无愧“五尊阎罗”之名，但是在他冷酷的外表下，隐藏着一颗炽热的心。他深爱着长安，为了守护这座城市的安宁和百姓的安危，不惜以身犯险，甚至牺牲自己的生命。

张小敬的每一次抉择都充满挣扎和矛盾，他厌恶官场的腐败和官僚作风，却又不得不与这些势力周旋，利用智慧和勇气，一次次化解危机。他既是一个冷酷无情的杀手，又是一个心怀慈悲的守护者。这种复杂的性格使张小敬的形象更加立体和鲜活，也让读者在阅读时不断产生共鸣和思考。

《长安十二时辰》不仅是一部个人英雄主义的小说，更是一部深刻反思社会现实的作品。通过张小敬的经历和长安城的危机，作者马伯庸用小说巧妙地揭示了唐朝中晚期社会的种种弊端和矛盾。

首先，小说揭示了官场的腐败和官僚不正作风的严重程度。靖安司作为唐朝的情报机构，本应该是维护国家安全和社会稳定的重要力量，却充满了钩心斗角和权力斗争。官员们为了自己的私利和权位，不惜牺牲国家和百姓的利益，这种腐败现象削弱了朝廷的统治力，也加剧了社会的动荡和不安。

其次，小说揭露了社会阶层之间的鸿沟和矛盾。长安城作为唐朝的首都，是繁华与富庶的象征，可是光鲜亮丽的背后隐藏着无数百姓的苦难和挣扎。张小敬作为一个不良帅，深知底层百姓的疾苦和无奈。他用自己的行动和生命，努力为这些无辜的百姓争取一线生机，却无法改变整个社会的不公和残酷。

最后，小说通过张小敬的选择和坚守，引领着读者对正义和责任的深刻思考。张小敬在明知自己死罪难逃的情况下，仍然选择挺身而出，为了守护长安和百姓的安危而奋斗。他的这种精神令人敬佩，更引人深思。我们在当今社会，能否像张小敬一样，坚守自己的信念和责任，为了美好的明天而努力奋斗？

长安，这座多年前承载无数辉煌与梦想的城市，在《长安十二时辰》里被赋予鲜活的生命力。作者用细腻的笔触，描绘长安城的车水马龙、夜晚的灯火辉煌，以及隐藏在繁华背后的暗流涌动。每个人物都栩栩如生，无论是达官显贵还是市井小民，他们的命运交织在一起，共同编织了一幅复杂多变的社会图景。

在这本书里，我们看到人性的光辉与阴暗、忠诚与背叛、勇敢与懦弱，每一个选择都显得真实而残酷，让读者对人性有了更深的思考。

《长安十二时辰》是一部值得人们仔细阅读再反复品味的佳作，通过紧张刺激的情节和鲜活的人物形象吸引读者的眼球，通过深刻的社会现实触动读者的心灵。张小敬这个复杂而鲜活的形象，让我们看到了唐朝社会的种种弊端和矛盾，更让我们思考正义、责任和担当的真正含义。在未来的日子里，愿我们能像张小敬一样，坚守自己的信念和责任，为了更美好的明天而努力奋斗。

味蕾敲击智慧，探索人性沉浮

以美食为笔，绘世间万象。

——题记

浩瀚的书海里，我并不是一个热衷阅读小说的人，但马伯庸的作品总能以其独特的魅力吸引我，让我沉醉其中，无法自拔。从《显微镜下的大明》的细腻入微，到《长安的荔枝》的巧妙构思；从《太白金星有点烦》的幽默诙谐，再到《长安十二时辰》的紧张刺激，每一部作品都如同一次心灵的洗礼，带给我无尽的思考与感动。而今，马伯庸的新作《食南之徒》再次以其深厚的历史底蕴与精妙的故事情节，让我在历史的长河中品味美食，在权谋的交织中洞悉人性，感受了一次味蕾与智慧的双重盛宴。

《食南之徒》以好吃懒做的豫章郡番阳县县丞唐蒙为主角，他的出场便带着一股子为了美食可以不顾一切的搞笑与洒脱。

然而，在这轻松幽默的背后，却隐藏着唐蒙独特的处世哲学与人生智慧。他入仕为官，却在躺平和翻身之间游刃有余，看似矛盾的生存法则，却如同他烹饪美食时的手法一般，娴熟而自然。他凭借这种独特的做人处世方法，在职场中如鱼得水，避免了尔虞我诈的争斗，赢得了上级的赏识与同事的尊重。

故事的转折点发生在唐蒙被派往岭南窥探虚实的时候。原本，此行只是为了大汉王朝即将到来的战争做准备，但对于这位名副其实的吃货来说，美食才是他南行的真正目标。在探寻美味的道路上，他意外地卷入了一场关于南越国的阴谋中。随着案情的扑朔迷离，他越陷越深，逐渐揭开了南越国与大汉之间复杂而纠葛的历史面纱。

当唐蒙一行人快到南越国的边境——大庾岭时，他深切地感受到两国之间的紧张氛围。南越国和大汉被五岭（大庾岭、骑田岭、越城岭、萌渚岭和都庞岭）相隔，如同天然的屏障，阻挡了大汉一统南越国的步伐。此时的南越王，竟然有了称帝的心，触动了大汉的底线。于是，大汉决定出征，发誓要平定南越，一统天下。对于唐蒙来说，虽然这次出征有机会立下赫赫战功，但他的内心始终被美食所牵引，他的味蕾之旅，也就充满了未知与危险。

在军营驻扎的日子里，唐蒙依然不忘烧烤之趣。然而，这次烧烤却让他意外地发现了南越国的逃兵。逃兵的出现让唐蒙的味蕾之旅充满了变数，也让他卷入了历史的旋涡中。他开始追查逃兵的踪迹，试图揭开南越国与大汉之间的秘密。

在追查的过程中，唐蒙以一种烧制“嘉鱼”的“枸酱”为线索，追寻“枸酱”的制作过程中，他认识了孤女甘蔗，发现了南越国与大汉之间的复杂关系。原来，多年前的一场阴谋导致了南越国的分裂与动荡，而这场阴谋的幕后黑手，正是大汉的某些权臣。他们为了自己的利益，不惜挑起两国之间的战争，让无辜的百姓受难，陷入水深火热之中，如秦人和土人的朝堂争斗。唐蒙追查真相的过程中，发现甘蔗一家的冤情，从甘叶的死，追查到“武王”的死，故事以甘蔗解脱为结局，这便是大戏。但是，唐蒙在归汉的途中，发现这场政局的获益者不是伏法的橙宇，而是吕嘉，最终甘蔗也成为牺牲品，于是他发誓攻破南越国，最后他做到了。南越国成了中国历史上唯一的一例因美食而被灭国的国家。这一切不仅展现了唐蒙的智慧与勇气，更让我们看到人性的复杂与多变。

在《食南之徒》中，马伯庸用生动的笔触描绘了诱人的美食与残酷的战争，用深刻的思想探讨人性的复杂与历史的沉重。唐蒙的故事像一面镜子，映照出历史洪流中小人物的挣扎与成长，让我们思考在纷繁复杂的世界中要保持自己的初心与信念。

书中对美食的描写，更是让人垂涎欲滴。唐蒙在岭南的味蕾之旅，就是一场视觉与味觉的双重盛宴。他品尝了各式各样的岭南美食，从鲜美的海鲜到独特的烧烤，每一种美食都承载着岭南的风土人情与历史文化。唐蒙在品尝美食的同时，也在品味着人生的酸甜苦辣，他的味蕾之旅，也是一场心灵的成长之旅。

《食南之徒》通过唐蒙的经历揭示人性的多面性。虽然唐蒙好吃懒做，他却有一颗善良与正义的心。在面对南越国的阴谋与大汉的权臣时，他选择了勇敢地站出来揭露真相，而不是沉默与妥协。他的勇气与担当，让我们看到了人性的光辉与力量。他的行动告诉我们，真正的智慧与勇气不是追求权力和利益，而是守护自己内心的善良与正义。

从职场角度看，唐蒙的圆滑与世故让我们看到人性的另一面。在复杂多变的职场环境中，他能够巧妙地应对各种挑战与困难，不仅保护了自己，也取得了上级的信任与肯定。这种智慧与谋略有时会被视为不择手段，但在某种程度上也体现了人性中的自我保护倾向。他的处世哲学告诉我们，要学会保护自己，坚守内心的善良与正义。

马伯庸在《食南之徒》中巧妙地融入历史元素，让故事具有历史的厚重感。他通过唐蒙的视角，让我们看到了南越国与大汉之间的历史纠葛与恩怨情仇。这些历史片段的穿插，丰富了故事的内容与层次，让我们更深入地了解那段尘封的历史。

这部小说源自《史记》的《西南夷列传》，记载了一段职场和人性光辉的故事。《食南之徒》让我们品尝了美食的诱人味道，在品味历史的过程中思考人性的复杂与多变。唐蒙的故事让我们看到了一个小人物在历史洪流中的挣扎与成长，也鼓励我们保持自己的初心与信念。

我看过很多马伯庸的作品，他的文章结合历史和现实，有一种无法言喻的厚重感。书中说：“只有食物不会骗人。”简单却真实，唤醒我们的初心——真、善、美。我想现实世界中，不乏像唐蒙一样的人，他们在追求美食与梦想的过程中，守护自己内心的善良与正义，成为真正的“食南之徒”。读者品味美食的同时，也品味人生的真谛与智慧的光芒。

权力游戏下的生死时速

历史的风云在马不停蹄中翻涌，生死时速下尽显人性的光辉与阴暗。

——题记

马伯庸的作品于我而言永远有一种魔力，陆陆续续读了他五部著作了，每本书都能让我洞见历史透出的人性，不管是《显微镜下的大明》，还是《长安的荔枝》等。

今天讲述的《两京十五日》是马伯庸在《长安十二时辰》之后的又一力作，他以时间为线索，讲述明朝太子朱瞻基在十五天内惊心动魄地夺回政权的故事。马伯庸以其卓越的故事架构能力，将这段历史史实扩展成 691 千字的小说，为我们呈现了充满悬疑、权谋与人性光辉的大明风采。

小说从仁宗皇帝朱高炽决定迁都南京，让太子朱瞻基前往南京安排相关事宜。然而，汉王朱高煦的谋反计划打破了平静，一场巨大的阴谋笼罩在朱家父子头上。朱瞻基在南京遭遇了一系列突如其来的灾难，包括太子宝船爆炸、官员死伤、反贼追杀等。生死存亡之际，朱瞻基与一个小捕快吴定缘、一个八品小官于谦、一个神秘女医苏荆溪结伴而行，共同踏上从北京到南京的逃亡之路。

这段二千三百里的逃亡之路充满了未知与危险。他们不仅要面对穷凶极恶的追杀者，还要应对内部的矛盾与背叛。通过马伯庸的细腻刻画，我身临其境，跟随他们一起经历每一次生死考验。特别是太子朱瞻基与小捕快吴定缘之间的友情，从最初的互不理解到后来的生死相托，让人动容。

书中的人物形象鲜明，各具特色。虽然太子朱瞻基身处权力中心，内心却充满了不甘与反抗精神。他不仅要面对外部的威胁，还要应对内部的质疑与压力。然而，正是这些压力与磨难，让他逐渐成长为一个有担当、有责任感的君主。

小捕快吴定缘是一个出身低微但机智勇敢的角色。起初，他一直不务正业，随着故事的深入，他的才华得到展现。他原本只想安安稳稳地过躺平的小日子，但一场突如其来的灾难将他卷入权力斗争的旋涡。他凭借自己的智慧与勇气，一次次化解危机，成为朱瞻基最可靠的伙伴。

八品小官于谦则是一个刚正不阿、一身正气的人物。他在京城违规放走吴定缘时的拘谨与矛盾，让人忍俊不禁。然而，正是他的正直与忠诚，让他在关键时刻成为朱瞻基的重要助手。

神秘女医苏荆溪则是一个充满神秘色彩的角色。她为了给好友报仇，不惜一切代价，甚至要诛杀天子、掘坟焚尸。她的偏激与执着让人震惊，也让人看到了她内心深处的痛苦与无奈。

此外，书中的配角们也十分出彩。如敢为兄弟谋福利的孔十八、看似高不可攀实则活得通透的佛母、矛盾纠结体兼忠诚卫士梁兴甫等，他们的故事与命运交织在一起，共同构成了这部小说的丰富内容。

这部小说不仅充满了悬疑与冒险，更是一部深刻反映人性与命运的佳作。小说中的每个人物都在用自己的方式面对命运，他们或勇敢抗争，或默默承受，或选择逃避。然而，无论他们做出何种选择，都无法逃脱命运的捉弄与安排。

太子朱瞻基在面对父亲的病重与外部的威胁时，从最初的颓然放弃到后来的勇敢抗争，展现了他内心的成长与变化。他用自己的行动证明了在逆境中坚持与奋斗的重要性。

小捕快吴定缘是一个典型的底层人物。他出身低微，没有显赫的家世与背景，但他凭借自己的智慧与勇气，赢得了朱瞻基等人的信任与尊重。他的故事告诉我们，无论自己出身如何，只要勇于面对挑战，努力追求梦想，就有可能改变自己的命运。

八品小官于谦是忠诚与正直的化身。他在京城违规放走吴定缘时，虽然内心充满了矛盾与挣扎，却还是选择忠诚与正义。他的故事让我们看到了在权力与利益面前，坚守原则与底线的重要性。

神秘女医苏荆溪是一个充满悲剧色彩的角色。她为了给好友报仇，不惜一切代价，甚至走上了极端之路。她的故事让我们看到仇恨与复仇的可怕后果，也让我们反思要正确处理人际关系中的矛盾与冲突。

《两京十五日》通过丰富的历史知识和细腻的笔触，呈现了真实而生动的大明王朝。小说中的南京城墙、大运河等历史遗迹都得到了细致的描绘，让人仿佛置身于那个时代。

小说中的服饰、饮食、礼仪等充满了历史感。作者通过细腻的描写，让我感受到那个时代人们的生活方式与文化氛围。这些细节描写增强了小说的真实感，让我更加深入地了解了那个时代的历史与文化。

读完《两京十五日》，我深受震撼。这部小说让我感受到人性的复杂与多样。每个人物都有自己的性格与命运，他们或勇敢或懦弱，或善良或邪恶，或聪明或愚钝。然而，这部小说的丰富内涵，正是由这些性格各异、形象鲜明的人物共同铸就的，他们宛如繁星点点，交相辉映，编织出一幅生动而鲜活的故事画卷。

阅读这本书，恰似在心灵的湖面投入一颗石子，激荡起层层涟漪，令我不由自主地陷入对命运与挑战的深沉思索。于人生的漫漫长夜，逆境仿若浓重的阴霾，悄无声息地将我们笼罩，让无助与绝望的情绪如影随形，肆意啃噬着我们的心灵。然而，恰如在黑暗中寻得一丝曙光，只要我们怀揣着无畏的勇气，毅然决然地直面挑战，坚定不移地朝着梦想的彼岸奋力前行，命运亦有可能被我们以坚韧之躯挣脱、改写。

在逐梦之路上，我们不能仅仅埋头赶路，更要学会停下匆忙的脚步，以一颗感恩的心，去拥抱那些陪伴在侧的温暖。因为他们不仅是我们生命中的匆匆过客，更是我们在风雨兼程中无畏前行的原动力，是我们疲惫灵魂得以栖息的坚实依靠。

这是一部打开历史之门的小说，通过细腻的描写与丰富的历史知识，作者为读者呈现真实而生动的大明王朝。让我的灵魂又一次展开穿越的旅程。

家族命运与个体命运的交织

《门阀》是一个真实的故事，讲述了中古第一家族琅琊王氏崛起的过程。“旧时王谢堂前燕，飞入寻常百姓家”，这里的“王”就是王羲之的家族。如果各位对这句诗没有印象，那么对被誉为“天下第一行书”的《兰亭集序》就不陌生了。《兰亭集序》不仅是中国历史书法的传奇，内容上还包含一篇篇脍炙人口的优美散文。王羲之出生于“八王之乱”时期，此时西晋王朝岌岌可危，他七岁学书，十二岁读前人笔论，是东晋时期的大臣、文学家、书法家，与其子王献之并称为“二王”。

故事从“卧冰求鲤”拉开序幕，《晋书》载：“母常欲生鱼，时天寒冰冻，祥解衣，将剖冰求之，冰忽自解，双鲤跃出，持之而归。”这里的主人公便是王祥，王祥出生于东汉末年乱世，祖籍琅琊郡，就是今天山东省东南部临沂市，三国诸葛亮的家族也发源于此，史称“琅琊诸葛”，但是从对历史的影响来论，琅琊王氏的影响力更深远。

“卧冰求鲤”的故事被画入二十四孝图，王祥孝顺而出名，被乡里人称赞，继而被邀请当官，王祥却拒绝了，他非常清醒地知道世态动荡，这个时候进入仕途必定危机重重。他带着继母和弟弟离开山东老家，去庐江一带隐居避乱。直到六十岁左右，他才出任徐州的别驾，这个职位属于州政府最高行政长官的首席属官，相当于现在的省区长官，王祥获得这个职位很不容易。

东汉以来，“世家大族”这种全新的权力组织逐渐孕育成型，就连用人不拘一格的曹操在政治上也主要任用颍川荀氏、清河崔氏等大族名士，可以从《东汉末期的大姓名士》一文中找到依据。这些家族大多数是书香门第，他们用知识垄断、控制仕途晋升之道。王祥隐居三十年不问世事，一出山就获得别驾高位，说明这三十年里，他的孝名始终远扬，越隐名气越大。《汉书》中说：“是故清节之士，于时为贵。”当时修德比较容易出仕，王祥的发迹之路暗合了这个逻辑。后来，他的两个儿子也任职太守。

王祥的弟弟叫王览，任职光禄大夫，王览的五个儿子都位列御史、刺史等官职，这里要提到他的四子——尚书郎王正。王正有三个儿子，长子王旷是淮南太守，大家可能都没听说过王旷，说起他的儿子“书圣”王羲之就如雷贯耳。八王之乱后，王旷和堂兄弟王导、王敦的政见不合，并且他们原来就不亲近，被认为是司马越的阵营，堂兄弟密谋离开司马越被王旷发现，才让他参加家族会议，王旷的举动让人出乎意料，他不仅不反对，还提出了自己的建议，决定举家南迁，占据东南方向的扬州。他的这个举动，改变了琅琊王氏的命运。

“八王之乱”后的混乱时期，百姓们在战火的摧残下痛苦呻吟，野心家们在满目疮痍的土地上窥视机会，趁乱夺取权力。琅琊王氏的决断，虽然脱离了司马越的阵营，但也没有走上自立为王的道路，他们准备寻找一位合适的领袖，共同谋求家族的繁荣与天下的和平。

王旷的目光投向了远在江南的琅琊王——司马睿。这位年轻的王爷，虽然远离权力的中心，却赢得了江南地区的民心，积累了很高的声望。王旷深知只有与司马睿联手，琅琊王氏才能实现抱负，才能让天下重归和平与繁荣。

王旷带领家族中的精英，穿越战火纷飞的中原，前往江南寻找司马睿。经过努力，琅琊王氏与司马睿成功会晤，共同商讨未来的大计。王旷建议司马睿利用他在江南的声望和影响力，联合琅琊王氏的力量，共同推翻暴政，恢复汉家天下。他们凭借智慧和勇气，在江南地区建立起一支强大的军队，为未来的斗争奠定了坚实的基础。

随着时间的推移，琅琊王氏与司马睿的联盟得到更多人的支持和认可，成功推翻了暴政，还在江南地区建立了一个新的王朝——东晋。这个王朝以汉族为主体，秉持儒家文化的精神，致力于实现国家的繁荣与人民的幸福。

在东晋王朝的建立过程中，琅琊王氏发挥了至关重要的作用。他们不仅为司马睿提供强大的军事支持，还在政治、文化、经济等各个领域做出卓越的贡献。在他们的努力下，东晋王朝逐渐成为东汉末年到隋唐初四百年中，存在最久的汉人政权。琅琊王氏跃升为与皇权平起平坐的门阀，成为天下最显赫的家族之一,百年不衰。他们在历史的长河中留下浓墨重彩的一笔，为后人传颂。

乱世中，琅琊王氏与司马睿的联盟不仅改变了他们家族的命运，更决定了天下的未来。他们用智慧和勇气，书写了一段传奇般的历史篇章，成为中国历史上不可或缺的一部分。

这本书以丰富的人物群像、跌宕的历史剧情、深刻的社会洞见，向我们揭示了家族、权力与历史的复杂互动，引发我们对家族价值、权力伦理、时代变迁的深度思考。阅读《门阀》时，我不仅被琅琊王氏的荣光震撼，更为家族成员的悲欢离合、家风传承与时代浮沉感动。这部作品如同一面镜子，映照出历史的深邃，折射出现实的光影，对我们理解家族、权力与历史的关系具有重要的启示意义。

解锁“诗囚”密码

我有幸再一次翻到戴建业老师的作品，这次讲述的是“诗囚”孟郊。

孟郊，字东野，唐代著名的诗人，以其独特的诗歌风格和坎坷的人生经历而闻名。他的诗作，如《游子吟》，至今仍广为传颂，表达对母亲深深的感恩之情。孟郊的诗歌风格多变，既有柔软悲情的一面，也有矫激求变、寒峭瘦硬的特点。

孟郊的一生充满了坎坷，他早年丧父，由母亲独力抚养长大，性格孤僻，很少与人往来。青年时期隐居于河南嵩山，行踪不定，除了写诗，没有其他事业可以记述。他的科举之路同样充满艰辛，直到46岁才考中进士，《登科后》是他金榜题名后的喜悦之作。

《登科后》以生动的笔触描绘了孟郊科举及第后的欣喜之情。诗中的“春风得意马蹄疾，一日看尽长安花”成为千古名句，展现了诗人在春风中策马奔驰的畅快心情，以及对长安城繁华景象的赞美。这首诗不仅表达了孟郊的喜悦和感慨，也反映了唐代科举制度的影响和社会风气。

然而，孟郊的仕途并不顺利。他曾被任命为溧阳尉，因为不擅长官场生存，最终有人替代他处理公务，他的生活更加清贫。他的一生，可以说是科举三部曲《落第》《再下第》与《登科后》的真实写照。元和九年（814），孟郊在他去任职的路上去世，令人唏嘘。

书中阐述，孟郊的诗歌反映了他个人的情感和遭遇，也折射出当时社会的风貌。他的诗作《游子吟》以平实的语言和深情的笔触，打动了无数读者的心。而他的《登科后》，则展示了一个诗人在社会制度下的努力与挣扎，以及最终的成就与喜悦。

孟郊的一生虽然坎坷，但他的诗歌却如一道光，照亮了后世。他的诗不仅让我感受到了唐代文人的才情与情怀，也让我看到一个人在逆境中不屈不挠、勇往直前的精神。孟郊的诗歌是对生命的热爱，对自然的敬畏，对宇宙的好奇的表达，它们超越了时间的限制，成为永恒的艺术。

在《丰子恺漫画古诗文》一书中，丰子恺先生以其独特的漫画艺术形式，将孟郊的诗歌以一种全新的方式呈现给读者。他的漫画，简约而质朴，却能勾勒出无限的意境，让人在欣赏画作的同时，能够深刻体会到孟郊诗词的韵味和情感。当然，丰子恺先生的作品，是对传统文化的传承和发扬，也是对美的追求和表达。

孟郊的诗歌，丰子恺的漫画，都是中华文化宝库中的瑰宝。他们的作品，让我得以窥见古人的智慧和情感，让我感受到传统文化的魅力。在快节奏的现代生活中，我们不妨放慢脚步，品读这些经典之作，让心灵得到片刻的宁静和净化。

喧嚣尘世的宁静

在纷扰喧嚣的尘世中，我们时常渴望寻觅到一片静谧而纯净的净土，让疲惫的心灵得以栖息。东晋诗人陶渊明的作品，就如同我梦中的那片净土，以其独特的魅力，引领我们走向内心的安宁与平和。当我再次翻开戴建业的《澄明之境》，仿佛穿越了千年的时空隧道，与靖节先生进行了一场跨越时代的心灵对话。

陶渊明的诗，不仅仅是田园风光的颂歌，更是对生命、对世界的深刻思考和感悟。在东晋那个动荡不安的时代，陶渊明以一位隐逸诗人的身份，用他的诗向我们展示了生活的另一种可能。他并非逃避现实，而是在现实与理想之间找到了一种难能可贵的平衡。他的生活，是对世俗的深刻反思，对人生价值的不懈追求，对精神自由的执着和向往。

他的言语之间，死亡是一个永恒而深刻的主题。他从不回避生命的终结，反而以一种超然物外的态度去审视和感悟死亡。正如他在《杂诗》中所言："人生无根蒂，飘如陌上尘。"感悟生命的无常和短暂，更加珍惜当下的每一刻，追求内心的宁静与自由。他通过诗告诉我们，不管外界纷扰，只要保持内心的一份宁静与平和，就是最好地诠释了儒家“三不朽”理念。他通过诗这个载体，将自己的思想和感悟传承给后世，让我们看到了一个超越世俗、追求精神自由的诗人形象。他的诗，既是对生命的颂歌，又是对自然的赞美，更是对人性的深刻洞察。他用自己的笔触，描绘出一个理想中的桃花源，那里没有尔虞我诈，没有功名利禄，只有纯净的自然和淳朴的人心。

陶渊明的生活态度，是对“吾生梦幻间，何事绁尘羁”的最好注解。他从不追求功名利禄，不计较世俗的得失与荣辱，而是专注于内心的平和与自由。他的诗就是对这种生活态度的真实写照。他用自己的笔触，表达了对世俗名利的淡泊与超脱，对内心宁静与自由的渴望与追求。

陶渊明的一生，是对“超脱”二字的最好诠释。他的超脱，并非简单地逃避现实，而是对世俗的深刻反思和超越。他通过诗歌，向我们展示了一个超然物外、不为世俗所累的诗人形象和人生态度。他的诗，既是对生命的颂歌，又是对自然的赞美，更是对人性中那份纯真与美好的坚守。在他的诗歌中，我们还看到了他对“超然”的深刻理解。他的诗歌，不仅表达了对生命的歌颂和对自然的赞美，更表达了对人性中那份超然物外的追求。他用自己的笔触，描绘出了一个超越世俗、追求精神自由的诗人形象，让我们感受到了那份超越物质世界的宁静与平和。

陶渊明的一生也是对“本真”的最好诠释。他的诗歌，如同一面镜子，映照出人性的本真与美好。他用自己的笔触，描绘出一个充满爱与善良的世界，那里没有虚伪与欺诈，只有真诚与善良。他的一生显示出“傲然”的气质。他的诗歌，如同一把利剑，直指人性的弱点与虚伪，让我们看到了人性的坚韧与不屈、光辉与美好，珍惜那份难得的纯真与善良。他用自己的笔触，表达了对世俗名利的蔑视与不屑，对内心那份傲然与自尊的坚守。

在陶渊明的诗中，“葆性命之真”是一个重要的主题，表达了对生命本质的追求与坚守。他告诉我们，只有保持内心的纯净与善良，才能在纷扰的世界中保持清醒与独立。

最后，陶渊明的一生还体现出了“超然入世得失，傲然于流俗毁誉”的豁达与从容，表达了对世俗名利的蔑视与不屑，对内心那份傲然与自尊的坚守。

诗中不仅有陶渊明对田园风光的赞美，更有对生命、对世界的深刻思考与感悟，向我们展示了一个超越世俗、追求精神自由的诗人形象。我们在诗词品读中，看到了人性的光辉与美好，看到了生命的价值与意义，让我们更加珍惜那份难得的纯真与善良。

让我们在纷扰的尘世中，以陶渊明为榜样，保持内心的纯净与善良，追求那份难得的宁静与平和。

穿越千年韵律，领略芳华智慧

我轻抚蒙曼教授笔下墨香未散的扉页，缓缓合上眼帘，开启了一场穿越时空的心灵邂逅，激起我心灵深处的涟漪。《邦媛》引我深入中国文化的绮丽殿堂，遇见那些在历史长河中熠熠生辉的女子。庄姜以“巧笑倩兮，美目盼兮”之姿，绘就了古典之美的典范；蔡文姬以“《悲愤》长篇洵大文”，开创自传体长篇叙事诗之先河；班昭以“一编汉史何须续，女戒人间自可传”，展现了智慧与德行并重的女性力量；谢道韫“未若柳絮因风起”的才思，更是让人领略到女性独有的细腻与灵动。

随着文字的引领，我悄然潜入世间柔情的最深处，遇见卓文君“愿得一心人，白头不相离”的深情誓言，绿珠“百年离恨在高楼，一代红颜为君尽”的悲壮抉择，鱼玄机“易求无价宝，难得有心郎”的哀婉叹息，柳如是“我见青山多妩媚，料青山见我应如是”的超然物外。这些优雅的灵魂在《典籍里的中国》有所留痕，此书以更宏大的历史视角，辅以详尽的事件与外传，让每一位女性都鲜活地立于历史长河，可触可感。

相较于《邦媛》的温婉，《哲妇》更吸引我，它讲述了政治舞台上的风云变幻，深刻剖析了人性的复杂多面。蒙教授以历史为镜，映照出过往的兴衰更替，正如唐太宗所言：“以铜为镜，可以正衣冠；以古为镜，可以知兴替；以人为镜，可以明得失。”这本书汇聚了二十八位女性的风华，她们或贤良温婉，或恣意不羁，或为巾帼英雄，或为红颜薄命，皆成为我内心的一面面明镜，映照出“见贤思齐焉，见不贤而内自省也”的修行之路。

书中的每位女性皆以诗为魂，或自抒胸臆或由他人颂扬，字里行间洋溢着真实的历史、诗词的韵味以及崇高的价值观。“真、善、美”在此汇聚成流，引领我们追寻生命的意义与价值。蒙教授以其独特的视角，赋予这些女性以“凌波微步，罗袜生尘”的飘逸，“长揖雄谈态自殊，美人巨眼识穷途”的睿智，以及“蜀锦征袍自裁成，桃花马上请长缨”的豪情，让我们坚信：真正的美丽，无须外物点缀，自内而外舒展，方能“何须浅碧深红色，自是花中第一流”。

这本书如同一幅缓缓展开的历史长卷，从上古的苍茫到明清的细腻，每一章都追寻着女性的足迹。湘妃竹上的泪痕，是娥皇、女英千里寻夫的凄美传说，演绎出“斑竹一枝千滴泪，红霞万朵百重衣”的深情与执着。“宜笑复宜颦”的越溪女西施，她的美不仅限于容颜，更在于她在乱世中身不由己的牺牲与忠诚。李白笔下的她，是荷花羞玉颜的清新脱俗，却也是吴越争霸中的一枚棋子，最终落得无依无靠的凄凉结局。历史的长河中，西施的故事如同一曲悲歌，让人不禁感叹："家国兴亡自有时，吴人何苦怨西施。西施若解倾吴国，越国亡来又是谁？"在权力的游戏中，女性的命运被无情地卷入，她们的坚韧与牺牲，如同夜空中最亮的星，照亮了历史的深邃与复杂。

谈及褒姒，世人都会想到"烽火戏诸侯"，然而这都是周幽王的一意孤行，是在权力的作用下，一位帝王向爱妃炫耀的愚蠢举动。褒姒，在历史的洪流中被冠以罪名，究其根源她只是因果链上不可或缺之"因"，而帝王才是始作俑者。在历史的天平上，每一粒尘埃都有其分量，褒姒也是如此。她的存在，悄然间编织了命运的经纬。

转而东望魏国，那是人才辈出、文脉昌盛的岁月，曹操与曹丕、曹植父子，共铸建安风骨，辉映文坛。在这片璀璨星河中，有一位女子如流星般划过曹家父子兄弟的天际，她便是魏文帝曹丕之后——甄夫人。提及甄夫人，不禁让人联想到曹植笔下《洛神赋》的绝代风华，"翩若惊鸿，宛若游龙；凌波微步，罗袜生尘"，字字句句，皆是对其绝美容颜与脱俗气质的颂歌。

这位甄夫人与"南乔"齐名，风华绝代。甄夫人初嫁袁绍次子袁熙，后曹丕破袁府，一见倾心，遂纳为妻。曹植也仰慕她，奈何叔嫂有别，情深缘浅，只能将这份情愫深埋心底，直至甄夫人失宠被赐死，一段凄美故事落下帷幕。曹植获赐甄夫人遗物，夜宿洛水，梦回往昔，醒后挥毫泼墨，作《感甄赋》，述说人神之恋，虽然很美却遥不可及。此赋一出，洛阳纸贵，传为佳话。后魏明帝改其名为《洛神赋》，赋予甄夫人神话的色彩，使之成为文学史上永恒的传奇。

甄夫人的故事远不止于此。她不仅是乱世中的佳人，更是智勇双全的女子。年少时，她便展现了非凡的见识与胸襟，劝阻家人乱世求宝，主张赈济乡邻，尽显她的深谋远虑。她嫁入曹家后，以贤良淑德著称，赢得了曹丕的敬重，在家族中树立了良好的形象。她的存在，如同一股清流，在云谲波诡的政治斗争中，保持了一份难能可贵的纯真与善良。

甄夫人的一生，虽然短暂又坎坷，但她以美貌为媒，以智慧为骨，以贤德为魂，书写了一段不朽的传奇。在历史的长河中，她或许只是昙花一现，但那份光芒，足以照亮后世人的心灵。《洛神赋》不仅颂扬她的美貌，更深切同情她的高尚品德与不幸命运。甄夫人，这位历史上的奇女子，用她的生命，诠释了何为美丽与智慧并存。

跟随这本书，我缓缓地步入历史的长廊，穿越时空的雾霭，来到辉煌的隋唐时代。在这片浩瀚的历史星河中，闪耀着如冼夫人般横跨三朝的坚韧智慧，有独孤皇后“一生一世一双人”的深情厚谊，更有平阳公主以一己之力撑起半壁江山的英姿飒爽，以及太平公主融汇胡汉文化的独特风采，有长孙皇后辅佐太宗共创盛世的贤良淑德。众多璀璨星辰中，我选取了那位常常被贴上“红颜祸水”标签的佳人杨贵妃，细细品味她背后不为人知的故事。

“一骑红尘妃子笑，无人知是荔枝来”，这句千古绝唱，轻轻吟出，将那位风华绝代的佳人杨玉环，缓缓带入我们的心田。提及她，我的脑海不禁浮现以肥为美的独特审美，“闭月羞花”中那令百花失色的一瞬，以及岭南荔枝穿越千山万水只为博佳人一笑的浪漫传说。然而，她除了拥有绝世的容颜，似乎总与“祸水”二字紧密相连。

让我们深入史书的字里行间，探寻作者笔下更为真实的杨玉环。她体态丰腴，容颜艳丽，引领了唐朝的审美风尚，更以她独有的魅力，成为唐玄宗心中不可替代的存在。从寿王妃到玄宗的宠妃，身份转变，仿佛是命运巧妙的安排。诗仙李白的《清平调》中，“云想衣裳花想容，春风拂槛露华浓”，字里行间流露出对杨妃之美的极致赞美，那是一种超越尘俗的天真与艺术之美。

“天真之美”，不是愚昧无知，而是心性纯良，不涉朝政纷争。在权力与欲望交织的宫廷深处，她如同一朵不染尘埃的白莲，沉浸在自己的世界里，以诗酒为伴，以歌舞为乐。她的才情，不仅体现在流传千古的诗句中，更在于她能够不断创新，为生活增添无限乐趣的灵动与智慧。唐玄宗视她为“解语花”，是因为她懂得用一颗纯真的心，温暖那颗已渐感疲惫的帝王之心。

杨国忠的权倾朝野，不是贵妃的愿望，更不是她能够操控。杨国忠凭借自己的才能与机遇，一步步登上相位，而贵妃是在乱世中寻求片刻安宁的女子。无论是“安史之乱”的烽火连天，还是马嵬坡下的生死离别，她以一个旁观者的姿态，静静地观望这个世界的沧桑巨变。她的天真，让她在历史的洪流中显得如此格格不入，仿佛生错了时代，但若非如此，她又怎能成就流传千古的佳话？

白居易的《长恨歌》为这段故事留下注脚："上穷碧落下黄泉，两处茫茫皆不见。"这是对杨贵妃悲剧命运的深切同情，更是对那段逝去岁月的无尽怀念。她，虽未能如长孙皇后般自信自觉，亦无上官婉儿的骄傲倔强，但她以自己的方式，在历史的长河中留下了一抹不可磨灭的亮色。这是历史的残酷与慈悲，编织出的一幅幅动人心魄的画卷。

宋元明清的王朝更迭，孕育了如萧太后、孝庄皇后等政治女性的璀璨星辰，她们在历史的织锦上织就了不可或缺的金线，闪耀着智慧与坚韧的光芒。萧太后的豪情壮志、孝庄皇后的深邃智慧，以及无数被历史遗忘的女性，她们的每一个故事如同精心雕琢的玉石，历尽沧桑而愈加温润，触动着我们最柔软的灵魂。她们的每一段情感与智慧，如同甘霖般滋润着干涸的心田，让现在的我们得以窥见那些被时光温柔以待的坚韧与美好。

在这条时光隧道里，我们不仅是旁观者，更是参与者，与这些历史中的女性一同经历风雨，共享阳光，感受跨越时空的情感共鸣与智慧启迪。诗词、历史不再是过往烟云，而是成为滋养我们精神世界的甘泉，让我们的生命因之而更加丰盈与深邃。

巾帼之魂的传承

经过近十天的沉浸式阅读，我看完了这本《典籍里的中国：巾帼佳人》。书中的内容让我久久回味，思绪万千。在我以往的阅读经历中，也接触过不少传奇女性，如武则天、吕雉、阴丽华（管仲后裔）、孝庄、花木兰、李清照、现代首富的母亲梅耶·马斯克、萧红等。然而，这本《巾帼佳人》以一种全新的视角，刷新了我对“女性”二字的认知。

书中，我仿佛穿越千年，见证了那些在历史长河中熠熠生辉的女性身影。梁红玉，一位英勇无畏的女中豪杰。在战场上，她亲自擂鼓助威，亲执桴鼓，金兵在她的威慑下终不得渡，只能乖乖归还掠夺的财物。她以坚韧不拔的精神和卓越的军事才能，成为后人口中的传奇。

杨妙真，一位武艺超群的女将军。她手持梨花枪，天下无敌，战无不胜。她心怀天下，以巾帼之躯，肩负起了保家卫国的重任。她的一生，是战斗的一生，也是传奇的一生。她的英勇事迹，至今仍激励着后人不断前行。

芈八子，一位善于把握时机的秦国太后。她出身楚国，嫁入秦国后，凭借自己的智慧和胆识，逐渐在秦国政坛上崭露头角。她善于观察形势，抓住机遇，为秦国的崛起奠定了坚实的基础。她的故事让我看到女性在古代政治舞台上的独特魅力和智慧。

钟离春，一位貌不惊人的齐国女子，凭借自己的才华和胆识，赢得了齐宣王的赏识和尊重。她“以丑为美”，用自己的智慧和力量，为齐国的繁荣稳定贡献了自己的力量。她的故事，让我深刻知道了“人不可貌相”的道理。

北魏冯太后，一位被誉为“千古一后”的杰出女性。她历经坎坷，却从未放弃对美好未来的追求。她凭借自己的智慧和胆识，开创了一个盛世。她的故事，让我看到女性在政治舞台上的卓越才能和非凡魅力。

除了这些历史上的巾帼英雄，书中还提到许多其他令人敬佩的女性。平阳公主，她不爱红装爱武装，毅然起兵响应高祖，为国家的统一和稳定贡献了自己的力量。庄姜，她巧笑倩兮，美目盼兮，不仅外貌出众，更腹有诗书气自华。班婕妤，她才华横溢，却遭遇宫廷斗争的残酷打击，但她始终保持着高洁的品格和坚忍的意志。班昭，她是“二十四史”中唯一的女作者，用自己的笔墨记录了历史的沧桑巨变。管道昇，她宁可等待，也不将就，坚守着自己的爱情和信仰。

这些女性的故事虽然各不相同，但都展现了女性独特的魅力和力量。有的人英勇善战，有的人智慧过人，有的人才华横溢，有的人坚韧不拔。她们用自己的行动和经历，诠释了真正的巾帼英雄。

我在阅读这本书的过程中，时而被她们的英勇事迹所震撼，时而被她们的智慧折服，时而为她们的遭遇惋惜。她们的巾帼之风、谋略之深、格局之大，都让我深感敬佩。同时，我也为她们的红颜易逝感到惋惜。无论如何，她们已经完成了自己独一无二的人生路，她们的选择和经历，都成为她们人生中最宝贵的财富。

回顾这些女性的故事，我不禁感慨万千。她们用自己的经历告诉我们：女性同样可以拥有卓越的智慧和非凡的才能，在历史的长河中留下自己的足迹，为自己的人生书写出精彩的篇章。她们的故事，不仅是对历史的回顾和总结，更是对后人的启示和激励。

在当今社会，女性不再是男性的附庸和附属品，她们拥有与男性平等的权利和地位。然而，要想真正地实现男女平等，还需要我们不断地努力和奋斗，打破性别歧视和偏见，让女性能够在各个领域发挥自己的才能和潜力。同时，我们也要更加关注女性的成长和发展，为她们提供更多的机会和资源。

《典籍里的中国：巾帼佳人》这本书不仅让我领略了历史上杰出女性的风采和魅力，更让我对女性有了更深刻的认识和理解。我相信，在未来的日子里，会涌现出越来越多的杰出女性，用她们的行动和经历书写更加精彩的人生篇章。

名士知己的千古绝唱

在繁忙的生活节奏中，我偶尔会选择暂时放下手中的事务，给自己一个静谧的空间，沉浸于书籍的海洋，让心灵得到一次洗礼和滋养。然而，最近的我似乎有些“贪杯”，连续阅读了几本厚重的书籍后，感到有些消化不良，仿佛需要一段时间来慢慢咀嚼、吸收这些知识的养分。于是，我放慢了阅读的步伐，让自己的心灵得以休憩，直到今日，才重新拾起那本《典籍里的中国：名士知己》，继续我的文化之旅。

翻开书页，我仿佛穿过时空的隧道，回到了那个充满智慧与情感的古代世界。在众多名士的故事中，刘伶的名字如同一股清流，悄然涌入我的心田。他的形象，在我的脑海中与一篇曾经轰动一时的高考满分作文《醉了刘伶，狂了诗仙》紧密相连，这篇作文以独特的视角，将刘伶与李白这两位跨越时空的文人相提并论，展现了他们各自在醉酒中寻找到的超脱与自由。刘伶的醉，是对世俗的摒弃，对内心真实的追求；而李白的狂，则是对命运的抗争，对理想世界的向往。两者虽形式不同，但内核却异曲同工，都体现了文人墨客在乱世中寻求精神慰藉的坚韧与不屈。

当我读到程婴和公孙杵臼的故事时，我的内心被深深地震撼了。这是一段发生在两千多年前对知己忠诚的传奇。在那个动荡不安的年代，程婴与公孙杵臼因共同的信念而相识，他们携手并肩，共同抵抗暴政，守护正义。当赵氏孤儿赵武面临生死存亡的关头，程婴毅然决然地牺牲了自己的亲生儿子，换取赵武的安全。这份牺牲，不仅仅是生命的付出，更是对忠诚与信念的坚守。当赵武认主归宗，重振家业时，程婴却选择了自杀，以另一种方式与公孙杵臼在黄泉之下相聚。这种超越生死的友谊，为了大义不惜一切的忠诚与勇敢，让我看到了人性中最光辉的一面，也让我对“知己”二字有了更深的理解。

如果说程婴与公孙杵臼的故事完美地诠释了忠诚与勇敢，那么柳宗元和刘禹锡的友谊则是文坛上的一段佳话。这两位唐朝的文学巨匠，不仅才华横溢，更在彼此的生命中扮演了重要的角色。刘禹锡因政治原因被贬谪远方，人生跌入低谷，但柳宗元却始终对他不离不弃，用诗歌为他送去温暖和鼓励。在那些艰难的日子里，他们的书信往来成为彼此心灵的慰藉，也成了后世传颂的佳话。柳宗元的诗，不仅是对刘禹锡的深情厚谊的表达，更是对人生哲理的深刻思考。他们之间的友谊，超越了世俗的功利与名利，成为文学史上的一段传奇。

读到这里，我不禁感慨万千。在如今这个浮躁繁华的时代，我们往往被各种琐事困扰，忽略了身边那些值得珍惜的人。《典籍里的中国：名士知己》这本书，像一面镜子，让我看到了古代名士们对友谊、对忠诚、对信念的坚守与追求。他们用自己的行动诠释了“人生难得一知音”的真谛，也提醒我们要珍惜身边那些能够与我们心灵相通、相互扶持的人。

我回顾自己的生活，曾有过许多朋友，但真正能够称得上“知己”的却寥寥无几。那些能够在我遇到困难时伸出援手、在我迷茫时给予指引、在我快乐时分享喜悦的人，才是我生命中最宝贵的财富。他们或许不完美，但正是这些不完美，才构成了我们之间独特的默契与情感纽带。

在未来的日子里，我希望自己能够像古代名士那样，坚守自己的信念与追求，珍惜身边的每一个朋友。无论生活如何变迁，岁月如何流转，我都将铭记这份情谊，用心去感受、去呵护、去珍惜。因为在这个浮躁繁华的时代里，能够拥有一份真挚的友谊、一个懂你的知己，实在是太难得、太珍贵了。

这本书也给了我许多启示和思考，让我明白，真正的智慧不仅仅在于从书本上积累知识，更在于对人生、对情感、对社会的深刻洞察与理解。而这些洞察与理解，往往来自我们与他人的交流与互动，来自我们对生活的体验与感悟。因此，我会更加珍惜每一次与人交往的机会，用心去倾听、去理解、去包容，让自己的生命因为这份理解与包容而变得更加丰富多彩。《典籍里的中国：名士知己》不仅让我领略了古代名士的风采与智慧，更让我对人生、对友谊、对信念有了更深的认识和感悟。

领略古人智慧，触摸历史脉搏

我再次翻阅《典籍里的中国：帝王将相》，依旧对历史充满热爱。每当小说中融入历史元素，我都会饶有兴趣地阅读；对缺乏历史背景的小说，我通常不太关注，甚至不愿翻阅。虽然，我对中国的历朝历代谈不上全面了解，但对王侯将相颇为熟悉。

在历史的长河中，帝王将相作为时代的引领者，他们的传奇故事与其间蕴含的深邃哲理，如同璀璨星辰，照亮了华夏文明的天空。这本书从传奇帝王的故事拉开序幕。带我们一起探寻那些传奇帝王与历史名臣的足迹，感受他们的智慧与情怀。

传奇帝王

嬴政：这位一统六国的千古一帝，以雷霆万钧之势结束了战国纷争，开创了中国历史上第一个大一统的封建王朝——秦朝。嬴政不仅是统一天下的霸主，更是一个深谋远虑的改革者。他推行统一文字、货币、度量衡等政策，修建长城，修筑以咸阳为中心的、通往全国各地的驰道，彰显了对国家的长远规划与对民族融合的深刻洞察。然而，他的暴政也为秦朝的覆灭埋下了伏笔，提醒我们权力与责任并重，仁政与法治需并行。

汉献帝刘协：这位在乱世中挣扎的帝王，虽身处皇位，却无力掌控命运，多次被权臣操控，成为政治斗争的牺牲品。但这样的经历让他对人性有了深刻的理解，对权力有了清醒的认识。刘协认为，真正的力量在于内心的坚定与对正义的坚守。

痴情君主

东汉开国皇帝刘秀，他被描绘成一位既痴情又睿智的君主，爱情故事与治国理念同样为世人称道。在爱情方面，他对阴丽华的爱情超越世俗权谋，成为佳话；在治国方面，他推行轻徭薄赋、与民休息的政策，开创了“光武中兴”的盛世。刘秀认为，爱情与事业并不矛盾，真正的领袖应该既有深情又有担当。

开国皇帝杨坚

隋朝开国皇帝杨坚，他是一位勤勉务实、注重民生的帝王，以卓越的军事才能和深邃的政治智慧结束了南北朝分裂的局面，开启了隋唐盛世。他推行均田制、减轻赋税、整顿吏治，为隋朝发展奠定了基础。杨坚认为，国家繁荣离不开人民安居乐业，君主的职责是为人民创造和平稳定的生活环境。

伪装高手

说到伪装，司马懿与杨广在历史上称得上以“伪装”著称的帝王。这本书里把他们的形象塑造得复杂深刻。司马懿以隐忍著称，在曹魏政权中步步为营，最终夺取政权；杨广伪装成勤政爱民的形象，掩盖野心与残暴。从他们的身上，世人看到了权力争夺往往伴随着人性扭曲与道德沦丧，真正的智者应该学会在权力面前保持清醒和自律。

历史名臣

萧何与张居正：两位杰出的政治家与改革家。萧何作为西汉初年丞相，慧眼识英雄，推荐了当时默默无闻的韩信。韩信被刘邦拜为大将军，从而成就了其军事上的辉煌，当然后面也衍生出一个“成也萧何，败也萧何”的成语。但的萧何卓越治国才能和忠诚品质，为刘邦统一大业立下不可磨灭的汗马功劳。张居正作为明朝中后期名臣，推行整顿吏治、减轻赋税、发展经济等改革措施，推动明朝复兴。他们认为，真正的领导者应该具备远见卓识与执行力，勇于担当责任，为人民谋福利。后世一直称颂着他们的功绩。

最佳拍档

齐桓公与管仲、刘备与诸葛亮：两对历史上著名的君臣组合。齐桓公与管仲的精诚合作成就了春秋霸业，刘备与诸葛亮携手开创了蜀汉辉煌。从这些历史故事中我懂得了，真正的成功离不开君臣间的默契与信任。明智的君主懂得识别并重用人才，忠诚的臣子应该尽心尽力为君主和国家效力。

《典籍里的中国：帝王将相》通过生动再现帝王将相的传奇故事与深邃哲理，让我们感受到华夏文明的博大精深与人性的光辉。这些历史人物的故事与其间的哲理，为我们提供了宝贵的借鉴，启发着我们前行的道路。

创新无界，梦想无垠

他是这个时代里勇于冒险的人物，拥有三个国家国籍，他是一个倾尽所有追求梦想的科学家，毕业于宾夕法尼亚大学经济学和物理学双专业，有着丰厚学识，又有超乎常人追求梦想的毅力，他就是埃隆·马斯克。

我初次接触这个名字，是看到特斯拉电动汽车的新闻，新闻里介绍 2022 年特斯拉电动汽车卖出近 100 万辆，这个数据非常惊人，可惜我对这类新闻的兴趣度不高。报道结尾提到一名超模，70 多岁还站在世界的时尚舞台上……

回忆的弦突然动了一下，这位超模不就是《人生由我》那位女强人梅耶·马斯克吗？原来他们是母子。我当时想，或许是母亲独立自强的精神成就了孩子，便产生了了解马斯克的想法。

喜欢纸质书的我，放下手中的事情到附近的书店，入手了美国作家沃尔特·艾萨克森的《埃隆·马斯克传》。我先看了作者沃尔特·艾萨克森的简介。我对作者有点挑剔，但是沃尔特·艾萨克森在我心中堪称完美，他是美国《时代》杂志的总编，毕业于哈佛大学，是杜兰大学的历史教授，曾经出版的《史蒂夫·乔布斯传》也是我喜欢的传记。我捧着《埃隆·马斯克传》这本近60万字的书，心里充满对这位“玩”火箭的人的好奇。

翻开书页，醒目的文字映入眼帘：“对于所有曾被我冒犯的人，我只想对你们说，我重新发明了电动汽车，我要用我的火箭飞船把人类送上火星。但我是个冷静、随和的普通人，你们觉得我还能做到这些吗？”

他的童年在南非度过，像一场炼狱，经历了切肤之痛。12岁那年他去了一所“野外学校”的野外生存营地，在那里，欺凌被视作一种“美德”，身材矮小的马斯克就是被欺凌的对象。

20世纪80年代，南非充斥暴力，机枪扫射和持刀行凶都是家常便饭，路上随时躺着尸身。有一次，马斯克被一条狗咬伤，狗主人准备处死狗，马斯克请求对方不要惩罚狗，直到对方同意他的要求，他才让护士缝合伤口。后来，他无意中知道，狗的主人还是残忍地打死了狗。作者在书里写道：“他说这件事时，眼神空洞。”

马斯克经历的最痛苦的时光是在学校，小个子的他一直是别人欺凌的对象，他不懂得取悦别人，没有与生俱来的共情能力。根据金博尔（他的弟弟）回忆：“他被同学踢脑袋，被推下水泥台阶，被不停地殴打，打完后那张脸变形了，成了一个肿胀的肉球。”看到这些文字，我能够想象当时的画面有多么暴力和残忍。而从医院回到家，父亲却站在施暴者一边，狠狠地训斥了他一个多小时，对于兄弟俩来说，他们的父亲毫无同情心。后来的几十年里，他一直接受矫正手术，想办法修复鼻子的内部组织。

“有人曾说，每个男人的一生都在努力满足父亲的期望，或者弥补父亲犯下的错误。”巴拉克·奥巴马在回忆录中这样写道，“我想这或许可以解释我的软肋来自何处。”

马斯克不停地尝试在生理上和心理上摆脱父亲的阴影，但是父亲对他的影响仍然存在。他的情绪在晴空万里和暗无天日之间、在激情四射和麻木之间、在冷漠疏远和真情流露之间循环往复，他还会陷入双重人格的“恶魔模式”。不过和他父亲不一样的是，他会照顾孩子。在噩梦般的童年影响下，他厌恶满足于当下，不懂得享受成功和欣赏鸟语花香。他说：“逆境塑造了我，我的痛苦阈值变得非常高。”

马斯克靠着自己的努力支撑梦想，不断地想各种办法摆脱困境。高三时，他患上严重的抑郁症，并认为自己同时有阿斯伯格症。高中毕业时，他的成绩令他只能在滑铁卢大学和女王大学之间选择。就学术而言，滑铁卢为优；就交际而言，女王大学适合。最终，他选择了女王大学。

在女王大学的两年里，他最大的收获是学会了与聪明人合作，利用苏格拉底的反诘法来达成共同目标。他曾经沉迷于游戏，时间久了觉得无聊，便开始了转学之路。

母亲做三份工作以支持他的学费，后来他转入宾夕法尼亚大学读大三，开始修习商科和物理双学位，当时他的最亲密的朋友叫任宇翔，他只承认任宇翔是唯一一个物理比他强的人。

2015 年，任宇翔成为全球特斯拉销售副总裁，他回忆说："马斯克关注的三个领域后来塑造了他的职业生涯，每次讨论物理定律如何应用于制造火箭时，马斯克总会念叨，做一枚飞去火星的火箭。"

2008 年带给马斯克致命的打击，特斯拉和 SpaceX 处于崩溃边缘，这是他事业最黑暗的一年，他几乎每天都待在超级工厂里督工，放弃了去斯坦福大学攻读博士的机会。

三次火箭发射失败，特斯拉因高昂的研发成本陷入困境，几乎面临破产；直至 2009 年 5 月，戴姆勒注资 5000 万美元，危机才得以解决。

2009 年 SpaceX 开始私营太空事业。2010 年猎鹰 9 号尝试首次不载人的试验性入轨飞行，发射前，天线被暴风雨淋湿，却还是发射成功，打了个漂亮的翻身仗。

SpaceX 成立不到八年，两次濒临破产境地，如今成了世界上最成功的私营火箭公司。2022 年，星链公司发射 2100 颗卫星，截至 2024 年 3 月，已射 6122 颗卫星。

马斯克的缺陷塑造了他的人格，幼年时，他饱受心魔蹂躏，形成他好高骛远、行事冲动、疯狂冒险的性格；可最终，他的成就震惊世界。悠悠岁月，他的人生留下了彪炳史册的成就，也留下了疯狂过后的一败涂地、承诺过后的出尔反尔和血气方刚的狂妄不羁。

懂得节制谨慎的马斯克会像自由不羁的马斯克一样成就斐

然吗？如果我们不接受人的复杂多面，那么火箭还能被推进太空吗？我们还能迎来电动汽车的时代转型吗？

创新者是与风险共舞的孩子，他们拒绝被规训，疯狂到认为自己可以改变世界。就如史蒂夫·乔布斯说："只有疯狂到认为自己可以改变世界的人，才能改变自己。"

在梦想面前，缺陷以及外在阻力都有可能成为我们走向成功的垫脚石。面对未来，只有秉持创新精神，以远见卓识提前规划，用跨界整合思维赋能，保持开放心态，敢于质疑现状，勇于探索未知，我们才能在各自的领域书写属于自己的传奇。

摒弃偏见，心向纯真

这几天，我沉醉在一本名叫《杀死一只知更鸟》的书里。

起初，我没有对这本书进行过了解，也不知道“知更鸟”蕴含的特殊意义，只是以一种平和的状态翻看书页，跟着书上的文字慢慢走进一个心向纯真的“知更鸟”的世界。

读前一段时间，我产生了一种压抑的情感，孩童的天真、爱幻想的特质、成人世界的规则与社会的偏见互相碰撞，虽然在这个特定的时代没有碰撞出激烈的火花，但字里行间似乎有波澜壮阔、呼之欲出的关乎人性的情感。

故事发生在梅科姆，一个古老的、生活节奏特别慢的镇子，镇里有黑人和白人，还有深深的偏见——白人总是想当然地认为比黑人高贵，似乎白皮肤永远比黑皮肤高一等。律师芬奇先生和他的儿子杰姆、女儿斯库特还有一名如家人一般的女佣卡波妮一起生活在这里。作为律师，芬奇先生喜欢读书看报，受到他的熏陶，女儿斯库特也十分喜欢学习这些，在上一年级之前就认识很多字，遭受到卡罗琳小姐的偏见。卡罗琳小姐认为小学一年级不能认字和读书。芬奇先生了解情况后没有指责卡罗琳，而是告诉斯库特不必在意，没有人能真正了解另一个人。

这件事情很快得到了印证。小镇上住着一个怪人，他一直不出门引发小镇人们的恶意揣测，大家认为他是“魔鬼”，说他嗜好吃猫和松鼠，每天身上都血迹斑斑，等等。

芬奇先生的儿女对怪人非常好奇，一直想办法引他出来，甚至自导自演了一场恶作剧。当芬奇先生知道孩子们的做法时告诉他们：“不要再去折磨他了，他只是不想出门而已，他的事应该由他的家人管理，而你们应该管好自己的事就好了！”

接下来，故事的主角出现了：汤姆·鲁滨孙——一个黑人，他有幸福的家庭、有活泼可爱的孩子，善良的汤姆帮助了尤厄尔家族的多那拉小姐却引来杀身之祸。在接触的过程里多那拉小姐逐渐喜欢上这个踏实善良的人。然而他们的事情被多那拉小姐的酒鬼父亲撞见，并颠倒黑白以强奸罪指控汤姆，芬奇先生作为律师为汤姆做辩护。小镇上的人们都知道，在根深蒂固的偏见下，汤姆是不是有罪不重要了，重要的是他一定不可能胜诉。在这样必败的情形下，芬奇先生还是用最大的努力去争取胜诉。但是，芬奇先生对职业的高度忠诚，他为黑人的辩护却让他自己的孩子在学校以及镇上遭受白眼和唾骂。孩子们不理解父亲的行为怎么让那么多人感到愤怒。芬奇先生告诉孩子们，大部分人都是善良的，比如泰勒警长，并教诲孩子们多用脑袋思考而不是钩心斗角，要站在更高的角度看问题，蛮力只能打败身体，智慧才能让人心悦诚服。杰姆和斯库特懂得了换位思考，懂得了每个人都有选择自己生活方式的自由，从寻常生活中发现人生的美好。

毫无悬念，汤姆最终没逃过一死，芬奇先生的努力化为泡影。杰姆受到很大触动，很长一段时间都无法释怀，芬奇告诉他："不能因为过去一百年我们一败涂地，就放弃争取胜利。"我们来到世界，被偏见塑造，同时带着偏见看人，很多人固执己见，认为自己看到的便是真相，自己认为对的就是真理。我们努力学习就是为了摆脱狭隘、摆脱偏见，每个人都无法避免，有些人带着偏见成长，在内心不断壮大。从迪尔的事就可以看出来斯库特也是一样，但是在芬奇先生的教导下，她开始寻找她讨厌的人身上的优点。

随着时间的推移，这件事慢慢淡去，杰姆和斯库特学会玩枪，芬奇先生告诉他们杀死一只知更鸟便是犯罪。斯库特才知道知更鸟是一种会吟唱美妙音乐、供人们欣赏的鸟儿，它从不做坏事。她看着知更鸟想起汤姆，汤姆勤劳善良，有个幸福的家庭，因帮助白人姑娘遭受诬陷而惨淡收场，他何尝不是一只知更鸟呢？

芬奇先生说尤厄尔姑娘没有犯罪，她只是触犯了这个社会里一条根深蒂固的法则，不管谁违反都会被当作异类清除，她是极度贫穷和无知的受害者。心胸狭隘且顽固的尤厄尔先生报复芬奇先生的孩子们，但是"阿瑟"先生救了他们，泰勒警长做出了"合理"的判定，尤厄尔死于自己的刀下。

我们从这本书里看到很多颠倒黑白的现象，却从芬奇先生睿智的语言里收获了更深层次的东西。偏见与傲慢是这个故事里矛盾冲突的主线，偏见让一个正常的人被称为“怪人”，让一个善良的人成为罪犯，这些看似荒诞的表现在小镇里却很平常，反而使芬奇先生显得格格不入。

当我们合上书页，书里傲慢和充满偏见的脸庞逐渐在我们的记忆中隐去，势单力薄的芬奇先生的形象却愈加明晰。他宽容大度，忠诚善良，虽然深受偏见的戕害，仍然认为活在偏见里的人也善良，人们非常不容易达到这种境界。

无论社会如何发展，偏见无处不在，每个人的内心深处总有自己的偏爱和执拗，身处这样的世界，独善其身其实很容易，但长期的坚守却不容易。我想，偏见和傲慢的根源在于认知不足，在于狭窄的眼界，走出去看看更广阔的世界，或者在睿智的书卷中找寻解惑的答案，何尝不是极好的方法呢？满身征尘让我们了解不同的生活与人生，满卷书香让人收获别于思维定式的感慨。

灵魂的守望之旅

一次对人性、对爱、对成长的深刻探索。

——题记

在人生的旅程中，我们时常会停下脚步，回望曾经触动心灵的书籍。再次翻开哈珀·李的著作，我不禁回想起最初与《杀死一只知更鸟》的邂逅，这本书给予我无尽的启示与慰藉，照亮了我对正义与勇气的理解。

《杀死一只知更鸟》不仅是一部文学经典，更是一次心灵的洗礼，它以梅科姆镇为背景，通过小女孩斯科特·芬奇（即文中“琼·露易丝·芬奇”的原型）的视角，展现了一个关于勇气、正义与爱的故事。

书中的阿迪克斯·芬奇，以其非凡的父爱和坚定的道德立场，成为我心中的楷模。梅科姆镇的故事，如同一面镜子，映照出那个时代的种族歧视与社会不公，而阿迪克斯的形象，在我心中，始终完美和崇高。

文学的魅力在于它的无限可能，引领我们探索未知的领域，体验不同的情感深度。当我翻开《守望之心》这部被誉为《杀死一只知更鸟》续集的作品时，我发现自己步入了一个全新的世界。这本书分为五个部分，每个部分都像是一扇窗，让我得以窥见复杂的阿迪克斯，一个并非完美无瑕的人。

故事的序幕，由琼·露易丝·芬奇的视角缓缓拉开。26岁的她，第五次踏上归途，回到了梅科姆小镇。以往的她总是乘飞机匆匆而至，父亲在凌晨三点起床迎接她。如今，父亲已经是七旬老人，琼·露易丝做出了一个决定——乘坐火车回家。

这个选择，不仅为她带来了新奇的体验，也让她在旅途中与各式各样的人相遇，让她有机会审视自己的过去，包括那些关于父亲的故事，以及在梅科姆发生的一切。当她终于抵达小镇，她第一次真正意识到，这片土地的美丽是如此动人。

在车站迎接她的，是她的青梅竹马亨利·克林顿，也是她哥哥的挚友。对于爱情，琼·露易丝有自己独到的见解："爱你想爱的人，嫁则嫁你的同类。"这句话，是她深信不疑的信条。在她看来，所谓的"同类"，是指与她"三观"相合的人。在与亨利的交流中，她得知父亲患上了风湿性关节炎，这个消息让她难以接受，因为她还太年轻，无法面对父亲老去的现实。而她的父亲，不愿让她知道真相，以免她分心。

亨利·克林顿，是一个阿迪克斯眼中无比优秀的青年，一个他认为最适合成为琼·露易丝丈夫的人。琼·露易丝也认同这一点。

亨利的成长之路充满了坎坷，他的父亲抛弃了家庭，他的母亲靠经营一家小店，不分昼夜地工作，供他完成学业。亨利从十二岁起就住在芬奇家对面，十四岁时母亲去世，留下了他孤身一人。是阿迪克斯帮助他办了葬礼，并在经济上支持他。高中毕业后，亨利参军，战后继续深造，攻读法律。大约在那时，琼·露易丝的哥哥突然去世，亨利自然而然地开始帮助阿迪克斯，甚至成为他的接班人，而亨利也将阿迪克斯视如己出。

在这样的背景下，两个年轻人的感情逐渐萌芽。琼·露易丝坚信："爱，就是爱，不爱，就是不爱。爱是这世上唯一一件不容含糊的事。"尽管存在不同类型的爱，但每一种爱都只有是与非两个答案。她没有选择大多数女性走的道路，她不愿意因为爱情而嫁给亨利，她不想被养着，而是要依靠自己的力量去生活，去追求真正的自我。

故事的另一个主角亚历山德姑姑的出场总是带着一股不容置疑的严肃气息。她的每一句挑剔，都能轻易地将露易丝卷入道德的旋涡，让她对姑姑的好意产生怀疑。

然而，当露易丝长时间不见姑姑时，她又会心生思念；一旦相见，却又恨得咬牙切齿。在讨论亨利作为侄女婿的问题上，姑姑找到无数的理由反对，甚至因为一些个人的偏见，将亨利视为败类。

这让露易丝愤怒不已，但阿迪克斯劝她保持冷静，不要与姑姑争执，要寻求和平。父亲的话让露易丝感到不满，故意与

"败类"亨利外出约会。

现实与记忆的碰撞揭示了残酷的真相，在露易丝的眼中，梅科姆小镇让她感到不适。梅科姆镇位于温斯顿沼泽的中心，辛克菲尔德为了保住自己的土地和财产，采取了大胆的行动。

他灌醉了测量员，骗取了地图和图表，将县的位置调整到了符合他要求的地方。住在县南端的人们，为了来镇上购物，不得不花费两天的时间。一百五十年来，这个镇的规模始终没有变化。

很少有人迁入这个神奇的小镇，在第二次世界大战前，露易丝与镇上的每个人都是亲戚。梅科姆北半部的老塞勒姆社区住着两户人家，他们常常因为土地权的问题对簿公堂，以僵局告终。

第二次世界大战后，返乡的退伍军人带着各种奇特的赚钱想法，渴望弥补失去的时间，镇上开始出现各种色彩斑斓的房子和霓虹灯。如果镇上的其他人承认这些新事物的存在，那么这些来自其他县的人会在梅科姆镇创造一个新的社会阶层。遗憾的是，一个人无法随心所欲地改变一切，承载着负担的陈旧的木材，坚不可摧，屹立不倒。

对露易丝来说，这一切都难以接受。她用一句话概括自己的感受："保守地抗拒改变，仅此而已！"这就像她的爱情观——起初，女人想要一个可以驾驭的男人，又希望他遥不可及，只是表面上的遥不可及。实际上，世界上每一个女人都需要一个强有力的男人，懂她如懂一本书，不仅是她的恋人，而且是任何时候都不开小差的人。

随着故事的深入，露易丝发现一本充满偏见和种族歧视的册子，甚至涉及白人殖民黑人的问题。为了弄清楚真相，她发现她最爱的两个人竟然与她最讨厌的“败类”——威廉·韦罗贝在一起。在露易丝看来，威廉这种人已经绝种了，因为他是个留在幕后操纵一切的小人，一切以自己的利益为中心，视人命如草芥。

残酷的事实让露易丝感到崩溃，她全心全意信任的人背叛了她，辜负了她的信任。她的内心充满痛苦和失望。也许，这就是成长的代价。在残酷的现实和美好的记忆之间，露易丝学会了更加深刻地理解人性，也学会了在破碎中寻找重建的力量。

正如琼·露易丝所说：“爱是这个世上唯一一件不含糊的事。”在《守望之心》的陪伴下，我们一起见证了爱的力量，在迷茫中找到了方向，在绝望中看到了希望。

《守望之心》不仅是一部关于爱情与家庭的小说，更是对人性、成长与自我认知的深刻探讨。每个人都在生命中扮演着多重角色，既是父母的子女，也是子女的父母，是朋友的依靠，也是自我的探索者。在这个过程中，会遇到挑战，会经历失败，正是这些经历，塑造了人们独特的人格、情感，让人学会了爱与被爱，勇敢地面对生活的每一个瞬间。

时光之轮下的命运与孤独

闲暇之余，我捧起了置于书架半个月的小说——《百年孤独》，年少时曾略读，了解了这本书进入中国的曲折经历和大概内容，只是当时的阅历较浅，觉得这本书太生涩难懂就没有仔细阅读。

再次翻开《百年孤独》之前，我阅读了这部小说的创作背景，这是我读书前的习惯，可以让我对这本书更有代入感，更能体会书中情境。当我输出的这些文字，是我“二刷”小说后的心路历程。

加西亚·马尔克斯的《百年孤独》是一部魔幻现实主义文学的巅峰之作，通过马孔多小镇的布恩迪亚家族七代人的传奇故事，巧妙地融合了现实与超现实、历史与神话、理性与感性，为我们呈现了一个既真实又奇幻的世界，让我陷入了一场关于孤独、命运与历史轮回的沉思。这部小说不仅是一部家族传奇，更是一部探索人类心灵深处孤独状态的巨作。

整部小说以家族六代成员为线索，阐述着他们的各式各样的孤独：权力的孤独、智慧的孤独、善良的孤独、战争的孤独、爱的孤独等。家族中，夫妻之间、父子之间、母女之间、兄弟姐妹之间没有任何感情沟通，哪怕是双胞胎兄弟也缺乏信任和了解。大家都在探索打破孤独的办法，想把这盘"散沙"聚拢，都以失败告终，还渗入了狭隘的思想，马孔多小镇的布恩迪亚家族展现的孤独就是整个拉丁美洲近代历史的孤独。

在马尔克斯的笔下，神话般的布恩迪亚家族兴衰史如同一幅宏伟的画卷。从乌尔苏拉与何塞·阿尔卡迪奥的相遇，到奥雷里亚诺·布恩迪亚上校的发动战争，再到奥雷里亚诺第二与桑塔索菲亚·德拉·彼达的放纵生活，每一个家族成员都用自己的方式体验着孤独。人与人之间各自的个性、欲望、激情、想法及有悖伦理的做法，即使亲人之间也是谬以千里，不可互通，即使相爱到极致也要接受孤独到死的命运，这种孤独并非源自外界的隔离，而是源于内心的迷茫和空虚。

小说中每个人物都是一个传奇，一段孤独的体现。

智慧与坚韧毅力并存的乌尔苏拉祖母的故事是百年孤独中最波澜壮阔的史诗，既深沉又激昂，生命的年轮将她的灵魂拉满了一个多世纪，跨越了六代人。她是布恩迪亚家族的灵魂，一生都无法逃脱的孤独宿命，却没有被这种孤独吞噬。她用坚忍和智慧，将这份孤独转化为对家族、对生活、对世界的深深热爱，以她的母爱产生的巨大力量，使各种离经叛道、残杀恶行都回归到温暖的人性。

她的丈夫何塞·阿尔卡迪奥追求科学，不顾家庭，她毅然担起家庭重任，扩展家业，使家族呈现一片欣欣向荣的景象。本应该安享晚年的她却目睹丈夫的疯癫、大儿子离家出走回来时和养女婚恋，而且盛年暴亡；女儿阿玛兰妲以为毒死了善良的蕾梅黛丝，在内心的谴责下孤独终老；小儿子发动了三十二场战争。孙辈、曾孙辈的不正常死亡让她尝尽辛酸，却没能击倒她，她尽力让家族保持正常，直至后来双目失明依然操持家务，家人都不曾察觉。

无法治愈自己、孤独终老的阿玛兰妲是一个残忍、无情及变态的女人，因为和父母收养姐妹丽贝卡同时喜欢上克雷斯皮，丽贝卡与克雷斯皮相爱导致她的嫉妒，她想尽一切办法阻止婚礼，并且使用诅咒，毒死善良的蕾梅黛丝和腹中的双胞胎孩子，这使她陷入深深的痛楚黑暗之中。她懊悔到烧伤自己的手，也没能换回母亲怜爱的眼神。后来丽贝卡嫁人了，她依然深深地恨着丽贝卡，每天给丽贝卡做寿衣，恨到无法自拔，也没有收获自己的爱情。

阿玛兰妲之所以有这种行为，是因为这与她的生长环境有关，她作为家里最小的女儿，出生时，父亲沉迷炼金术，母亲出去找哥哥，她就稀里糊涂地长大了。丽贝卡的出现吸引了她的家人甚至全镇人的关注，给马孔多带来失眠症，从小不被宠爱的阿玛兰妲渴望被重视，渴望被关注和爱，但是一切的发展并不如她所愿，因此在她的心里种下了仇恨的种子，她才走上孤独终老的路。原生家庭的痛在她身上体现得淋漓尽致，她用一生都无法治愈童年的伤。

如果说书里的人物是传奇，那么小说里的语言被马尔克斯锤炼成了呼之欲出的哲理。“生命中所有的灿烂终将用寂寞偿还，孤独的前面可能是迷茫，孤独后便是成长。”原来，灿烂终究会随着光阴溜走，唯有寂寞是永恒，每个人都孤独，只是孤独的原因不同，每个人都有灿烂的回忆，如果一直活在灿烂的回忆里，孤独就会吞噬自己。我们应该拥有与孤独相处的能力，在纷繁的世界中寻来的一隅安宁，这也是走向成功必须具备的能力。

“买下一张永久的票，登上一列永无终点的火车。”这无疑是我们现实中那漫漫人生路，其间既有我们义无反顾、无所畏惧的勇气，也有一路向前的孤独寂寥。但是人生的路必须自己一步一步往下走，自己的苦难只能自己扛，没人替你承受。

一个百年的家族在一个出生时有猪尾巴的孩子身上画上了句号，回到了小说的开始，成为一个孤独的循环。孤独并非一种消极的情绪，而是一种深刻的生命体验，既是人类存在的必然，也是个体成长的必经之路。正如马尔克斯说：“孤独可以使人能干，也可以使人笨拙。”

孤独是生命的常态，我们应该在孤独中审视自己的内心，思考人生的意义，学会享受孤独，这意味着我们可以拥有独立的精神世界，不依赖别人就可以获得内心的宁静与满足。我们要知道苦痛是人生不可避免的经历，可以让我们变得坚强、成熟，每一次的苦痛都是一次成长的机会，让我们学会面对困难、挫折，并且从中汲取教训，不断提升自己，拥有一种勇敢无畏的精神。

在成长的道路上，我们会遇到各种困难和挑战，只要我们有勇气面对孤独带给我们的苦痛，披荆斩棘不断前进，以积极的心态迎接生活的各种挑战，不断地成长和进步，就能够实现自己的人生目标。

穿越时空的情感与生命礼赞

原来生命，而非死亡，才是没有止境的。

——题记

在文学的浩瀚星空中，总有一些作品如同璀璨的星辰，以其独特的光芒吸引着无数读者的仰望。加西亚·马尔克斯——哥伦比亚作家，拉丁美洲魔幻现实主义文学家——以“再现拉丁美洲历史社会图景”的《百年孤独》获得诺奖，惊艳文学界。当我读完他的作品，便深深沉浸在小说的情境里，感到深沉且无力。

我再一次走入他笔下的世界——《霍乱时期的爱情》，这本书以魔幻现实主义的笔触，描绘了一段跨越半个多世纪的爱情故事，让人在感叹爱情的伟大与复杂时，深刻思考生命的意义、时间的流逝及多面性的人性。

弗洛伦蒂诺·阿里萨的母亲开杂货铺，父亲是当地鼎鼎有名的船主皮奥第五·罗阿依萨，虽然他知道自己的身世，父亲也承担他的抚养费用，但是附近的人知道他是他的父母偶然结合的产物，父亲直到过世，也没在法律上承认他，更没为他的前途做准备。后来，他去邮电局做学徒，他会跳时髦的舞曲，朗诵伤感的诗歌，拉小提琴，等等，成为圈子里最讨人喜欢的小伙子。

费尔明娜·达萨的姑妈和父亲在霍乱爆发后不久，从圣胡安·德拉希耶纳加来到此处。那时她十三岁，走起路来有一种天生的高傲和贵族气质。她在至圣童贞奉献日学校上学，两个世纪以来，这里是上流社会的小姐们学习的地方，殖民期间和共和国初期只收名门望族的千金。以此便可推断其家庭雄厚的经济实力和出众的社会地位。

在这里，这对恋人开启了半个多世纪的爱情。

爱情的永恒与变迁

关于等待、遗忘与重逢的故事拉开序幕。年轻的电报员弗洛伦蒂诺·阿里萨对富商之女费尔明娜·达萨一见钟情，纯真的爱情如同春日里初绽的花朵，美好而热烈。然而，现实的阻碍、时间的流逝及人性的复杂，让这段爱情经历了无数的波折与考验。

费尔明娜在父亲的阻挠下，被迫与阿里萨分离，与医生乌尔比诺结婚。阿里萨在漫长的岁月里放纵自己，与六百多个女性发生关系，试图忘记费尔明娜，却始终未能如愿。直到乌尔比诺意外去世，两人才得以重新相遇，那是51年9个月零4

天之后，在一艘挂着霍乱旗帜的船上，他们开始了迟来的爱情之旅。

马尔克斯以细腻的笔触，刻画了爱情的多种形态：有阿里萨对费尔明娜近乎痴迷的等待与守候，有费尔明娜与乌尔比诺之间平淡却真实的婚姻生活，有阿里萨与其他女性短暂而热烈的逢场作戏。这些形态各异的爱情，构成爱情的全貌，让人深刻体会到爱情的复杂与多变。

在这段跨越半个多世纪的爱情故事中，我看到了爱情的永恒与变迁。爱情，是人性中最美好的情感之一，能够让人感受到无尽的幸福与满足，也能够让人陷入深深的痛苦与绝望。阿里萨对费尔明娜的爱情，经历时间的考验与现实的磨砺，始终未曾改变。这份爱情，如同一块经年累月的磐石，坚固而持久。费尔明娜与乌尔比诺的婚姻生活，看似平淡无奇，却在日常的琐碎中，孕育出深厚的亲情与依赖。这种爱情不如初恋热烈与浪漫，却更加真实与可靠。

爱情是多变的，会随着时间的流逝而发生变化，会受到现实环境的影响而产生波动。阿里萨在漫长的等待中，始终坚守着对费尔明娜的爱情，但他通过与其他女性的关系，寻求片刻的慰藉与满足。这种变化是对爱情的背叛，也是对现实的妥协。让我们看到，爱情并非一成不变，会随着人生的起伏而发生变化。

生命的短暂与珍贵

这不仅是一部关于爱情的小说，更是一部关于生命的小说。马尔克斯通过阿里萨与费尔明娜的爱情故事，让我深刻体会到生命的短暂与珍贵。

马尔克斯在书中多次提到时间的流逝与生命的短暂，描绘了人物在不同年龄阶段的生活状态与心理状态。年轻时的阿里萨与费尔明娜对爱情充满憧憬与追求；中年时的他们，各自经历了生活的磨砺与变迁；老年时的他们，虽然重逢却错过了大半生的时光。时间的变化，让我们深刻感受到生命的短暂与无常。

故事通过人物的生死离别，强调生命的珍贵。乌尔比诺医生的意外去世，让费尔明娜感受到生命的脆弱与无常。阿里萨在漫长的等待中，也多次面临生死的考验。这些生死离别的情节，让我们更加珍惜眼前的时光与身边的人。故事不停地警告我们生命的短暂，应该珍惜每一个当下，勇敢追求自己的梦想与爱情。

小说中，我看到马尔克斯对生命意义的深刻思考。他通过阿里萨与费尔明娜的爱情故事，告诉我们生命的意义在于追求与坚守。

阿里萨用一生的时间追求与坚守对费尔明娜的爱情，这种追求与坚守，让他的人生充满意义与价值。而费尔明娜在乌尔比诺去世后，勇敢地选择与阿里萨重逢，开始他们迟来的爱情之旅。这种选择，让她在生命的最后阶段，感受到了真正的幸福与满足。

人性的多面与复杂

阿里萨是一个深情而执着的人，他对费尔明娜的爱情，经历了时间的考验与现实的磨砺，始终未曾改变，然而，他也是一个放纵而多情的人。在漫长的等待中，他与六百多个女性发生关系，试图通过这种方式忘记费尔明娜。这种放纵与多情，既是对爱情的背叛，也是对现实的妥协，让我们明白，人性并非单一而纯粹，而是多面而复杂。

费尔明娜是一个坚强而独立的女性。她在父亲的阻挠下，勇敢地选择了与阿里萨分离，最终与乌尔比诺结婚。在婚姻生活中，她经历了无数的争吵与冷战，始终坚守自己的信念与原则。她也是一个矛盾而纠结的人。在乌尔比诺去世后，她既感到解脱与自由，又感到孤独与迷茫。这种矛盾与纠结，让她在爱情与婚姻间徘徊不定。孤独让她重新审视自己的内心，最终选择与阿里萨共度余生。

孤独或许就是一种力量，让我们在喧嚣的世界中找到一片宁静的港湾，让我们在迷失自我时找回内心的方向。孤独并不可怕，可怕的是在孤独中迷失自我。

乌尔比诺医生是一个复杂而多面的人物。他既是一个优秀的医生，也是一个风流的丈夫。他深爱费尔明娜，也与其他女性保持着暧昧的关系。马尔克斯通过乌尔比诺的形象，让我们看到人性中并存的善与恶、美与丑。

在小说中，马尔克斯对人性洞察深刻，通过人物的言行举止、心理变化及生死离别等情节，揭示了人性的多面性与复杂性。人性不是一成不变，会随着时间的流逝、环境的变化及经历的积累而发生变化。同时，人性是矛盾的，既有善良、美好的一面，也有邪恶、丑陋的一面。我们应该正视人性的多面性与复杂性，勇敢地面对自己的内心与现实。

这是一部充满哲理与深情的作品。它以跨越半个多世纪的爱情故事为载体，让我们深刻体会到爱情的伟大与复杂、生命的短暂与珍贵及人性的多面与复杂。

我阅完后闭上双眼，仿佛历经了一场心灵的洗礼与升华，爱情、生命及人性在脑海中盘旋，我有了更深的理解与感悟。马尔克斯以细腻的笔触、复杂的情感、丰富的想象力以及深刻的洞察力，为世人呈现了一个充满魔幻现实主义色彩的爱情世界。在这个世界里，爱情永恒而多变、生命短暂而珍贵、人性多面而复杂。这些元素构成了小说的核心主题与深刻内涵。

《霍乱时期的爱情》不仅是文学界的作品，更是一部人生指南。它告诉我们应该如何去面对爱情、生命及人性中的种种挑战与考验。让我们明白爱情需要坚守与追求，生命需要珍惜与把握，人性需要正视与理解。只有当我们真正理解了这些道理，才能够在人生的道路上走得更加坚定与从容。

在生活的风雨中，我们要学会珍惜，学会爱，更要学会坚韧不拔。这些看似平凡却又无比珍贵的品质，构成了我们生命中最亮丽的风景线。

从人性的弱点看世界

在人性的弱点中，我们发现了成长的契机。

——题记

《人性的弱点》这本书满载深邃的哲理，情感细腻且打动人心，直至阅读完毕，我才惊觉，戴尔·卡耐基向我们馈赠了珍贵的精神宝藏。我会努力践行书中的法则，让自己的生活绽放更加绚烂的光彩。

这部作品稳坐一个世纪的经典宝座，时光的流逝没有丝毫减退它的风采，它仍旧在畅销书榜上熠熠生辉。回溯至1937年，《人性的弱点》首次面世之际，仅以5000册的印量低调登场，令人叹为观止的是它竟一举成名，一夜之间广受读者赞誉。

这本书在众多类似的著作中独树一帜，戴尔·卡耐基细致入微地设想了读者可能遭遇的种种困扰，故而悉心引领读者探寻阅读的奥秘，确立清晰的阅读目标，精准定位适宜的读者群体。

卡耐基匠心独运，精心总结了九点阅读方法，旨在引领读者深入探索人际交往的奥秘。

一、对于渴望成长的心灵而言，阅读此书应该怀揣对知识的深切渴望，以及提升人际交往能力的坚定决心。读者需时刻提醒自己："人际交往的艺术，在很大程度上塑造了我的人气、幸福感及自我价值。"这些可以作为阅读这本书的不竭动力。

二、慢读细品。卡耐基强调，若读者真心希望提升人际交往技巧，就需要沉浸于文字之间，认真品读，而不是浅尝辄止地快速浏览。

三、边读边思。正如《论语》所云："学而不思则罔。"读者要在阅读之余，深思熟虑，设身处地思考自己在何时何地能将这些建议付诸实践。

四、标注重点。这个方法不禁让人回想起学生时代，我们用五彩斑斓的笔触标记重点，层次分明，便于日后温故知新。此书实际上也是一本不可或缺的工具书。

五、定期复习。书中提及一位保险公司的女士，她每月都会重温公司签署的合同，从而铭记于心。卡耐基指出，唯有不断践行书中的原则，才能将其内化为习惯。

六、勇于实践。萧伯纳说："若你倾囊相授，他则永不会学。"这句话揭示了学习是一个积极主动的过程。唯有主动思考并勇于实践，方能将这些知识转化为自己的智慧。这本书可视为人际关系的实践指南。

七、寻求监督。这个方法需借助外力的支持，如配偶、子女等，并设立适当的奖惩机制。

八、时常自省。书中提到华尔街一家银行的总裁，他拥有一本记事本，定期反思与自我评价。这一过程磨砺了他的心智，提升了他的判断力，对他的事业大有裨益。卡耐基认为，此书能显著提升人际交往的能力。

九、记录成功瞬间。将运用这些原则取得成功的案例记录下来，当翻阅这些记录时，将激励自己继续前行。

这九个阅读秘诀为这本“人际交往实用手册”拉开了精彩的序幕。

作者阐述了成功的起点——“三不”原则：不批评、不责备、不抱怨。在这个充满挑战的时代，我们时常被各方的抱怨与压力包围，这些负面情绪如影随形。这些其实体现着人性的复杂性，做错事的人往往倾向于责怪他人，而不是自我反省。书中以亚伯拉罕·林肯为例，他躺在简陋的矮床上，即将离世时，陆军部部长斯坦顿赞誉他为“有史以来最完美的元首”。

卡耐基通过十年的深入研究，发现林肯也曾经热衷批评与指责，最终他克服了这个弱点，在后来的岁月里，林肯的人生发生了蜕变。以 1863 年的葛底斯堡战役为例，弥德将军违抗命令，延误了战机。面对此情此景，林肯在信中谨慎措辞：“我们本已胜券在握，近期捷报频传，若能擒获敌军首领，战争即可告终……我并不奢望你此刻能有所作为，那并不现实……我内心深感悲痛。”也许很多读者认为这样的措辞足够温和。然而，这封信并没有送达弥德将军之手，而是被林肯遗弃了。林肯考虑到弥德将军的过往经历，认为发出这封信除了宣泄自己的情绪，并无益处，反而可能抑制弥德将军的军事才能。他从曾经痛苦的经历中汲取了教训：尖锐的批评与指责往往徒劳无功。

我们在生活中，会遇到形形色色的人，曾试图改变他人，让他们变得更好。当我们想改变别人，不如先改变自己，改变自己远比改变他人更加有益。正如《警世通言》所言："各扫自家门前雪，休管他人瓦上霜。"

这就是不指责的艺术，接下来的关键便是学会真诚地赞美，那种源自内心、毫不做作的赞赏，这是激发他人积极性、让他们感受到自己的重要性的不二法门。人性中最深层的渴望，便是被认同、被重视的感觉。正如威廉·詹姆斯所言："人性中最深刻的原则，就是渴望被欣赏。"这种对自我价值的渴求，驱使着未受过正规教育的林肯以五角钱买来法律书籍自学成才，也让洛克菲勒积累了庞大的财富。

书里这样的例子不胜枚举，我们追求最新款式的服饰，驾驶最先进的汽车，谈论家中的杰出成员，都体现了这种渴望。就连乔治·华盛顿也乐于被人们尊称为"美利坚合众国大总统"，哥伦布渴望获得"海洋大将兼印度总督"的头衔，凯瑟琳大帝拒绝阅读未尊称她为"女皇陛下"的信件，维克多·雨果期望巴黎能以他的名字命名。专家指出，那些在现实世界找不到价值感的人，会在虚拟世界寻求补偿，甚至导致精神错乱。阿尔弗雷德·朗特在《重遇维也纳》中写道："我最需要的，是对自尊的滋养。"因此，让我们慷慨地给予他人欣赏与赞美。

除了赞美，还能如何巧妙地开启对话呢？秘诀在于关注对方的内在需求。我们常常沉浸在对自我需求的探索中，即便在交流中，也不自觉地以自我为中心。然而，真正能影响他人的方法，是谈论他们渴望的事物，并指引他们如何实现。亨利·福特说："若说成功有秘诀，那便是拥有从他人视角看问题的能力，就像那是你自己的视角一样。"书中处处是这样的智慧。

这个世界充满了追求财富与自我的人，但那些能放下自我、设身处地为他人着想的人却如凤毛麟角。从对方的角度出发，理解并满足他们的内心渴望，是否意味着我们在操纵他们，让他们做对我们有利而对他们不利的事呢？答案是否定的。真正的交往，应建立在双方互利共赢的基础上。做到这一点，世界将向你敞开大门；反之，可能和身边的一切渐行渐远。威廉·温德说："彰显自我是人性的基本需求。"

接下来，让我们深入探讨卡耐基提出的六个沟通技巧。其中，"交人交心，浇树浇根"是至理名言。我研读过维也纳著名心理学家阿尔弗雷德·阿德勒的《自卑与超越》。他提到："不关心他人的人，生活最为艰辛，也最容易伤害他人，这是所有失败的根源。"书中还以魔术大师霍华德·塞斯顿为例，他曾为六千多万观众带来表演，创造了近二百万美元的收益，这些并非因为他拥有超凡的魔术技巧。早年的他漂泊无依，生活困顿，却具备两项独特品质：一是他的人格魅力展现无遗，每一个动作都经过精心策划，精确到秒；二是他热爱舞台和观众，心里充满感激之情。正如古语说："有心栽花花不开，无心插柳柳成荫。"

微笑，是照亮世界的钥匙。密歇根大学的心理学家詹姆斯·V·麦克康奈尔教授认为，微笑的人更擅长管理、教育、销售，也更能培养出快乐的孩子。微笑传达的信息远比皱眉丰富。因此，鼓励往往比惩罚更有教育意义。莎士比亚说："世间万物无绝对，好坏全凭一念间。"亚伯拉罕·林肯也说过："人们的幸福感取决于他们对幸福的期望。"古语有云："一笑解千愁，千金难买笑颜开。"

此外，铭记他人的细微之处同样至关重要。得克萨斯商业股份银行的董事长本顿·拉布洞察到一个现象：随着公司规模的扩大，人情味似乎逐渐淡漠。然而，他找到了一个温暖人心的秘诀——记住每个人的名字。

回望历史长河，权贵们常常资助艺术家，期望他们的作品能镌刻上自己的名字。图书馆与博物馆中的无数珍藏，大多源自那些不甘被国人遗忘的捐赠者。大都会博物馆的藏品，更是让本杰明·奥特曼与 J.P. 摩根的名字永载史册。因此，铭记他人的名字吧，因为对每个人而言，自己的名字是世间最动听、最珍贵的旋律。

在交谈的艺术中，倾听是通往心灵深处的桥梁。要想成为聊天的高手，首先要学会倾听，并鼓励对方分享自己的故事。倾听，是我们给予他人的最高赞誉。杰克·伍德福德在《爱上陌生人》一书中写道："全心全意的关注是一种细腻的恭维，几乎无人能抵挡其魅力。"即便是那些常怀抱怨、言辞激烈的批评者，在遇到一个懂得共情、耐心倾听的人时，也会变得柔和起来。提及倾听的大师，不得不提西格蒙德·弗洛伊德，他是当代最擅长倾听的伟人之一。那些只顾谈论自己的人，往往过于以自我为中心。

在对话的旅途中，让对方引领话题的方向至关重要。卡耐基揭示了一个秘密：每个拜访过西奥多·罗斯福的人，都对他渊博的知识赞叹不已。其实，罗斯福的秘诀很简单：在每次会客前，他都会事先了解对方的兴趣所在，提前一天查阅相关资料。因为他深知，这是其他领袖成功的关键：谈论对方感兴趣的话题，是通往彼此心灵深处的宽广大道。

尊重对方珍视的事物，是聊天中不可或缺的原则。卡耐基说："若我们自私到无法分享快乐，无法给予真诚的赞美，那么我们的灵魂将比酸果还要渺小，最终将遭遇人生的挫败。"在现实生活中，我们都渴望得到他人的认同与尊重。因此，我们应遵循"黄金法则"：以希望别人对待我们的方式去对待别人。无论何时何地，都要让对方感受到自己的重要性，并且要发自内心地去做。

接下来，让我们一同探索在不经意间说服他人的艺术。

请记住，无人能在争论中永远胜出。智慧的老者本杰明·富兰克林说过："争辩、愤怒、驳斥或许能带来短暂的胜利，但你将因此失去对方的善意。"林肯也说过："一个有志于成就一番事业的人，不会浪费时间与人争论。因为这会损害他的性情，剥夺他的自制力，这些后果是他无法承受的。大事不争，如平等权利这般大事，有何可争？小事不争，那些明显属于个人的小事，又何必要争？”正如一句流行语所言：“与其与狗争路被咬，不如让狗一步。”被狗咬伤后，即使将它打死，也无法治愈你内心的创伤。

在人际交往的微妙舞台上，一句不慎的“你错了”足以点燃矛盾的火花，因此，智慧的选择是避免直接质疑，通过微妙的眼神交流、语调的抑扬顿挫或是体态语言来含蓄地指出对方的误区。正如亚历山大·蒲柏所言：“教导他人时，应如同自己并非导师，而是对方记忆的唤醒者，他们并非无知，只是暂时遗忘。”伽利略早在三百年前便有类似洞见：“我们无法教会他人新知，只能协助他们发掘内心早已潜藏的智慧。”而大哲学家苏格拉底则以“我所知唯一之事，即我一无所知”的谦逊，提醒我们保持开放与自省。

在说服的艺术中，采取以退为进的策略，尤其是勇于承认自身错误，往往能收获意想不到的成功。卡耐基指出：愚者忙于为错误寻找借口，而智者则勇于面对。这份坦诚不仅彰显了人格的高尚，更如古谚所说：“争执让人一无所得，认错则带来内心的释然与对方的尊重。”因此，在生活的舞台上，一旦发现自己有错，应该立即以真诚之心坦然承认。

林肯引用过的一句老话，“一滴蜂蜜比三升胆汁更能吸引飞虫”，深刻揭示了温柔与友善在化解冲突中的力量。正如风和太阳的寓言所示，温和的力量远胜于强制，它能让人自愿卸下防备，自觉接受影响。人们在交流的过程中，引导对方点头赞同，是建立共识的有效策略。通过寻找共同点并加以强调，可以激发对方内心的正向动力，一旦启动，便如台球般难以逆转方向。正如中国古训“轻履者行远”所蕴含的哲理，保持轻松与和谐的态度，是人际交往中不可或缺的润滑剂。

让对方成为对话的主角，是说服过程中的一大智慧。我们常常急于表达自我，却忽略了倾听对方的重要性。毕竟，他们对自己的情况有着最深刻的认知。鼓励对方表达，甚至参与决策，能增强他们的归属感与认同感。爱德华·M. 豪斯上校在与高层沟通时，总是巧妙地激发对方的兴趣，引导其自我思考，从而实现观念的转变。老子在《道德经》中的“万物归焉而不为主，可名为大”亦是对此的深刻阐述：真正的智慧在于让一切自然归附，而非强加意志，如此方能成就伟大。简言之，让对方感受到决策是他们内心的选择，是赢得支持与认同的关键。

在人际交往的广阔天地里，理解对方是一门深奥而又至关重要的艺术，要求我们拥有开放的心态和宽广的胸怀，即便对方的行为在我们看来明显有误，我们也应铭记，他们可能并不真的这么认为。直接的指责与批评，非但不能有效解决问题，反而可能如同火星撞地球，加剧双方的紧张关系。真正拥有智慧、度量与成就的人，懂得设身处地，尝试理解对方的情感与立场。教育学的研究深刻揭示了人类内心深处的渴望——被理解与被同情。当我们面对一个初识之人，不妨先以善意揣测，假定其本性善良，在合理的缘由下给予信任与支持。

在生活的舞台上，故事是极具感染力的讲述方式。它们如同一面镜子，映照出人性的光辉与暗影，也如同一座桥梁，连接着心灵的彼岸。将我们的观点融入生动的故事之中，不仅能让对方在轻松愉快的氛围中接受信息，更能激发其共鸣与思考。这样的沟通方式，既是对智慧的运用，也是对艺术的追求。

古希腊国王卫队的训言，如同一盏明灯，照亮了人性中的勇敢与坚韧。“人都有恐惧，但勇士会抛下恐惧勇往直前，冲向偶尔的死亡和永远的胜利。”这句话不仅是对勇士的颂歌，更是对每个人内心力量的呼唤。在人际交往中，激发对方的赢的欲望，同样至关重要。这不仅仅是游戏精神的体现，更是成功哲学的核心。通过设置合理的目标、挑战与奖励机制，我们不仅能够激发对方的积极性与创造力，还能在共同奋斗的过程中，享受成长的乐趣，收获成功的喜悦。

好态度、引导对方、让对方成为主角、理解对方，以及激发对方的赢的欲望，这些技巧如同人际交往中的五把钥匙，能够开启理解与和谐的大门，帮助我们化解纷争、增进彼此的了解，还能让我们在人生的旅途中走得更远、更稳。

书的尾声聚焦于高效领导力这一重要议题。林肯的智慧，为我们提供了宝贵的启示：先赞美，再批评。这个启示适用于国家治理，也广泛存在于日常生活中。我作为一名教育工作者，深知这个策略的重要性。我在帮助学生纠正错误时，会先欣赏并肯定他们的优点，再提出改进的建议。这样做，既维护了学生的自尊，又促进了他们的成长。

在人际交往中，维护对方的尊严同样重要。当我们发现他人的错误时，应选择一种更为委婉的方式，即点破而不说破。这是对他人的尊重，也是提高自己的修养。必须使用批评手段时，我们应先自贬再批评，给足对方面子。在表达自己的想法时，使用“建议”而非“命令”，这样更容易被对方接受。这样的沟通方式，既体现了智慧，又彰显了风度。

当对方稍有进步时，我们应及时给予正向反馈，称赞他们尚未充分展现的美德。这样的鼓励与赞美，如同春雨般滋润着心灵，能使问题的解决变得更加容易。我曾亲眼见证这样的奇迹：一个原本纪律性较差的孩子，在我的不断称赞下，逐渐变得守纪律、懂礼貌，不仅让我深感欣慰，更让我坚信，鼓励与赞美是人际交往中最宝贵的礼物。

《人性的弱点》里的这些技巧不仅在企业管理中大有裨益，也同样适用于班集体管理中。班主任不仅是知识的传授者，更是学生心灵的引导者。这本书帮助我们读懂人性，成为我们处理人际关系的得力助手，让我能更好地处理师生之间的关系。它如同一座灯塔，引领我向前，让我在人际交往的海洋中，找到了方向，也找到了力量。

挖掘心灵力量，汲取成长源泉

认识自身的优点，戒掉忧虑，是点亮人性光辉的起点。

——题记

《人性的优点》是戴尔·卡耐基的一本教科书级别的书，我看过他的《人性的弱点》，感触很深，了解人性是我们一生都在学习的技能，关系到人际交往，影响学习、工作以及自处。

在快节奏、高压力的社会中，我们每个人或多或少地面临着焦虑、恐惧和不安。卡耐基的《人性的优点》不仅是一本关于克服忧虑的指导手册，更是一本关于生活、面对人生的哲学书。在阅读这本书的过程中，我深刻体会到卡耐基的智慧和洞察力。

一、忧虑的根源与克服

卡耐基在书中指出，忧虑是人性中的一种普遍现象，它源于我们对未来的恐惧和对过去的后悔。忧虑消耗了我们大量的精力，阻碍了我们实现目标的步伐。卡耐基通过一系列的案例和分析，告诉我们忧虑产生的根源，以及如何有效地克服它。

“忧虑像一把摇椅，它让你忙碌，却哪儿也去不了。”这句话深刻揭示了忧虑的本质。我们常常陷入忧虑的旋涡，却忘记忧虑本身并不能解决问题，反而使问题变得更糟。

二、活在当下

卡耐基强调，活在当下是克服忧虑的关键。“聪明的人觉得每一天都是一次新的开始”，他用这句话时时刻刻提醒自己。他提倡我们把注意力集中在当前的行动上，而不是未来的不确定性上。这种观点与佛教中的“正念”概念不谋而合，即通过专注于当下的呼吸、感受和行动，减少对过去和未来的焦虑。

“你不能改变过去，担忧未来也是无用的，唯一能把握的是现在。”意思是：过去已经发生，未来还没到来，我们唯一能控制的是现在。活在当下，我们可以有效地利用时间，减少无谓的忧虑。

人性中最悲惨的事情是所有人都寄予希望于未来，梦想着天边那座神奇的玫瑰园，而不去欣赏今天窗外正在绽放的玫瑰。

三、积极心态的力量

卡耐基在书中多次提到积极心态的重要性。他认为，积极的心态可以帮助我们更好地面对困难和挑战，消极的心态会导致更多的问题。

过度的悲观、烦躁、忧虑、恐惧、挫败和绝望都是情绪问题。柏拉图说过：“医生最大的遗憾在于他们只能治疗身体，却不能医治精神。可是，精神和肉体是一体的，是不能分割的！”卡耐基指出：“忧虑就像那些不停落下的水滴一样折磨人，它们不停地滴呀，滴呀，慢慢地让人精神失常，走向极端。”

“改变你的心态，就能改变你的生活。”“快乐的思想和行为让你感觉快乐！”这些话语都告诉我们，我们的心态决定了我们如何看待世界，以及我们如何应对生活中的挑战。通过培养积极的心态，我们可以更好地应对压力，实现个人成长。我们要提醒自己：忧虑的高昂代价是你的健康，放松心情并尝试改善自己，在心里做好接受最坏的结果的准备。

四、人际关系的艺术和自我实现

卡耐基在书中谈到人际关系的重要性。他认为，良好的人际关系是成功的关键，而建立良好人际关系的秘诀在于真诚地关心他人。

“你对别人感兴趣，别人才会对你感兴趣。”文中提出不要关注自己，而是要关注别人，可以每天做一件善事。远离报复的陷阱，否则我们受到的伤害将远远超过我们的敌人，永远不要在不喜欢的人身上浪费一分一厘。我们有机会过于关注自己的需求和感受，而忽视了他人，通过真诚地关心他人，可以建立更深层次的联系，获得更多的支持和帮助。这也是人际关系的黄金法则。

卡耐基认为：实现自我也应该是人生的重要目标之一。他提出了一系列实现自我价值的方法，包括设定目标、持续学习和不断挑战自己。“不要等待机会，而是创造机会。”这句话鼓励我们主动出击，而不是被动等待。通过设定明确的目标，我们可以更有方向地努力，更快地实现自我价值。

五、忧虑的具体克服方法

卡耐基在书中提供了许多克服忧虑的具体方法，如分析忧虑的原因、制订行动计划、转移注意力等。这些方法都是基于心理学原理，具有很强的实用性。

“忧虑的最大敌人是行动。”这句话强调了行动的重要性。忧虑往往源于过度思考，而行动可以打断这种思考模式，帮助我们专注于解决问题，还可以让自己忙起来。有研究证明：一个人专注地行动起来，就无法去思考另一件事。

阅读有趣的书。“读读历史，努力拓宽看问题的视野，这样你会意识到你的麻烦相对于浩瀚的历史是多么微不足道！”作者就是读历史书的受益者，把自己变成了乐观主义者。

“换个视角看问题，对自己说：再过两个月，我就不会为这件事忧虑了，那么现在又何必担忧呢？为什么不用两个月之后的心态来对待这件事呢？”用这样的思考模式，可以消除眼前的忧虑和烦恼。面对问题，一次解决一个就好了。

写在最后，《人性的优点》是一本值得一读再读的书。它不仅提供了克服忧虑的具体方法，更提供了一种生活哲学。通过阅读这本书，我学会了更好地面对生活中的挑战，培养积极的心态，建立良好的人际关系。未来的旅途中，我将学会书里的技巧，运用到实际生活中，帮助我实现自我价值，过上更加幸福的生活。

直面岁月的力量

在繁忙的生活中，我们时常忽略最亲近的人，尤其是在我们逐渐长大的时光里，父母却在无声无息中老去。当我拿起岸见一郎著的《伴你老去的勇气》这本书时，心中涌动着复杂的情感，既有对生命流逝的无奈，也有对亲情陪伴的渴望。作者以细腻的笔触和深刻的见解，探讨了如何面对父母的老去并在陪伴中找到勇气与力量命题。

岸见一郎 52 岁那年，他的父亲被诊断出患有阿尔茨海默病。这一突如其来的变故迫使他暂缓工作，留在家里照顾父亲。这段经历成为他创作《伴你老去的勇气》的灵感来源。书中的内容不仅是岸见一郎与父亲相处的真实记录，更是一本结合理论与实践、情感与智慧的照护指南。它不仅教会我们如何面对老年照护的挑战，更让我们重新审视亲情与生命的意义。

在阅读的过程中，我深受触动的是岸见一郎关于亲子关系重塑的观点。在现代社会，忙碌的生活节奏让我们忽略了与父母的情感交流。当他们步入老年，特别是面对疾病和衰老时，这种忽视可能带来深刻的内疚。书中提到，通过重建亲子关系，我们不仅能为父母的晚年生活带来新的活力，也能在陪伴的过程中获得成长和弥补一些错过的遗憾。

岸见一郎分享了他与父亲相处的一些心得。例如，他们在家中的相处从最初的争执和摩擦，逐渐转变为一种平和与理解的关系。他学会了不与父亲争论孰是孰非，选择退出权力的斗争，以包容的心态接受父亲的每一个决定和行动。这一点值得我们反思，我们与父母的关系是否也存在类似的问题。当父母老去，我们是否应该放下过去的执念，以一种全新的态度重新认识和接纳他们？

书中提到一位中年女性面对患有阿尔茨海默病的母亲的故事。她没有选择逃避，而是勇敢地面对挑战，学习与母亲沟通。她发现，尽管母亲遗忘了许多事情，但对情感的感知依然敏锐。通过不断的尝试和沟通，她找到了与母亲相处的新方式，让母亲的晚年生活变得温馨又有尊严。这个故事让我意识到，无论父母处于何种状态，通过积极的沟通和真诚的陪伴，我们就能找到与他们相处的新方式，让他们的晚年生活充满爱和尊严。

岸见一郎在书中坦言，照护年迈的父母是非常辛苦的事情，特别是当父母患上阿尔茨海默病时，他们的记忆和行为能力逐渐退化，对照护者来说无疑是一种巨大的挑战。然而，岸见一郎没有选择逃避，而是勇敢地面对现实，从照护父母的过程中找到了勇气和力量。

他提到，对于患上阿尔茨海默病的病人来说，他们的记忆不是消失，而是被压缩。这种比喻让我对阿尔茨海默病有了更加直观的理解。就像我们工作的时候，桌面空间突然变窄了，只能把需要用的东西放上桌面，暂时不需要的东西先收起来。同样地，阿尔茨海默病患者的记忆空间变得越来越有限，他们只能保留对他们来说最重要的事情。

这一观点让我意识到，我们需要以更加宽容和理解的心态接纳父母的老去。当他们忘记某些事情或者做出一些不合常理的行为时，我们应该试着理解他们的处境，而不是一味地指责和抱怨。只有这样，我们才能更好地陪伴他们度过这段艰难的时期。

除了家庭内部的陪伴和照护外，《伴你老去的勇气》还强调了社会的支持在老龄化社会中的重要性。岸见一郎指出，随着老年人口的增加，社会需要构建一个完善的支持系统，确保老年人能够享有尊严和质量并重的晚年生活。

书中提到了一些具体的例子，如社区通过建立老年人日间照料中心，为老年人提供了一个集社交、娱乐、学习于一体的平台。这些中心不仅提供丰富的活动，如书画、棋牌、健身等，还为老年人提供交流思想、分享生活经验的空间。这种社区层面的支持显著提升了老年人的生活质量，使他们在享受家庭温暖之余，也能体验到社会大家庭的关怀。

此外，书中提到养老机构通过引入宠物疗法来满足老年人的情感需求。宠物疗法有助于老年人保持社交活动，让他们在与宠物互动的过程中获得快乐和安慰。这些例子都体现了社会支持在老年人生活中的关键作用，并告诉我们，一个完善的社会支持系统能够为老年人提供全面的生活辅助和情感慰藉。

在阅读这本书的过程中，我深刻体会到生命的意义与价值。无论是面对父母的老去还是自己的成长，我们需要以一种积极的态度面对生活中的每一个挑战。岸见一郎在书中提到，尽管岁月会在身体上留下痕迹，但心灵却可以通过不断地成长和学习来保持活力和年轻。

书中一位老人的故事让我印象深刻。面对记忆衰退，他展现了巨大的勇气和智慧。他选择用笔记录下自己的每一天，日记成为他与世界保持联系的纽带。每一页日记都是他对抗衰老的有力证明，证明即使在生命的晚期，个人的经历和感受依然有着不可替代的价值。

这个故事让我意识到，生命的意义并不在于它的长度，而在于我们如何度过这段时光。无论我们处于何种年龄阶段，都应该珍惜每一刻，用心感受生活的美好。同时，我们也应该学会以一种更加开放和包容的心态接纳生命中的每一个变化，无论是好的还是坏的变化。

《伴你老去的勇气》是一本充满温情与智慧的书。它不仅教会我们如何面对父母的老去，更让我们重新审视生命的意义与价值。在阅读这本书的过程中，我仿佛经历了一场关于时间、记忆与情感的深度旅行，每一次翻页都伴随着心灵的触动与反思，让我更加珍惜身边的每一个人。

我相信，在未来的日子里，无论遇到何种困难与挑战，只要心中有爱、有勇气、有希望，我们就能够勇敢地面对一切。这份勇气与爱，伴随我们每一个人，是我们生命中最宝贵的财富。

第四章

万象凝眸，情意哲思涌

驻足于山川湖海的壮美画卷，定格市井人物、亲朋好友的烟火瞬间，沉醉在经典书籍的墨香世界，以笔为眸，捕捉自然、人文、知识碰撞出的灵感火花，书写饱含诗意与哲思的生活篇章。

“留住”时间的母亲

晨曦透过稀薄的云层，轻柔地洒在窗前，又是一年母亲节。清晨的微风轻轻拂过脸颊，带着丝丝缕缕的惆怅，我像往昔的每一个母亲节那样，仰头望向那澄澈的天空，向着远在天国的母亲，在心底默默地诉说着：“妈妈，母亲节快乐。”那一刻，往昔的时光如潮水般涌上心头，恍惚间，我仿佛听见母亲熟悉又温暖的声音，带着关切与慈爱，轻声问我：“孩子，吃早饭了吗？最近工作还顺利吧？”话语里的每一个字，都如同春日里最轻柔的风，拂过我的心田，又似冬日里最温暖的炉火，让我在这纷繁复杂的人世间，感受到最纯粹的爱与关怀。母亲的声声叮嘱，犹在耳畔，她总是那么细心，会根据天气的变化，亲切地提醒我适时地增减衣物，仿佛我永远是那个需要她呵护的孩子，哪怕岁月流转，这份爱从未褪色。

母亲已经离开我很多年了，那些曾经与她共度的时光，如今都化作了记忆深处最珍贵的宝藏。每当我回首陪她度过的节日，心中便涌起一股难以言喻的温情与眷恋。那些我送给她的节日祝福，似乎都被母亲施了一种神奇的“魔法”，最后都变成了对我的殷殷叮嘱，又“反弹”回我的身边。或许，母亲和中国大地上无数平凡而伟大的妈妈们一样，她们的爱，如同山间的清泉，默默流淌，无声无息，却又滋润着子女生命的每一个角落。无论是给予子女深沉的爱，还是接受子女的孝心爱意，她们表达的方式总是含蓄而内敛，从不轻易将内心的情感直白地袒露，却用一生的默默付出，让这份爱愈发深沉、愈发浓烈，成为子女心中永恒的港湾。无论岁月如何变迁，那份爱与牵挂，永远都在。

惊天动地的爱意，鸡毛蒜皮的给予，这是对母亲最真实的写照。我的学前班、小学、初中，学校都离家不远，每天回家吃饭、睡觉是一件再寻常不过的事情，那时候面对母亲的关心、叮嘱会觉得“烦”。到了高中，学业开始紧张，无论在校还是回家，花时间最多的是学习，心理上也变得脆弱且敏感。母亲似乎感受到我的变化，无论是和我日常的聊天，还是对我学习的关注，都变得小心翼翼。直到我读大学、找工作，回家的次数和待在家的时间越来越少，每一次的相聚和分别，深深地感受到妈妈藏在一道道菜、一句句叮嘱背后的爱。

有一次离家，只是一个平常的周末，我与家人短暂相聚。分别时，母亲帮我收拾物品，其实也没有什么东西要收拾，只是检查一下有没有落下手机、钱包、充电器。母亲顺手把一袋食物递给我，一边和我有一句无一句地聊天，聊天内容依旧是生活中那些琐碎的话题。我突然有种感觉，就像是小时候的我，在母亲要出远门时，总想找点理由多“拖住”她。那一瞬间，我明白她也是想办法“拖住”我，此前每一次分别的场景如电影般在脑海中回闪，原来，母亲不忍与我分别，想用她的方式留住我，拉长与我在一起的时间。

在一次又一次的告别中，我渐渐明白，这种独特的挽留方式，源于孩子渐渐独立后，母亲被需要的感觉日益消失，源于她明知孩子正在负重前行而自己却无法代替的难过。

尽管我已经在教师这一岗位上耕耘了许多年，看过了无数张青春年少的脸庞，也见证了许多孩子与母亲之间的故事，可是，每当我想要探寻“母亲”这一角色背后深邃而复杂的内涵时，却感觉自己仿佛迷失在一片无垠的情感海洋之中，找不到确切的彼岸。

在岁月的长河中，我越发深刻地意识到，“母亲”这道看似简单却又无比深奥的人生之题，绝不是轻易就能得出答案。或许，需要我用一生的时间去慢慢体会、去细细感悟，在生活的每一个细微角落里寻找线索，在时光的每一次温柔沉淀中积累智慧，如此，才能在很久很久之后，逐渐接近那个属于自己的答案。

凉椅上的温情

白露悄然而至，夏日的余温却似一位热情过头的访客，执拗地徘徊不去，将炎热毫无保留地延续到了这个本该凉爽的时节。唯有早晚时分，微风拂过，才会带来丝丝缕缕若有若无的凉意，仿佛是大自然在不经意间泄露的一丝秋意，短暂而又珍贵，让人在暑热未消的沉闷中捕捉到一丝清新的慰藉。

夜幕低垂，宛如一块巨大的黑色绸缎轻柔地覆盖了整个世界，万籁俱寂中，我搬来一把竹椅，轻轻地放置在院子的中央，静静地坐下。眼前，几棵山茶花在夜色中影影绰绰，它们宛如岁月的忠实守望者，默默见证花开花谢的轮回交替。那一朵朵娇艳欲滴的茶花，一轮轮地绽放与凋零，始终保持着与生俱来的美丽与从容，即便在这个无人瞩目的暗夜，也毫不吝啬地散发着属于自己的独特魅力。然而，时光却宛如指尖流沙，匆匆而逝，山茶花的娇艳亦无法挽留其匆匆离去的脚步，徒留下我在夜色中，对着满院的花影，感叹岁月的无情与生命的短暂，思索着在时光长河中悄然流逝的美好瞬间，以及那些尚未被珍惜便已经远去的珍贵过往。

我慵懒地躺在那张陈旧却坚实的竹椅上，后背与竹片紧密贴合，丝丝凉意透过衣衫沁入肌肤，引得我不禁打了个激灵，而这种熟悉得如同老友般的感觉，瞬间让我周身的疲惫都消散了不少。我微微仰头，仰望着那片浩瀚无垠的夜空，点点繁星闪烁其中，好似在对我眨眼睛，神秘而又迷人。

在这个静谧的氛围中，我的思绪仿若一只挣脱了牢笼的飞鸟，扑闪着翅膀，一路飞回了遥远的儿时。那时候，外婆总是带着慈祥的笑容，和我一起躺在竹椅上轻轻摇晃，讲述着那些古老而又神秘的故事。记忆里的南方，每年的 7 月至 9 月，白日里骄阳似火，酷热难耐，即便到了夜晚，那股子热气依然久久不散。那时的我们，总会有自己的消暑妙招。

每当夜幕降临，微风轻轻拂过，我们会手脚麻利地搬上一张竹床，再拿上一把用蒲草编织而成的蒲扇。竹床被岁月打磨得光滑无比，触手生凉。随后，外婆熟练地点起一堆潮湿的谷壳，瞬间，烟雾袅袅升腾而起，在空气中缓缓弥漫开来。烟雾带着淡淡的谷香，驱赶着蚊虫，将我们的夏夜装点得如梦如幻。这一番场景，成为我记忆深处家乡夏夜最独特、最温暖的标配，深深地烙印在我的心底，无论岁月如何流转，都无法将其抹去。

我的外婆是一个普通的农村妇女，她当过妇女队长。外公家的三兄弟都是党员，解放战争时期，根据组织安排，外婆跟着外公几经周折才到现在的地方安家，至于我们的老家在哪里，他们记忆中说祖上是江西人，但是我没有关心这个问题，印象里只有外婆两鬓斑白的样子，还有她眼里永远漾着的亲切笑意。

曾经的夏夜，我和外婆并排躺在凉椅上，左侧是土装瓦房。土装瓦房是那个时代农村的象征，有三层高，逢年过节最热闹的屋是中间的大堂屋，摆上几桌，团圆充盈着每个角落。偶尔下雨天，一大家人聚在堂屋里，非常热闹，大人们焦急等待雨停，要出去干农活，而我们这群毛孩儿期盼雨小一点，可以出去踩水坑，去田埂上捉几只蛐蛐……一场雨让全家都休息下来了，每个人期盼不同，也做不到心与境偕。

凉椅摆放在家里的晒谷场，每年两季稻，白天晒谷场依然承担晒谷的任务，从稻田里挑来的稻子，像小山一样地堆着，外婆带着我们几个小屁孩，一个人拿一个木耙子，走向谷场。外婆交代我们一番后，我们奔向自己的“阵营”，将一堆堆稻谷推开，边推边玩耍。烈日下，我们满谷场跑，追逐嬉戏，外婆没有生气，偶尔叮嘱两句，这里厚了那里薄了。偶尔，我远远地望着外婆，草帽随意地扣在她头上，帽檐下的阴影里，是一张通红的脸，衣服被汗水贴在了身上。外婆大汗淋漓的样子年复一年地循环。

夜幕降临时，晒谷场就成了我们休闲的地方，坐在谷场上聊天，跳房子，丢沙袋等，承载了我们儿时的欢乐，我还会搬张凉椅和外婆躺着，一起静静地看月亮。

躺椅的右侧是一片竹林，是一道天然的屏障。竹林的前面是省道，车辆络绎不绝，除了让人焦躁的喇叭声，还时时刻刻掀起阵阵尘土，竹林担负起降噪、阻尘、净化空气的作用。平时，我会约上三五个小伙伴在竹林里追逐，爬竹竿，阵阵欢声笑语荡漾在竹林里。春冬两季可以挖竹笋，搭上熏制的腊肉，经外婆的翻炒，一道喷香的人间美味就端上桌了，馋得我们直流口水，外婆看到我们的样子，总会假装板着脸，说："别当零食吃，要拿来下饭的。"可是，她一转身，我叼一片就跑，吃完寻个机会再拿一片……

咦？哪里飘来的香？闻香而望，是小院角落里开得正旺的茉莉，带着一丝丝甜，我咀嚼着这丝香甜，里面仿佛还夹杂着一点涩，我知道那种涩是怀念的滋味，那一丝香甜是时光留住的我对外婆的所有记忆。

冬日里的暖阳

冬日的演唱会，那些音符、那些感动如阳光洒在心田。

——题记

又一个冬天来临，在寒风凛冽的日子里，阳光变得格外珍贵。当那缕缕温暖的光芒穿透云层，洒在大地上，带来一丝丝久违的暖意时，我会不由自主地放慢脚步，抬头仰望，心中涌起一股莫名的感动。

在这样温暖的日子里，我想起了张学友，这位华语乐坛传奇人物的第 200 场演唱会，也如同一缕冬日里的暖阳，照亮了许多歌迷的心房。

对于许多人来说，张学友不仅是一名歌手，也是一种情感寄托。从 1984 年出道至今，他已经走过了四十年的音乐旅程。在这四十年里，他见证了华语乐坛的兴衰变迁，也经历了自己人生的起起落落。他始终坚守着自己的音乐初心，用一首首经典的歌曲，温暖着一个个孤独的灵魂。

那天，我观看了他的第 200 场演唱会。当璀璨的灯光亮起，舞台上的他风华依旧。他深情地唱着每一首歌，每一个音符都充满了力量，每一段动人的旋律都注入了生命。透过歌声，我看到了他对音乐不变的热爱和执着，看到了一个闪光的音乐灵魂，也看到了他经历人生风雨后的从容和坚定。

他的音乐足迹让我领悟到，人生就像一场漫长的旅行，我们会遇到各种各样的挑战和困难但只要我们坚守初心，保持对梦想的热爱和追求，就可以在冬日里找到属于自己的那缕暖阳。

冬日的暖阳珍贵而短暂。它不像夏日的烈阳，炙热而刺眼；也不像秋日的阳光，温柔而绵长。它以一种独特的方式，温暖着身体和心灵。在演唱会上，我感受到了这种温暖，歌声像冬日里的暖阳，穿透我内心的寒冷，给我带来温暖的慰藉。

那些熟悉的歌曲，承载着我的青春和回忆，陪伴着我度过了无数日夜，见证了我的成长和变化。当熟悉的旋律响起，我仿佛回到过去，看到了那个曾经年轻、充满梦想的自己。那一刻，我不经意触碰到了时间的无情和生命的脆弱，却也感受到来自内心深处的力量和勇气。

张学友的歌声，不仅是一种艺术的享受，更是一种心灵的慰藉，让我在忙碌和疲惫的生活中，找到宁静和勇气。它让我相信，无论人生有多少寒冬和黑暗，只要心中有光，就一定能够找到暖阳。

人生恰似一场行于漫长寒夜的羁旅，我们在途中无可避免地遭遇形形色色的艰难险阻，恰似凛冽的寒风在周身呼啸，皑皑的冰雪横亘于前路。然而，只要我们的心灵深处存有一抹暖阳，便能冲破黑暗，寻得前行的方向与力量。这抹暖阳，绝非仅仅源于外界的煦日和温热，更多的是源自我们内心深处那份坚如磐石的笃定与熠熠生辉的信念，它宛如星辰，照亮我们在逆旅中奋进的征程，引领我们穿越寒冬，奔赴暖春。

张学友的人生，如同一本生动鲜活的启示录，让我对这一道理有了深切的体悟。回首他的音乐旅程，荆棘载途，磨难重重，恰似一条布满嶙峋怪石的崎岖山路，步步艰辛。但他宛如一位坚毅的行者，怀揣着对音乐炽热的梦想和对艺术不懈的追求，在困境中笃定坚守，从未动摇与彷徨。

他凭借着日夜挥洒的汗水和与生俱来的才华，精心雕琢出一首首动人心弦的乐章，这些作品不仅征服了无数听众的耳朵，更深深触动了他们的心灵，也为他赢得了如潮的喜爱。醇厚而富有感染力的歌声，恰似暖阳穿透冬日的阴霾，轻柔地抚慰着那些在黑暗中徘徊、在孤独中挣扎的灵魂，带去久违的慰藉与希望。同时，歌声也如同一束明亮而有力的光，照亮了我们内心深处潜藏的力量源泉，激励着我们无畏地踏上寻找温暖与力量的征程，去拥抱属于自己的那份坚定与执着，在人生的逆旅中绽放光彩。

冬日里的暖阳，形态各异，缤纷多彩。它或许是一份契合灵魂、点燃激情的工作，能让我们在朝朝暮暮的拼搏中感受到人生价值的升华；或许是一位相知相守、情深似海的爱人，陪伴我们走过岁岁年年，在平淡岁月里谱写爱的乐章；又或许是一个熠熠生辉、遥挂天际的梦想，引领我们跨越千山万水，在逐梦途中领略生命的壮阔；抑或一种深入骨髓、纯粹质朴的对生活的热爱与执着追求，使我们在琐碎日常中发掘细微的美好，于一粥一饭、一颦一笑间体悟生活的真意。

无论暖阳以何种面貌呈现，只要我们愿意静下心来，以一颗细腻而赤诚的心去感受，便一定能紧紧拥抱那份独属于自己的温暖与力量，如同在寒夜中寻得温暖炉火，从此无惧霜雪，毅然决然地奔赴下一场山海。

迟到的向日葵也会开花

初冬的风顽皮地钻进衣领，人们走在街头都会不自觉地缩起脖子，用略显滑稽的动作和季节抗争，道路两旁的法国梧桐叶子落得纷纷扬扬，路边一家叫“繁花”的鲜花店的橱窗引起我的注意。它不像别的花店喜欢把怒放的玫瑰展示出来，这里最醒目的是一束葵花，硕大的金色花瓣紧紧围绕着褐色的花盘，静静地绽放着，似乎窗外的四季更迭和它毫无关系，更吸引我的是葵花旁的一行字，字体俊秀俏皮：“迟到的向日葵也会开花。”

是啊，每朵花的花期是不一样的，即使是同一棵树上的花。记得小时候外婆家院子里有一株杏树，每次过完新年到外婆家，总会听到她念叨：“桃花开，杏花败。”向阳的枝丫二月初便会花团锦簇，背阴的花苞显得营养不良，到了三月左右却竞相绽放，半树雪白粉红，也是一种壮观的景象。

慢慢地我长大了，从院子里的顽童成为小学校园里的学生，再到中学校园里的少年。年龄大了，功课多了，小心思也多了，每天会不自觉地照照镜子，睡觉前也会神思遐想，看到心仪的异性时同学那种奇妙的感觉在心中涌动……回想起曾经的岁月，真不是“青春懵懂”四个字能够概括，那些回忆令我终生难忘。

进入中学的第一年，我保留之前的学习习惯，每天严格按照老师的要求学习，作业多得需要写到深夜，第二天早早起来赶到学校。虽然我很用功，却不是老师和同学们眼中的“聪明学生”。大家都感觉我有些木讷，不爱说话，一些不会的题目和知识也不向老师和同学请教，习惯自己啃书本。

当时，学校的考试公开排名，整个年级会制作一个榜单，贴在门厅里的显眼处，从第一名到最后一名。每逢公布成绩的时候，榜单前围着一群人，大家都眼巴巴地寻找自己的名字，名列前茅者固然眉开眼笑，名落孙山的人就灰溜溜钻出人群。我却是从未体验过这两者的境遇，因为我的成绩始终不上不下，说不出有多突出，也没有多逊色。我自认为存在感极低，曾经异想天开，觉得我偶尔逃课一天老师都不会发现吧！思量再三，这种想法终未付诸行动，还是因为我的胆子太小了。

中学的最后一年，毕业考试的压力无形地压在大家头上，不止学生焦虑，老师也焦虑。我们的班主任老师自制了一个镜框，里面是他亲手绘制的表格，按照学号把全班同学的名字写在里面，名字后留有 12 个空格，准备记录每个人冲刺阶段的 6 次模拟考试成绩和年级排名。表格的两边他用很少见到的魏碑字体写了一副类似楹联的东西，上联是“今日位次虽定”，下联是“明天再分高低”，现在看既不符平仄，也绝非对仗，那时的我却被这两句话撩拨得心潮澎湃，觉得自己就是学习上的“天选之人”，很努力便可以考第一名。

带着这样的梦想我埋头苦干，前三次冲刺模拟考彻底粉碎了我的“天选之梦”，看着和正弦曲线一样的成绩波动，霎时间心如死灰，第四次模考更是一落千丈。那时我想，自己的成绩可能是个开口向下的抛物线，有最高点却没有最低点。

那年的春节前，原来的班主任因故调离，新的班主任只有二十多岁，刚刚大学毕业，阳光帅气，眼睛里似乎有一种异样的光。他接手班级后就找机会和同学们聊天，摘掉了“位次”镜框，他说在紧张的时刻就不要再制造紧张的气氛了。这一举动令很多老师、家长甚至同学不理解，更有隔壁班的班主任公开在自己的班里说我们班“临阵换将，实属不吉”。

那时的我已经无所谓了，新班主任找我聊天时，我有问必答，但回答得都很空洞，他问起来也感觉乏味。有一次，他忽然把我叫到办公室，指着桌上的花瓶让我看花，我心里疑惑：“花有什么好看？”但还是抬起头瞟了两眼桌上，那是一朵硕大的向日葵，金灿灿的。他略带得意地问：“你在这个季节看到过向日葵吧？”我下意识地摇摇头，但没说话，他自说自话：“向日葵应该在 9 月开花，可是它偏偏没有开，我就把它搬到房间里，却没有想到这个时候开花。”他话锋一转，看着我说：“你仔细看看这朵迟到的向日葵，是不是像咱们班的那几个同学？”我疑惑地抬起头，满脸的疑问，看着班主任温暖的笑容，再看着眼前开得灿烂的向日葵。可是班主任只是笑了笑，挥挥手让我回去。

回去的路上我还有些懵，向日葵和我有什么关系呢？老师为什么特意和我说向日葵呢？当天晚上，写完作业上床的睡前遐想时，眼前晃动着盛开的向日葵，忽然有了醍醐灌顶的感觉：为什么自己都没有信心等到自己绽放呢？那株向日葵的光华充斥着我的思维，我突然激动地对自己说："要不要再闯一闯？"

从第二天起，我改变了想法，在第五次、第六次模考时，我的成绩和排名从正弦曲线脱离出来，虽然没有多出色，但心态焕然一新，无论是学习和生活，家人都说我像换了一个人。

新班主任的向日葵点醒了我的迷茫，让我获得了提升自己的法宝。后来，我接触到更多的课程，更多的老师，更多现实的阻碍，我不再沮丧，而是努力"绽放"。如今我依然过着不高不低的生活，但衣食无忧，忙碌之余、沮丧之时还会想起那株向日葵，想起在低谷时拉自己的老师、同学、家人……

我将化身信使，把向日葵那熠熠生辉的精神力量传递至每一个角落，不拘泥于形式。我要让所有人知晓，即便向日葵的绽放有所延迟，它也依然会在属于自己的时刻展露芳华。我怀揣着炽热的期许，愿这份独特的力量能化作点点繁星，照亮那些在黑暗中徘徊的心灵，助力更多的人重新寻回失落的自信，让他们挺直脊梁，以无畏的姿态、坚实的步伐去丈量未来的每一寸光阴，勇敢地迎接生命里的每一次潮起潮落，尽情拥抱生活馈赠的每一抹朝阳与晚霞。

一场千万年的邂逅

在历史长河中，无数的生命物种犹如繁星般闪烁，有的短暂如烟火，有的坚韧似磐石，有的像花火般绚烂，有的若黑洞深邃无比，它们会以独特的方式演绎着一生。有一种植物历经千万年岁月的洗礼，依然傲然于世，它便是银缕梅。我与银缕梅的相遇仿佛是一场跨越时空的邂逅，蕴含着我对自然奇迹的惊叹，更蕴含着我对生命的崇高致敬。

远古之约，千万年生命传奇

银缕梅，听起来就是充满诗意的名字，它的背后承载着一段漫长而神秘的生命历程。据科学家考证，银缕梅起源于距今约 6700 万年前的白垩纪晚期，那是恐龙尚未灭绝的时代，地球气候温暖湿润，生物种类繁多。银缕梅，是时代的见证者与幸存者，以化石的形式记录了那段远古岁月的生态风貌，成为连接现代与史前世界的一道桥梁。

曾经，人们以为银缕梅早已随恐龙一同消失在历史的尘埃中，1987 年，邓懋彬等科研人员在中国江苏宜兴的山野间发现 7 株形态奇特、花色秀美的灌木，经过深入研究，确认其正是被世人认为已经灭绝的银缕梅，这个古老的物种重新走入人们的视野。这个发现震惊了全球植物学界，被誉为“植物界的活化石”，银缕梅从化石变为活生生的生命实体，在现代世界演绎其千万年的生命传奇。

遗世独立，银缕梅的生存智慧

银缕梅能在千万年的时间跨度中顽强生存，离不开其独特的生存智慧与卓越的适应能力。它的植株不算高大，枝干曲折，看似柔弱，实则内蕴刚强。这种生长习性，使银缕梅能够避开大型食草动物的采食，充分利用地表的水分与养分，展现极强的生存韧性。

更为独特的是银缕梅的花期。它在早春时节绽放，此时万物尚未复苏，竞争压力较小，还能吸引早春活动的昆虫授粉或者风力传播，确保繁殖成功。它的花朵形如金钟，花丝细长如缕，银白如霜，故得名“银缕梅”。这种独特的花形与色泽，有利于吸引昆虫，又能在阴冷潮湿的环境中保持干燥，避免湿度过大影响授粉。银缕梅这种巧妙的生存策略，让它在千万年的演化过程中立于不败之地。

珍稀瑰宝，存身于世的价值

作为世界上极为罕见的孑遗植物，银缕梅不仅是自然界的生命奇迹，更有极高的科学研究价值与生态保护意义。它蕴含远古植物演化的密码，对于揭示植物进化历程、气候变化影响及生物多样性保护等方面的研究具有无可替代的作用。对银缕梅的发现与保护，也是对人类自身历史认知的一种深化，提醒我们尊重并珍视地球上每一个生命，无论多么微小，它们都可能隐藏着惊人的生命力与历史深度。

为了保护这个千万年生命的延续，银缕梅被列入《国家重点保护野生植物名录》，一张红色的名牌挂在树上，它被列为一级保护植物。科研人员积极开展人工繁殖技术研究，力求扩大种群数量，使其在自然与人工环境中都能健康繁衍，永续生存。

相约四月，邂逅美好的时节

中山植物园里的这场跨越千万年的邂逅，让我遇见银缕梅。它的存在，是对大自然无尽创造力的最好诠释，是跨越时空的生命奇迹，也是对生命坚韧不屈精神的生动写照。

每一个生命都是地球的一部分，每一种生物以其各自的方式讲述生命的伟大与神奇。我们怀以崇敬，珍惜这份来自远古的馈赠，让银缕梅的传奇在未来的岁月里继续熠熠生辉。

那一朵蝴蝶兰

“嗒嗒嗒”敲着键盘，天气骤然变冷，夏天似乎逃离，一阵风拂过，增加了一丝寒意，突然手背上停着一朵花，定睛一看，是去年带回来的兰花！于是，我放下手中的工作，细细观察起它来。

它来到我这里后，我已不记得浇过几次水。看着落在花盆里枯萎的花朵，或许当初带回来就没在意过，以至于零零落落的枯花无声地铺满盆里的空白，融入尘土的那一刹那依然没有失去原本的色彩，就这样悄然离去。

我起身看到枝头上的花朵儿，浅浅的紫红，很认真地开着，哪怕一枝上只有一朵花，风采依然，四片花瓣平平地开着，就为了衬托花蕊和新生的那一瓣。

我留意它的细节，那朵花蕾，紧闭如蝶，隐藏着无限的期待。静默里让我感受到生命的奇迹正悄然发生，新生的花瓣即将展开。我不禁心生敬畏，也期待着那一刻的到来。

每一次微风轻拂花瓣，它都轻轻摇曳，仿佛对风儿述说它的故事。它用花语传达对生命的热爱和执着。它的存在让我明白，在平凡中也能绽放绚烂的光彩，哪怕只有一朵花开放，也足以让整个世界变得美好。

有时，我会把手轻轻伸向它，它的花瓣柔软而光滑，宛如丝绸般娇嫩，绽放出淡雅的紫红色。那些平平开放的花瓣，恰如一双温暖的手掌，轻轻拥抱着生命的奇迹。它以极致的美感，衬托出花蕊的精巧和新生花瓣的娇艳，仿佛讴歌着生命的轮回和永恒的美丽。它用细腻的触感和独特的芬芳，向世界宣告自己的存在。

兰花的美丽不仅在于它的花瓣，还体现在它的花蕊上。精巧而娇嫩的花蕊，像是一颗微小而宝贵的心灵，蕴藏着生命的力量和希望。它的婉约姿态，向我展示着生命的轮回和永恒的美丽。我不禁想起兰花的起源，它曾在广袤的大自然中自由生长，与清晨的露珠相伴，与微风相依。如今它来到我的身边，我照顾它并不仅仅是责任，更是一种感恩和珍惜。它的存在让我明白生命的可贵，让我学会欣赏和呵护那些微小而美好的事物。

日复一日，兰花在我眼前慢慢绽放，花瓣舒展开来，在向世界展示它的美丽。柔和的紫红色，在阳光的照耀下变得更加妖娆，宛如一位优雅的舞者，在微风中律动。我不禁想象，若有乐曲伴奏，兰花必将成为最美的舞者，它的舞姿细腻而优雅，让整个世界陶醉在它的花海中。它的每一片花瓣都是完美的艺术品，没有一丝瑕疵，仿佛是大自然的杰作。

静谧的时刻，我都会被兰花所吸引，沉浸在它独特的魅力中。它并不需要华丽的舞台，只需在角落里默默开放，仍能散发出浓郁的芬芳。每当我靠近它，淡雅的香气便扑面而来，如同一缕清风轻拂，温柔地触动我的心弦。它的香味，是那么纯净，那么自然，仿佛能将烦忧和压力带走，给我带来片刻宁静。

每天与兰花相伴，让我学会了细细观察生命的奇迹，学会了在繁忙的工作中找到片刻的宁静。它教会我耐心和坚持，它告诉我生命中的每一个瞬间都值得被细细品味。它不张扬，无声地散发着一种神秘而高贵的气质。它是大自然的馈赠，也是我心灵的慰藉。

在这盆兰花的陪伴下，我感受到生命的美丽和无限的可能。它是我工作中的小憩，是我心灵的庇护所。我将继续用心照料它，让它的美丽在岁月的洗礼中愈发绚烂。兰花教会了我在喧嚣的世界中找到一方宁静的净土，它是清晨的光，在我生命的旅途中闪烁。无论是风雨还是阳光，我愿与兰花一同继续，品味生命中的美好与温暖。

如朋友说，我已经做“后妈”很长一段时间，终于回到了“亲妈”的位置。

那晚，我终于找到和孩子沟通的突破口。之后，我开始走近他，与他一起阅读他看的各种书，和他一起玩积木、跳绳、骑车，步行陪他去学校。这样的沟通终于产生效果，他能静下来了，做事也踏实了。

10 岁的孩子有点叛逆是因为他长大了，开始有了自己的主见和想法。他希望有人能够听见他内心的声音，让他做自己喜欢的事。这时，作为家长的我们要学会耐心地和孩子沟通，爱孩子所爱，好孩子所好，才能让沟通更有效，让孩子及时找准自己的目标，努力前行。

秋意浓，桂花香

毫无预兆地，秋天悄然而至，仿佛是大自然的一场精心策划，让人在不经意间感受到季节的更迭。一场秋雨过后，空气中多了一份凉意，是秋天独有的清冷，带着一丝丝湿润，悄悄地渗透进每一寸空间。清晨，当第一缕阳光还未完全洒满大地，街道上已经弥漫起一阵阵醉人的香气，那是桂花的味道，清新又浓郁，瞬间唤醒沉睡的味蕾和记忆。

桂花，这个听起来极为普通的名字，却拥有着不凡的魅力。乍一看，桂花似乎很平凡，没有牡丹的雍容华贵，没有芍药的妖娆多姿，没有玉兰的纯净无瑕。桂花的花朵很小，一朵朵金黄色的小花簇拥在一起，形成了一团团、一簇簇的景观，它们紧紧相依，仿佛是彼此间最坚实的依靠。小巧的花朵，虽然不起眼，但能在秋风中绽放自己的光彩，散发出令人难以抗拒的香气。

桂花的渗透力极强，它是一种观赏植物，更是一种深入人心的存在。秋风拂过，细小而坚韧的花瓣会随风飘落，它们轻盈地舞动，在空中编织着一个个关于秋天的故事。而那些香气，无处不在，弥漫在空气中，渗透进人们的日常生活中。走在街道上，你会不经意闻到从某个角落飘来的桂花香，那香气仿佛能穿透你的衣物，直抵心灵深处，让你感受到一种难以言喻的宁静与满足。

提到桂花，人们的脑海中会浮现各种与桂花相关的事物。

桂花蜜，是一种甜蜜又带着淡淡花香的美食，是一种调味品，更是一种情感的寄托。小时候，每当桂花盛开的季节，阿婆会带着我采摘桂花，然后耐心地熬制成桂花蜜。甜蜜的味道，伴随着阿婆温柔的话语和忙碌的身影，成为我童年极珍贵的记忆之一。

桂花糕，是一种软糯香甜的小吃，用桂花和糯米粉制成，口感细腻，香气扑鼻。每当秋风起时，街头巷尾传来阵阵桂花糕的叫卖声，那是属于秋天的声音，也是童年的味道。吃上一口桂花糕，仿佛瞬间回到那个无忧无虑的年纪，感受那份纯真与美好。

桂花香水，是一种让人难以忘怀的存在。它的味道不像其他香水那样浓烈，而是以一种更为含蓄、更为内敛的方式，散发出淡淡的香气，让人在不经意间想起秋天的某个瞬间。它的香气清新而持久，仿佛能锁住秋天的味道。每当夜深人静时，轻轻喷洒一点桂花香水在手腕上，香气在空气中缓缓弥漫开来，伴随着我的心跳和呼吸，让我置身于一个充满诗意的世界。

当然，还有桂花饼，一种传统的中式点心。它的外皮酥脆，内馅香甜，每一口都能品尝到桂花的独特风味。记得小时候，每逢中秋节，家里总会准备一些桂花饼作为节日的点心。全家人围桌而坐，赏着明月，品尝桂花酒，那是一种以桂花为原料酿制的美酒，香气扑鼻，配上美味的桂花饼，聊着家常，那份温馨与甜蜜，是我脑海中永远清晰的画面。

“有木名丹桂，四时香馥馥”，这是香山居士笔下的桂花。何止如此，从古至今，无数文人墨客都以桂花为题材，创作出许多优美的诗篇。他们赞美桂花的香气，赞美它在秋天的坚持与执着。

桂花，这个看似平凡的名字，承载了太多关于秋天的记忆和情感。它不仅是一种植物，更是一种文化的象征，一种情感的寄托。在桂花盛开的季节里，人们不自觉地放慢脚步，感受那份属于秋天的美好。那些关于桂花的记忆，就像一串串美丽的珍珠，串联起我们生命中的每一个瞬间，让我们在岁月的长河中，保持着一份对美好生活的向往和追求。

在这个秋天，我漫步在桂花飘香的街道上时，心中涌起一股莫名的感动。那些关于桂花的记忆，仿佛在这一刻被重新唤醒，在我的脑海中交织成一幅幅美丽的画卷，让我感受到生活的美好与温暖，这就是桂花的魅力。虽然，它很平凡，却能在不经意间触动我们的心灵，让我们在忙碌与喧嚣的生活中，找到一份宁静与满足。

在这个秋天，无论是品尝桂花蜜的甜蜜，还是感受桂花香水的清新，抑或回味桂花饼的香甜，品味古代文人墨客的雅致，都能让我们在忙碌的生活中找到一丝慰藉。浪漫的桂花，以其独特的方式，悄无声息地融入了我们的生活，成为秋天不可或缺的一部分。

亭林春晓

一年之计在于春，一日之计在于晨。春日的早晨，漫步亭林园，感受不一样的人间烟火气。

拂晓的阳光透过密林投射到山下的广场空地，晨练的人们陆续下山，融入和煦的阳光中。广场悠扬的乐曲声适时响起，老年人在太极的一招一式中迎接美好的清晨；两旁的花树也悄悄绽放，南国的春天来得那么恬淡，一点都不显突兀，将这片景色点缀得春意盎然又生机勃勃。

广场上，人们在地上书写的“地书”是这里的一大景观。他们拿起自制的地书笔，有的地书笔制作较为精良，伸缩的不锈钢长杆末端镶嵌着硕大的海绵头，蘸上清水便可以在广阔平整的地面上挥洒；有的地书笔制作稍显简单，用的是一根随处可见的竹竿，一端用丝线绑紧海绵笔头，也别有一番情调。迎着晨光，笔尖和地面轻轻地接触，行书、楷书、小篆等字体汇集在一起，展示着中国书法的博大精深，也成为别具一格的地面装饰。微风吹来，前一行的字迹渐渐风干，后面的才刚显峥嵘，《滕王阁序》《兰亭集序》和其他的名言警句交相辉映，给这座古老的城市带来浓郁的文化氛围。

进入亭林园，拾级而上，两边郁郁葱葱的草木，南国的春在这里展现得淋漓尽致，人文景观和自然景色的完美融合，让这里不缺乏欢声笑语。飞檐斗拱的苏州园林特征冲击着人们的视觉，蓁蓁草木伴随着声声鸟鸣。人们沿着台阶，迈着有力的脚步，甩开强健的臂膀，向上攀登，累了便在半山的亭台休息片刻，顺便观赏下路旁的小花小草。到了山顶又有另一种风云气象，“会心古今远，放眼天地宽”，远望城市的车水马龙，人们开启一天的新生活。我寻得一处突出的岩石，静静地聆听，感悟古人清潭听风的雅兴。

在山里兜兜转转，沿着台阶回到山门前，大部分人去一边的奥灶面馆吃一碗热腾腾的红油爆鱼面或白汤卤鸭面，也许是登山消耗了人们的很多体力，吃得酣畅淋漓。人们在吃面的间隙大概率会遇上几个熟悉的朋友，大家有的隔桌交谈，有的干脆把面端过来拼桌，谈笑风生里满是昆山人的热情与幽默。

亭林春晓，一路繁花绽放早。吃过早餐，赶时间上班的人们就三三两两地离开，奔向不同的方向。上了岁数的老年人呼朋引伴地去超市、菜市场采购一天的食材，回家的路上，他们手里的芹菜碧绿、黄瓜水嫩，大家互相探讨着蔬菜粮食的价格，虽处城市却也有些“悠然见南山”的情致。

《千字文》有云：金生丽水，玉出昆冈。春天的昆山如温润的美玉，不急不躁，徐徐走来，带着冬的寒风，迎接夏的骄阳，期盼秋日的清爽，这是一种生活态度，也是一种人文理念。亭林园是昆山的一角，也是昆山人文的缩影，在不断前行的时代中，昆山以更加崭新的面貌，讲述春天的故事，奏响属于自己的完美乐章。

做自己的光

“做自己的光，不需要多亮”，熟悉的旋律一次次萦绕在耳边，不知从什么时候开始，我爱上了单曲循环，思绪跟着音符跨越时空、飞过山海，寻找能够让自己发光的地方。

看着寒星闪耀的夜空，我感叹每个人之于这个世界就像一颗星星，有的光芒四射，有的低沉内敛，有的在夜空中划过，拖出长长的尾焰，感受人们惊鸿一现的景仰，有的则循规蹈矩地徘徊，日复一日，年复一年。

我是一个热爱写作的人，从小时便喜欢拿着纸笔涂鸦，挥笔写出一句学过的古诗，写一些内心的感受，因而在人们眼中我成了一个不知道“敬惜字纸”的人。长大后我仍旧喜欢在文字世界里徜徉的感觉，但生活不是充满罗曼蒂克，还有些柴米油盐，写作的爱好在时光的流逝中被压在心底，但闲暇时我还是会想、会写，纵然没有读者、没有观众。

走出校园好多年，通过自己的打拼生活也算安稳，我开始尝试业余时间写作。如今，写作找不到“红袖添香”的风致，也没有泼墨挥毫的感觉，我极力搜罗脑海中的灵感，凑成或干巴巴的或长篇大论的文字，在朋友圈、网站发表。如今回忆起来这个过程是辛苦的，一篇文章投出去，心思跟着电子邮箱飞向审稿的编辑处，恨不得五分钟便刷新收件箱一次，唯恐错过稿件录用的消息。

这样忐忑又让人兴奋的日子持续了很久，我创作发表的文章越来越多，胆气似乎也粗壮了很多，好像初生牛犊一般，每天“广撒网”，国字头的网站和个人的公众号在我这里都一视同仁，我的想法是，过分顾及结果，不如享受过程。随着越来越多的稿件被发表，我猛然觉得写作不是少数人的权利，我也可以成为照亮自己的光，哪怕是微光，也要照射在自己的方寸之地上。

想要发光，就要靠近光源，我发狠地读书，特别是夜读。我十分享受静谧的夜晚坐在灯下翻书页时响起的沙沙声，那一瞬间白天的辛苦劳累甚至委屈都会一扫而空。我在苏东坡的“莫听穿林打叶声”中莞尔一笑，在杜工部的“出师未捷身先死”中潸然泪下，在小仲马的《茶花女》中感受不一样的爱情故事，在但丁的《神曲》中明白了炼狱、地狱和天堂……这些时光经过了微妙的变化成为我写作的养分，成为我内心的光线，一根根、一条条，编织成属于自己的光芒。

读万卷书，不如行万里路。我会随意地出门走走，没有刻意去名山大川，也很少到古迹前喟叹凭吊，就是看看公园的垂柳，鹅黄嫩绿便是春天，抬头看肯定是漫天纸鸢，地上则是快乐奔跑的孩子；听见树叶里的蝉鸣便是夏天，池中一定会有怒放的荷花；肃杀的风裹着树叶飞舞时便是秋天，金菊绽放、满山红叶；冬天就更不必说，寒冽的风吹在脸上，行人脚步匆匆……这些常见的景物在我的心中发酵、酝酿，最终化为文字如清泉般汩汩流淌。

我坚信，笔尖是能发光的，直到今天我也在探索。从未奢望成为文学家，但这个爱好能让平淡的生活多上些许颜色，如同光谱上的五光十色。

做自己的光，没有想得那么艰难，只要眼中有方向，心中便有希望。

方寸之地的静谧

书海浩渺，知识无涯，书籍宛如熠熠星辰，照亮人类文明前行的漫漫长路。图书馆则是这星辰汇聚的浩瀚宇宙，珍藏着浩如烟海的图书典籍，蕴藏着无尽的智慧宝藏，是人们孜孜不倦汲取精神养分、开启智慧之门的理想圣地。

每当我踏入那弥漫着书香墨韵的图书馆，便仿佛置身于一座神秘的知识花园，我在一排排耸立的书架间悠然徘徊，目光热切而虔诚地扫过一本本装帧精美的书籍，满心期待着与一本契合心灵的佳作不期而遇。或许是不经意间翻开的某一页，或许是书中的某个独到观点，恰似一把神奇的钥匙，精准地开启我内心深处那扇紧闭的门扉，与当下的心境完美契合，一种难以言喻的共鸣如涟漪般在心头荡漾开来。我不由自主地会心一笑，那一刻，时光凝固，世间的喧嚣纷扰皆被隔绝在外，只剩下内心的宁静与满足，这大抵是阅读于我而言最惬意、美妙的时刻。

曾经，泡图书馆成为大学生群体独有的印记。尽管地方上也设有图书馆，但在以前，大众尚未形成自觉前往图书馆的习惯。平日里，鲜有人主动走进图书馆的大门，去探寻那片知识的海洋。即便有人踏入，也大多是匆匆走到借阅台前，匆匆地递上借书证，接过管理员递来的书籍，便又脚步匆匆地转身离去，如同忙碌的过客，未能真正停下脚步，沉浸于图书馆那静谧而浓郁的阅读氛围中，品味阅读的真谛与乐趣。这无疑是一种文化资源的闲置与精神滋养的缺失，令人惋惜不已。

记得在我的中学时代，一座城市都不见得有一座大型的图书馆，热爱阅读的同学会把书店当作阅读阵地。但是，书店或书摊和图书馆是不同的，尤其是场地，大部分书店都很小，而且隐藏在学校附近的犄角旮旯，进门只有几排书架，老板坐在靠近门口的位置。

当时的书店有图书租赁的业务，很多人抱着厚厚的武侠小说或者言情小说匆匆离开，金庸和琼瑶是那个时代的宠儿，“书虫”们张口就是“情深深雨濛濛”或“飞雪连天射白鹿”，兴致勃勃。那时的书店老板大部分很佛系，常摆着一副爱买不买的模样，而且老板的态度和他的心情有关。老板心情不好时，你翻书页的声音稍大一点都是罪过，我曾亲眼看见一个书店老板把一个小伙子扫地出门，原因是小伙子抽出新书的时候动作幅度大了些，带着书架产生了微微的晃动。

这种煎熬的日子过了很久。我当时“好读书，不求甚解”，再加上少年时的狡黠，觉得只要看过便可以，何必再花钱买书呢？然而，不知道什么时候开始，街头巷尾的书店和书摊相继消失，我离家求学归来，走到老地方，却没有找到曾经的书店和书摊，仿佛它们从未存在过一样。

我第一次来到家乡的图书馆时，心情有些忐忑，不知道图书馆的规则是怎么样的，是可以安静地坐下来读书，还是只能来去匆匆地借阅？走进图书馆的大门，这些忐忑一扫而光，那种熟悉的感觉又回来了。

我喜欢读哲学方面的书，曾经立下目标，要从《周易》开始读，但读到“初九，潜龙勿用”便读不下去了，古人的描述看似云山雾罩，着实让人费解。后来，我便转移方向，开始读现当代文学，翻开以往仅有“一面之缘”的余华、莫言、路遥、王小波等作家的作品，开始与他们进行精神层面的交流。

我的第一位书友，便是在图书馆结识的。那一阵，我在图书馆里看余秋雨的《文化苦旅》，图书馆有两个版本的《文化苦旅》，一个是人民文学出版社的，装帧较为简约，纸张也比较薄，字号不大；另一个是上海文艺出版社的，书籍是精装，还有精美的插图，目录前还有余秋雨和夫人马兰的合照，字体也比较大，适合阅读，我最爱这个版本。

一个周末的下午，我来到图书馆，踱步到书架旁，伸手正准备抽出这本书，试图继续探索“宁古塔”和“天一阁”，没想到旁边的一个人抢先一步拿起了这本书。这样的事情在图书馆也是常见，大家都是礼貌一笑便过去了。我抬头，一个年轻的女性脸庞映入眼帘。她看上去二十二三岁，发型干净利落，正看着我微笑，我也回她一个微笑，轻声说：“你先看，我再逛逛。”好巧不巧的是，半小时后我们再次在窗前的书桌旁相遇，奇妙的缘分让我们开始交流，逐渐成为无话不谈的书友。我了解到，她是刚毕业的大学生，正在备考，平时喜欢看散文和小说。后来，每周我们都会相约一起看书，图书馆成为我们的相聚之地。

岁月如梭，转眼间我步入社会多年，生活非常忙碌。闲暇之余，总会想起在图书馆度过的时光。那些关于图书馆的记忆，如同一部部老电影，在脑海中缓缓播放。我记得那个总是坐在角落里默默阅读的老爷爷，他手中的书似乎永远也翻不完；我记得那个笑眯眯的图书管理员阿姨，总能在第一时间找到我想要的书。

图书馆里不仅有阅读的故事，那里也是很多情窦初开的少男少女相约见面的场所，他们的眼睛在书上，心却飞到了对方身上。看着他们青涩而幸福的脸庞，我不禁感叹青春的美好。

随着时间的推移，图书馆也不断地变化，变得更加现代化、智能化了，但那份静谧与书香始终未变。每当我回到图书馆，总能感受到那份熟悉与亲切。图书馆就像一位老朋友，静静地守候在那里，等待着每一个渴望知识、追求梦想的人。

如今，图书馆对我来说，不仅是借阅书籍的地方，更是心灵的归宿地。在这里，我可以暂时忘却尘世的烦恼与喧嚣，沉浸在书海中，寻找内心的平静与安宁。每当我遇到困惑或迷茫，就会到图书馆寻找答案或灵感。

多年来，我感觉图书馆不仅是一个物理空间，更是一种文化精神的象征。这里之于天地，不过方寸之大，却代表着人类对知识的渴望与追求，代表着人类智慧与文明的传承和发展。

在这个充满变数的时代，图书馆如同一盏明灯，照亮我们前行的道路，指引我们向着更加美好的未来迈进。

《西游记》中，菩提老祖居于“灵台方寸山，斜月三星洞”，总归是个“心”字，图书馆也是这样。图书馆里看似寻常的人群中，有没有藏着桀骜不驯的孙大圣？有没有即将翻江倒海的蛟龙？在这里，我们只要静下心、沉下心，就可以在书中获取成长或生活的知识，告别红尘的喧嚣，告别电子产品的影响与制约，在油墨香中找寻真我，在方寸之地实现自己也许无法实现的梦想。足矣。

静谧之夜，与书共舞

夜已深，接近十一点，温柔夜仿佛能滴出水来，悠扬的音乐缓缓地流淌在房间的每一个角落，如同一条细腻的情感之河，轻轻拂过心田，让人沉醉，不愿轻易为它画上休止符。那旋律，时而轻柔如羽，拂过心间，带来一丝丝慰藉；时而激昂如潮，激荡心灵，唤醒内心深处的激情与梦想。它就像是一位老朋友，静静地陪伴在我身旁，用它的方式诉说无尽的故事，倾听我的喜怒哀乐。

床头，安静地躺着一副紫色的眼罩，它柔软的质地和淡淡的香气，仿佛向我低语，邀请我步入温柔而神秘的梦乡怀抱。每次戴上它，就像是为心灵披上一层保护罩，将外界的纷扰与喧嚣隔绝在外，只留下内心的宁静与平和。它是一件物品，更是一种情感的寄托，是对美好生活的向往与追求。

我手中紧握着一本心灵鸡汤的书，它仿佛成了我此刻最亲密的伴侣。书页间散发的淡淡墨香，与空气中的音乐相互交织，形成一种难以言喻的和谐之美。每一个字、每一句话，都像是精心雕琢的艺术品，字里行间洋溢着温暖与慰藉，直抵人心最柔软的地方。它们讲述着别人的故事，传递生活的智慧，抒发对未来的憧憬，让我在阅读的过程中，经历了一次又一次的心灵洗礼，感受到前所未有的宁静与释然。

窗外，夜色如织，深邃而辽阔。苍穹下，无数相似却又独特的夜晚景致正在悄然上演。星辰更迭，仿佛是天空中永恒的舞者，在无垠的舞台上演绎着属于它们的精彩；月影婆娑，如同一位温婉的女子，静静地倾洒着柔和的光辉，为大地披上了一层银纱。它们静静地见证着时间的流转，却从不言说改变，只是默默地记录着每一个瞬间，将美好与哀愁化作永恒的记忆。

宁静的夜晚，我仿佛成了广阔天地间的一粒微尘，渺小又独特。我静静地坐着，任由思绪随着音乐与文字飘飞，感受这份难得的宁静与深思。我知道，每个人的生命都是一部未完待续的书，每一页都记录着我们的欢笑与泪水、成长与蜕变。在这个不眠的夜晚，我愿意放慢脚步，细细品味书中的每一个文字，让心灵得到滋养与成长。

伴随着这份感性与温柔，在这个不眠的夜晚，我继续沉浸在书中的智慧与温暖中。那些关于爱、关于梦想、关于坚持的故事，如同一盏盏明灯，照亮我前行的道路，给了我无尽的勇气与力量。它们让我明白，无论生活多么艰难，只要心中有光，就能找到前进的方向；无论世界多么喧嚣，只要内心宁静，就能找到属于自己的平和与释然。

时间是最公正的裁判，温柔地在我耳边低语，告诉我每一个当下都值得被珍惜。无论是欢笑还是泪水，无论是成功还是失败，都是生命中最宝贵的财富。它们塑造我们的过去，影响我们的未来，让我们在每一次的经历中学会成长与坚强。因此，我在每一个瞬间都保持一颗感恩的心，珍惜身边的一切美好与不期而遇的惊喜。

时间的轮转提醒我，每一刻的停留都是生命中最美的风景。在这个快节奏的社会里，我们往往忙于奔波与追逐，却忘记停下脚步欣赏沿途的风景。真正的幸福与满足，往往藏在这些看似平凡却又充满意义的瞬间里。一个温暖的拥抱、一句鼓励的话语、一次与朋友的相聚……这些看似微不足道的瞬间，构成我们生命中最美好的回忆与感动。

在这个异国他乡的宁静夜，我选择了与自己对话，与心灵共舞。我放下了所有的烦恼与忧虑，让心灵得到释放与自由。我知道，未来的路还很长，但我相信：只要心中有梦，脚下有路，就一定能走出属于自己的精彩人生。

我想对每一个正在经历生活风雨的人说：请珍惜每一个当下，无论是喜悦还是悲伤，都是生命赋予我们的宝贵财富。让我们带着一颗感恩的心拥抱生活，感受每一个瞬间的美好与温暖。在这个世界上，拥有健康的心态和一颗感恩的心非常重要。愿我们都能在未来的日子里，把生活刻在自己宁静与释然的怀抱中。

第五章

人生漫旅，沧桑砥砺行

从青涩懵懂的少年逐梦，到经历风雨的中年坚守，豁达释然地回望，一路脚印，满是成长、挫折、抉择的感悟。在蜿蜒人生路上，用文字咂摸生命的真谛，砥砺奋进前行。

时光记忆

它们好像已经远去，每当夜深人静时，又会穿越时空悄然浮现，带来无尽的温暖与感动。

——题记

在我的记忆深处有一个角落，留给我的童年时光，如同一条深邃的地下暗河，表面波澜不惊，实际暗流涌动，一经触及则惊涛骇浪。时光里有美好，有苦涩，也有辛酸，翻起的记忆的水花如同一串串珍珠般闪着耀眼的光芒，那里住着我最重要的人——我的阿公和阿婆，他们用勤劳、坚韧和勇敢在生活的土地上写下了属于他们的诗行。

小时候，我们大部分的孩子都如同种子一般，双脚踏在泥土里，汲取大自然的养分。我们学着大人的模样，做农活，做家务，在嬉戏打闹中成长。儿时的我在漫山遍野的红薯地里奔跑，跨过一个个套野猪的陷阱，这些陷阱是阿公阿婆放在自己开荒山得来的土地上的印记。阿婆边割红薯藤边叮嘱我：“女伢，注意坑！注意坑！”我嘴里唱着：“知道啦！知道啦！”头也不回地拉着一根红薯藤向前冲。藤蔓可以拉出好几米，跑一阵便可以拉断一把，偶尔，奔跑的我摔了个“狗吃屎”，整张脸埋进绿色的植物里，抬起脸后，嘴里都是红薯叶，活像一个掉进陷阱里的小野猪，我狼狈的模样逗得阿婆脸上的皱纹开出了花。

这时，我会一骨碌爬起来，笑嘻嘻地把藤蔓递给阿婆，她笑眯眯地伸出手拍拍我的屁股，我夸张地叫着、笑着，继续在红薯地里冲锋。我和阿婆的对话声，还有我们欢快的笑声荡漾在田地山峰间。那些藤蔓是我童年的玩伴，让我感受到无尽的欢乐和自由；它们也是连接着记忆的导线，多年后看到菜市场里的红薯叶，脑海中便会涌出阿婆满是皱纹的笑脸。

记忆是有味觉的，我的童年记忆里的味觉是辣，辣椒的辣。喜欢吃辣椒的阿公和阿婆在山上开了一片地，专门用来种辣椒。清晨，我和阿公踏着露水去摘辣椒，辣味仿佛穿透晨雾，摘满一担箩筐便去赶圩。我摘完辣椒后，总是忘记洗手，揉到眼睛被辣得流泪，含着辣味的眼泪成了我童年的独特记忆，让我更加珍惜生活中的每一份味道和感受。

我作为地道的湖南妹子，辣不怕，怕不辣，辣的味道很讨喜，家里的每一餐总有一碗辣椒，甚至每道菜里都用它作为佐料，有道菜的美名叫“绝色双椒”。收获的季节，菜地里的辣椒如同五彩的云海，黄色、红色、绿色交织在一起，美不胜收。

“辣”是湖南人的精神图腾。2021年的一篇高考满分作文《我们凭什么民族自信》中写道，“若要中华灭亡，除非湖南人死光”，展现了湖南人的坚韧、勤劳、勇敢和坚定的品质。每当我想到那片辣椒地，就会想起阿公阿婆辛勤劳作的身影，他们用双手创造了生命的奇迹。从我记事起，阿公阿婆便日出而作，日落而息，每天忙个不停。多少次，我和他们循着月光，披着黑色天幕，踩着虫鸣的音符，一路踏歌回家。

在果香四溢的园子里，小时候的我像个顽皮的猴子一样，在橘子树上爬上蹿下，嬉戏不停。树上，洁白的小花还未完全凋谢，青涩的小橘子就迫不及待地探出头来。我随手摘下两个青橘，小心翼翼地放进兜里，满怀期待地等着它们自然成熟。那时的我不懂，离开了母树的滋养，这些青涩的小橘子又怎能独自长大和成熟呢?

橘子成熟的季节，我总是忍不住偷偷摘下一个橘子品尝。因为听大人说过，吃了橘子籽，肚子里会长出一棵橘子树来，有一次，当我不小心把橘子籽吞进了肚子，吓得半年里都惴惴不安，晚上做梦都是橘子树从肚脐眼钻出的景象，现在想起真让人忍俊不禁。长大后，我的肚子里也没有长出橘树，才明白这不过是大人们的“谎言”。就像小时候阿公阿婆告诉我玩火会尿床一样，都是出于对孩子的关爱与教导，那段担惊受怕的日子，也成了我永恒的回忆。

阿公的果园里不单调，有橘子树、苹果树，还有阿公嫁接的苹果梨树。有一次，我摘下一个苹果梨咬一口，酸得直皱眉，又悄悄地把它捆回树上，满意地看着它恢复原状，不留一丝痕迹。关于苹果梨嫁接的奥秘，小时候的我百思不得其解：两棵看似毫不相关的树，怎么能抱团成长，相融在一起，孕育出新的品种呢？直到我上初中，学习了相关的种植课程，才明白了其中的原理。回头看看我们的人生，何尝不是苹果梨呢？有些人，遇上了就是人生的礼物，能够与我们相融共生，共同创造美好的未来。而那些不能相融的人或事，如果硬要去强求，只会带来不好的结果，充满酸涩。

果园里，满树的青枇杷果，让我忍不住就去折腾两下。我会摘几片叶子回家煮水，据说可以清肺止咳，这是阿公教我的小窍门。我从小就跟在阿公身边，他传承了太爷爷采草药的本领，我也跟着学了一些——益母草、艾草、紫苏、野菊、金银花、苍耳子、葛根、甘草、百合、马齿苋、石斛等，这些草药的名字和功效，我都牢记在心。

如今，我回想起小时候跟着阿公学到的知识，都是阿公给我留下宝贵的财富。后来，我长大了独立生活时，偶尔感冒，都会买些草药煮凉茶喝，虽然效果来得慢一些，却能让我在快节奏的生活中缓一缓脚步。可惜的是舅舅们没有传承这些知识，也许多年以后再也没有人识得那片土地上草药。

葡萄成熟的季节总是热闹非凡，紫莹莹的葡萄悬在门前的葡萄架下，如同晶莹的玛瑙，饱满剔透，互相挤着争抢阳光的宠爱。微风吹过，夹杂着葡萄的香气和淡淡的甜意，宛如一首悠扬的歌谣，让人心醉神迷。每天，阿公和阿婆都会精心挑选几篮葡萄，踏着清晨的露水，前往集市赶圩。我们这些孩子，只能品尝那些他们认为卖相稍逊的“二等品”。虽然这些是

"二等品"，但是味道依旧清甜可口，我对那片葡萄架充满了好奇，想要亲自去探寻那诱人的美味，阿婆总会笑着说："女伢，就是个好奇崽！"我经常趁着大人出门，呼朋唤友，与表弟们一同开启"探险"之旅。我们小心翼翼地扶起长梯，稳稳地靠在葡萄架上，表弟们负责"放哨"，我毛手毛脚地爬上梯子，伸手摘诱人的葡萄，挑出里面最大最饱满的几颗，边摘边吃，嘴里还嘟囔着："不干不净，吃了没病！"那份满足与快乐，仿佛整个世界都属于我。摘完葡萄后，我会挑选两串最好的给"放哨有功"的表弟们，看着他们比我强不了多少的吃相，忽然有了主宰分配的优越感。后来我才知道，大人们不允许我爬梯子摘葡萄，是因为担心我摔下来受伤。

葡萄架旁边有一片葱郁的竹林，是阿公亲手移栽过来的，岁岁年年，竹林从几株小苗长成一片翠绿的海洋。我曾读过一首诗，是关于竹子的："新竹高于旧竹枝，全凭老干为扶持。下年再有新生者，十丈龙孙绕凤池。"小时候，我在竹林里玩耍时，拼命摇撼那些竹竿，幻想着我能像小鸟一样飞上蓝天，找到那个素未谋面的父亲，告诉他，他的女儿很乖；找到远在千里之外的母亲，告诉她，她的女儿不需要优越的生活，只想要他们的陪伴。一次雨后，我禁不住诱惑，再次爬上竹子，阿婆发现后惊恐地大喊起来，把我吓得连忙往下滑，新长出的竹叶在我的身上留下了一道深深的口子，鲜血直流，我哭得撕心裂肺，那一刻，所有的期待和幻想都破灭了。时光荏苒，那道伤口早已愈合，上大学后，疤痕也不再明显。或许岁月的磨砺不仅抚平了身体上的痕迹，更将那个怀揣梦想的稚嫩少女，磨砺得坚韧不拔。

如今，那片竹林依然翠绿如初，而我已经长大成人。竹林，如同我们的人生。竹子在前四年的生长中，仅仅长了三厘米，到了第五年，却以惊人的速度，每天长三十厘米，六周内便可以长到十五米的高度。阿公在青年时期移栽的这片竹林，经过数十年的精心照料，才有了眼前这片郁郁葱葱的景象。竹子的前四年，是一种默默无闻的沉淀与积累，在黑暗中摸索，历经挫折与磨难，却始终坚韧不拔，努力向上生长，最终冲破泥土的束缚，展现出冲天的气势。

我作为一个命运多舛、出生在城市却长在农村的孩子，对这片土地，对天堂里的阿公和阿婆，充满了感激。他们给了我向日葵般灿烂的童年，让我在阳光与雨露的滋养下快乐成长；他们缩短了我人生中苦楚的时光，在我心中播下了平安与希望的种子。

我从没有怨恨命运的安排，因为我知道，正是这些曲折与坎坷，让我看到人生道路上不一样的风景，感受到人生奋斗的意义。我感激命运给予我的一切，感激它让我在人生的道路上，不断前行、探索和成长，也感谢阿公和阿婆带给我灿烂的童年时光。

泪的印记

在人生的剧本中，我们都是形色匆匆的演员，或喜或悲，或笑或泣。每一滴泪，如同岁月长河中泛起的涟漪，虽然微小却可以折射出人性的光辉，承载着情感的重量，流淌着灵魂的独白，更镌刻着生命的故事。此刻，我以文字为笔，以心灵为纸，描绘那滴泪背后的五种情感交织。

生命的赞歌——初啼之泪

婴儿落地的第一声啼哭，伴随着晶莹的泪珠滑落，那是生命诞生的序曲，是对世界最初的宣告。这滴泪，纯净无瑕，蕴含着对未知世界的期待与恐惧，对母体温暖怀抱的眷恋与分离的痛苦。它是生命的赞歌，昭示着一个崭新灵魂的觉醒，向世界宣告其存在与坚韧，映射出人类最原始、最纯粹的情感，让人心生敬畏，感叹生命的奇迹。

磨砺的印记——成长之泪

少年时，我们在挫折与困厄中跌跌撞撞时落下的那滴滚烫的泪珠，是青春的印记，是成长的磨砺。它或许源于学业的压力、友情的裂痕、初恋的苦涩，又或是对未来的迷茫与困惑。每一滴泪，都是我们心灵深处挣扎的结晶，是我们在疼痛中学会坚强，在挫败中汲取智慧的过程见证。它们汇成河流，滋养着我们的精神土壤，塑造了我们坚韧不屈的性格，让我们懂得，人生并非总是阳光明媚，而风雨后的彩虹才更加绚丽夺目。

深情的告白——挚爱之泪

爱情的世界里，一滴泪诉说着千言万语。它可能是相思的苦涩，离别的哀伤，重逢的喜悦，或是承诺的坚定。恋人的眼泪，是情感洪流冲破堤坝的瞬间爆发，是心弦被轻轻拨动时发出的声音。它洗尽浮华，直达心底，揭示了人世间最真挚、最深沉的情感。那滴泪，或许在月光下闪烁，或许在雨中无声滑落，却总能触动人心中最柔软的部分，让人明白，“爱”便是愿意为对方流泪，愿意擦干对方泪水的无私付出。

亲情的纽带——慈孝之泪

父母的眼泪，是子女一生的牵挂。那滴泪，可能源于子女离家远行的不舍，可能出于对子女成长过程中的担忧，或是目睹子女成功时的欣慰。它饱含着父母无私的付出、无尽的关爱与深深的期许。而子女为父母流下的泪，是对养育之恩的感激，对岁月无情的无奈，对亲情无价的珍视。两者的泪，如同一条无形的纽带，将两代人的心紧紧相连，诠释着“慈母手中线，游子身上衣”的深情厚谊，彰显了人间最朴素、最深厚的爱——亲情。

人性的光辉——悲悯之泪

当人们面对世间的苦难与不公时，流下的那滴泪，是同情与怜悯的象征，是对良知的呼唤，是人性光辉的闪耀。它为弱者的困境而流，为社会的不公而落，为生命的尊严而洒。这滴泪，跨越种族、国籍、身份的界限，唤起人们的同理心，激发人们去关注、去行动、去改变。它告诉我们，无论身处何方，无论遭遇何种境遇，我们都应保持对生命的尊重，对善良的坚守，对公正的追求，因为这是我们作为人类共同的责任与使命，闪耀着人性的光辉。

一滴泪，微不足道，却蕴含了生命的起始、成长的磨砺、爱情的甜蜜与苦涩、亲情的牵绊与感恩、人性的光辉与悲悯。它是我们情感的载体，是我们心灵的镜子，更是我们理解生活、感悟人生的线索。每一滴泪，都是一首诗、一幅画、一段故事，以其独特的语言，诉说我们内心的喜怒哀乐，描绘我们人生的酸甜苦辣，见证我们从青涩走向成熟、从迷茫走向坚定、从孤独走向拥抱的历程。

桥上的人生

人生，就像一场漫长的旅行。在这场旅行中，我们每个人都是一名过客，一段又一段的路程见于足下，一场又一场的风雨拂身而过。在这个漫长的旅程中，有一座桥连接着我们的过去与未来，见证我们的欢笑与泪水，承载我们的希望与梦想。这座桥——便是人生。

桥上铺满了曲折与坎坷。我们走在上面，时而跌跌撞撞，时而勇往直前。我们在阳光下欢笑，在风雨中哭泣；在春天的花朵中寻找希望，在冬天的寒风中感受孤独；在青春的岁月里挥洒汗水，在中年的时光里品尝苦涩，在老年的夕阳中回忆往事，在生命的尽头感叹时光的无情。

桥上充满了各种选择与抉择。我们时而犹豫不决，时而果断坚定。我们站在十字路口徘徊，在人生的岔道口做出决定。我们在青春的岁月里选择梦想，在中年的时光里选择责任，在老年的夕阳中选择回忆，在生命的尽头选择放下。

桥上攒满了失去与得到。我们走在这条路上，时而痛苦挣扎，时而微笑面对。我们在失去中感受痛苦，在失去中学会坚强，在失去中懂得珍惜，在珍惜中感受幸福，在失去与珍惜中感悟人生，在感悟中寻找生命的意义。

桥上放飞着希望与梦想。我们在这条路上，时而迷茫彷徨，时而坚定信念。我们在黑暗中寻找光明，在光明中追求梦想，在梦想的天空中翱翔，在希望的大地上奔跑，在希望与梦想中感受生命的力量，在力量中追求更美好的未来。

当我们一步步走上桥，很多时候在幻着一场梦。我们在梦中欢笑，在梦中哭泣，在梦中追求，又在梦中失去。当我们从梦中醒来时发现，所有的一切都是生命的馈赠。我们在桥上走过，感受人生的酸甜苦辣，体验生命的喜怒哀乐。

桥上的路是我们每个人都需要经历的过程。在这个过程中，我们会遇到无数的困难与挑战，也会遇到无数的挫折与痛苦。正是这些困难与挑战，让我们变得更加坚强；正是这些挫折与痛苦，让我们变得更加勇敢。

桥上是我们每个人都需要体验的旅程。体验我们遇到的无数的风景与故事，无数的朋友与亲人。这些风景与故事，让我们的人生变得丰富多彩；这些朋友与亲人，让我们的人生变得更加美好。

终其一生，我们会遇到无数的困难与挑战、挫折与痛苦。困难和挑战，磨炼着我们意志，让我们变得更加坚强；挫折与痛苦，让我们变得更加勇敢。桥上的一切需要我们每个人去感悟。感悟身边的人和事，展开无数的思考与反省。这些感悟与体会，让我们的人生变得更加深刻；所有思考与反省，让我们的人生变得更加清晰。我们在桥上的人生中，学会了珍惜，学会了感恩，学会了成长。

月影流连的人生画卷

在温柔的月光铺陈下，人类演绎着成长与变迁的故事，如同一幅幅细腻的水墨画，缓缓展开。从孩提时代的纯真无邪，到青春时期的理想激荡，直至成年后的深刻省思，月亮，始终以它不变的光辉，见证着人间的悲欢离合。

“小时不识月，呼作白玉盘。”月光里深藏着童真里最美的记忆，象征着每个人内心深处未被岁月磨损的纯粹情感。孩童眼中的世界，充满了新奇与美好。月亮，这个自古以来便引发人们无限遐想的天体，不过是一个巨大而神秘的白玉盘，简单、直接，却满载着人们探索的欲望。

儿时的我，尚未懂得月之阴晴圆缺背后蕴含的哲理，单纯地享受着月光下的游戏，以及与家人共赏明月的温馨时光。那是一段无忧无虑的日子，所有的快乐都很简单，所有的梦想都闪耀着最纯粹的光芒。

随着年岁的增长，我们踏上各自的人生旅途，正如诗里描绘的那样："明月松间照，清泉石上流"，又或是"深林人不知，明月来相照"。我们成了行走在世间，独自赏景的孤独旅人。"举杯邀明月，对影成三人"，月光成了我们最忠实的伴侣。

寂静的夜晚，一切喧嚣归于平静，只有那轮明月与我们相伴，映照出我们内心的波澜。山林间清泉叮咚，月色如洗，这份静谧与清澈，让人在孤独中找到一丝安宁，也在旅途中悟出了人生的另一番意境。原来，无论身处何方，人们对美好的追求与向往，如同明月一般，照亮着心灵的深处，给予我一种前进的力量。

月是孤独者的伴侣，也是爱情的象征。"海上生明月，天涯共此时"，张九龄的这句诗道出了众多有情人的心声。即使相爱的人两个人相隔千里，只要抬头望向同一轮明月，彼此的思念便穿越时空，传递到对方的心中。喧嚣的世界里，爱情如同明月般纯净而美好，给予我们勇气和力量，让我们在人生的旅途中不再迷茫。

随着岁月的流逝，我将要步入中年，对月亮的感悟更加深沉。"人有悲欢离合，月有阴晴圆缺"，苏轼的这句词蕴含着人一生的变化。月亮的圆缺变化，如同人生的起起落落，是不可避免的循环，我们要学会接受生活中的不如意，珍惜眼前的美好，以平和的心态面对人生的挑战。正如月亮在黑暗的夜空中升起，散发出清亮的光芒，我坚信，无论经历多少风雨，月光会照耀着我前行的路，直至阳光升起的时刻。

"春风又绿江南岸，明月何时照我还"，王安石的这句诗，表现了他对故土的深切思念，道出了人生道路上遭遇挫折与无奈时的复杂心境。成长，总会伴随着不断的告别与重逢，每一次转身，都是告别过去，也是对未来的一次期待。王安石变法虽然失败，但他的坚持与努力，如同挂在天际的明月，暂时被乌云遮蔽，终有再放光明的时刻。这句诗不仅反思了个人的命运，也是历史长河中无数志士仁人不懈追求与探索精神的颂歌。

我们在生命的旅程中，会遇到诸多不如意，面临选择的困惑与挑战的压力，就如月亮的阴晴圆缺，都是自然法则的一部分，是成长不可或缺的经历。我们要学会在逆境中坚韧，在顺境中谦逊，更重要的是，学会在每一个月圆之夜，静下心来，回望来时的路，思考未来的方向。月亮，成了我心中永恒的灯塔，无论身处何种境遇，我都能从中汲取力量，找到前行的勇气。

如今，当我仰望夜空中那轮皎洁的明月，心中涌动的不仅是对美的欣赏，更有对生活的深刻理解和对未来的无限憧憬。月光下，我不再是那个只知呼“月”为“白玉盘”的孩子，而是成长为能够体味“明月几时有？把酒问青天”之旷达、也能够承担“人生得意须尽欢，莫使金樽空对月”之豪情的成熟个体。月亮，见证了我的成长之路，教会了我在变化无常的世界中，保持一颗平和而坚韧的心，继续前行。直到有一天，我能以从容的姿态，对着熟悉的明月，轻轻地说一声：“明月，何时，我亦能如你般，照亮他人，照亮自己。”

生活深处的宁静之美

于平凡中窥见真谛，于喧嚣外寻得安宁。

——题记

在日复一日的流转中，生活以一种近乎恒定的节奏行进，波澜不惊，不经意间被细微的涟漪轻轻触碰。这些细微的瞬间，如同微风拂过宁静的湖面，虽不足以掀起滔天巨浪，却在心灵的湖面上荡起一圈又一圈细腻的波纹。生活与工作，这两个看似截然分开的领域，实则如同经纬交织，难分难舍。我们能在某种程度上将二者区分开来，但内心的情感与思绪在不经意间跨越生活和工作间界限，彼此交融。

有时，我们追求的是一种理想化的生活状态，每一天都充实而快乐，每一刻都在做自己热爱并能带来快乐的事情。然而，这样的愿景似乎总是遥不可及，如同夜空中最亮的星，璀璨却难以触及。即便如此，人们依然怀揣着这份奢望，不懈地追寻，仿佛那是生命的意义所在。这种追求，正是人性中那份纯真与执着的体现，即使前路茫茫，也要勇往直前，哪怕最终只换来一声叹息。

在人与人的交往中，我们时常遭遇误解与隔阂。明明怀揣善意，可能因为一句无心之言而被曲解；明明坚持正确的方向，却因为他人的反对而半途而废。善良、真诚、信守承诺、心直口快、乐于助人……这些原本被视为美德的品质，在复杂多变的社会环境中，却成了被利用的弱点。我们不禁要问，为何善良与真诚在当下的社会变得如此脆弱？或许，并非人性本身的改变，而是社会环境的变迁，让人们在追求利益最大化的过程中，渐渐地忽略了那些曾经被视为珍宝的美德。

即便如此，我们依然坚持自我，坚守内心的纯净与真诚。因为，那是父母赋予我们的灵魂，是我们在这个世界上独一无二的标识。我们可以调整自己的行为习惯，适应社会的变化，却不能放弃内心的原则与信念。在漫长的人生旅途中，我们会遇到许多人与事，有的会成为我们生命的过客，有的会留下深刻的印记。无论如何，我们都要保持一颗平静的心，以平和的态度面对生活中的种种挑战与变故。

真正的平静，并非来自外界的安宁，而是源自内心的平和与坚定。当我们学会以平静的心态面对生活中的种种纷扰时，我们会发现，那些让我们焦虑不安的事情，不值得我们过分纠结。争执与强求，让我们失去生命的活力与朝气；愤怒与怨恨，让我们的心灵变得更加沉重。相反，当我们学会放下执念，以宽容的心态接纳生活中的不完美时，我们会发现，生活充满了美好与希望。

曾经以为无法割舍的情感，在时间的冲刷下变得模糊不清；曾经以为会永远相伴的朋友，早已各奔东西，渐行渐远。但无须太过介怀，每个人都在为自己的生活奔波忙碌，在追求属于自己的幸福与满足。当我们再次相遇时，会发现，那些曾经的遗憾与错过，早已成为我们人生旅途中不可或缺的一部分，它们让我们变得更加成熟、更加坚强。

平静，是一种纯粹而淡雅的美，透明又不失色彩与激情。在平静中，我们感受到生命的真谛与美好；在平静中，我们学会放下执念，拥抱未来。

让我们用一颗平静的心面对生活中的每一个瞬间吧！即使风云变幻，前路坎坷，只要我们保持内心的平静与坚定，就一定能够走出一条属于自己的精彩人生路。

四月的心情漫步

——当亲人乘上开往天堂的列车

四月，是个温柔而复杂的月份，带着一种难以言喻的魔力，将我们的心情包裹得严严实实。它像一位深邃的诗人，用细腻的笔触在我们的心田上，勾勒出一幅幅复杂的画卷。这些画卷里，有欢笑，有泪水，有期待，也有失落。在这个四月里，我感受到前所未有的阻力和压力，仿佛整个世界都在与我为敌，让我无法呼吸。

我曾想过，是否要将这片空间永久地关闭，让所有的情绪随着岁月的流逝而烟消云散。面对内心深处的情感，我还是选择了对外开放，选择了让所有的情绪如流水般倾泻而出，让每一个脚印都能带走一丝丝的忧伤和疲惫。我希望，当这一切过去后，我能迎来一个全新的自我，一个更加坚韧、更加豁达的我。

放弃，这个词汇对我来说并不陌生。很早的时候，我就学会了放下那些不属于我的东西，让自己在孤独中学会独立和坚强。然而，在这个愚人节的日子里，我发现自己变得如此消沉，如此迷茫。我不知道为何会陷入这样的境地，也不知道如何摆脱这种困境。或许，这一切的答案只有自己清楚，而其他人，只是过客，无法走进我的内心，理解我的痛苦和挣扎。

伤心和苦恼，这两个词汇仿佛成了我四月的代名词。我不断地告诉自己，这一切都是我的选择，是我创造出来的。我太过在意昨天，太过执着于不属于我的东西，才会陷入因果循环中无法自拔。多少个无眠之夜，多少个梦境缠绕之夜，我都在思考着这些问题，试图找到答案。然而，每一次醒来，我都发现依旧被昨天的一切困扰，仿佛陷入一个无尽的循环。

我选择了沉默，选择了孤独。这种沉默没有给我带来沉淀和宁静，反而让我变得更加空虚和迷茫。我失去了往日的孤傲和自信，变得像一个缺少灵魂的空壳。我没有思想、没有勇气、没有冲动，也没有了往日的笑容，我开始怀疑自己。

在这样的日子里，我分不清自己想要什么？要争取什么？我希望能尽快地解脱出来，摆脱痛苦和迷茫。我知道，这样的日子不会常留在我的身上，它只是我人生中的一个阶段，一个需要我去经历和面对的阶段。我相信，只要我坚持下去，就一定能够找到新的选择和出路。

四月即将结束，这个春末的日子里，我经历了太多的抉择和眼泪。我从未因为他人的事如此捆绑自己，让自己陷入困境中。然而，正是这些经历让我变得成熟和坚强。我勇敢地面对生活中的困难和挑战，让自己在逆境中成长和进步。

或许，这就是“黎明前的黑暗”吧！在经历一系列的痛苦和挣扎后，我看到了希望的曙光。我明白，人生就是一场漫长的旅行，我们无法预知前方会遇到的风景和挑战。只要我们保持一颗勇敢和坚定的心，就能够克服一切困难，走向美好的未来。

回首四月，我感慨万分。我感谢陪伴在我身边的朋友和家人，他们给予我无尽的支持和鼓励；也感谢那些伤害过我的人，他们让我学会了面对和克服挫折。我知道，这一切的经历都将成为我人生中最宝贵的财富，让我在未来的道路上更加坚定和自信。

现在，我再次面对曾经困扰我的问题时，已经能够坦然地面对它们，不再执着于那些不属于我的东西，也不再让自己陷入无尽的痛苦和迷茫中。我学会了放下，学会了宽容，学会了珍惜。我知道，只有这样，我才能真正地拥抱生活，享受生活。

虽然，四月的心情复杂而沉重，也让我收获了成长和进步。我相信，在未来的日子里，我会更加坚强、勇敢地面对生活中的一切挑战和困难。因为我知道，只要我坚持下去，就能够迎来属于自己的黎明和曙光。

生活中不可或缺的遗憾

每当念及“遗憾”一词，我的心海便会泛起层层涟漪，感慨似潮水般汹涌而来。人生漫漫，我们倾尽全力奔跑在岁月的征途上，所求的不过是回首往事时能无愧于心，不被遗憾的阴霾笼罩。可是命运的轨迹却总爱和我们开玩笑，当我们一步步跋涉在这漫长的人生之路上，才惊觉遗憾早已如影随形，深深嵌入生活的纹理之中，恰似那阳光下无所遁形的影子，悄无声息地蔓延至生命的每一处角落。

遥想童年时光，一颗心恰似澄澈的天空，满怀对未来的绮丽幻想。我们瞪大双眼，望着远方，满心期许着长大成人后的生活，仿佛那是一座充满宝藏的神秘岛屿，等待我们去发掘无尽的美好。然而，时光的车轮滚滚向前，当我们跨越了成长的门槛，却悲哀地发现，曾经那些闪闪发光的梦想，已在现实的砂纸打磨下失去了棱角，生活的舞台上没有上演想象中的精彩剧目，取而代之的是日复一日的琐碎与平庸，恰似杂乱无章的鸡毛，散落一地。我们不禁对着岁月长叹，埋怨它的冷酷无情，让那些葱茏的青春岁月如指尖流沙般消逝，空留下满心的遗憾与怅惘。但是，就像硬币有两面，正是这些遗憾，宛如黑夜中的点点星光，照亮了我们内心深处对生活真谛的领悟，让我们懂得珍视此刻手中紧握的每一分时光，即便伤痕累累，也依然怀揣勇气，向着遥不可及却又令人心驰神往的梦想彼岸，砥砺前行。

在人生这趟充满未知与惊喜的漫长旅程中，我们总会在不经意间遇到一些让自己心动不已的人，他们如同夜空中闪烁的繁星，以各自独特的光芒照亮了我们的世界，成为我们生命中难以忘怀的人。这些人，或许以朋友的身份与我们并肩同行，在欢声笑语中分享彼此的喜怒哀乐；或许作为恋人，与我们携手走过一段浪漫而又刻骨铭心的时光，共同编织那些只属于两个人的美好回忆；又或许只是我们生命中的过客，短暂地出现在我们的生命里，如流星般划过天际，消失在人海里。

我们曾经无数次地在心中描绘着与他们相遇之后的种种美好画面，期待着能与他们一同创造更多难忘的瞬间，一起度过那些充满阳光与温暖的美好时光。然而，生活就像一片变幻莫测的海洋，时而风平浪静，时而波涛汹涌。在我们毫无防备的时候，悄然改变着既定的轨迹，给我们带来意想不到的变数。那些曾经让我们心动的人，因为各种各样的原因，渐渐走出我们的生活，只留下一抹淡淡的背影和满心的遗憾。

时间的无情流逝，让彼此的生活轨迹逐渐偏离曾经的默契与亲密，在岁月的冲刷下渐渐褪色；也许是空间的距离阻隔，难以传递彼此的思念和牵挂，感情在日复一日的等待中逐渐消磨；又或许是性格的差异、家庭的因素、事业的追求等各种现实问题的干扰，让原本美好的感情出现了裂痕，最终无法挽回地走向分离。当这些情况发生时，我们会情不自禁地感叹命运的无常与残酷，在无数个寂静的夜晚，独自回味着与他们曾经共度的美好时光，心中满是对那些错过的缘分的遗憾与不舍。

但是，正如那句俗语所说："塞翁失马，焉知非福。"这些遗憾虽然会在我们的心中留下一道淡淡的伤痕，却让我们更加深刻地懂得珍惜眼前拥有的幸福。当我们为曾经错过的人而黯然神伤时，不妨回头看看身边那些一直默默陪伴着我们、不离不弃的人。他们或许没有给我们带来刻骨铭心的心动感觉，却在日复一日的平淡生活中，用他们的关心、支持与陪伴，给予我们最真实、最温暖的幸福。经历过失去的痛苦和遗憾，我们才会更加珍惜眼前这些看似平凡却无比珍贵的感情，用心地经营和维护与他们之间的关系，感激他们在我们生命中最需要的时候，始终如一地陪伴在我们身边，与我们一同走过那些风雨交加的日子。

在追求梦想的道路上，我们总会遇到让我们望而却步的困难。它们或许是我们的弱点，或许是我们的恐惧，又或许是我们的不足。我们期待着能够克服这些困难，实现自己的梦想。然而，生活中充满挑战，那些让我们望而却步的困难，成为我们实现梦想的绊脚石。这时，我们会感叹自己的无能，想放弃梦想留下遗憾。而这些遗憾督促着我们，让我们坚定地走下去，勇敢地追求梦想。

人生漫漫，遗憾如影随形，悄然渗透进生活的每一寸肌理，成为其中无法剥离的关键部分。那些未竟之事、错失之人、未达之境，犹如星子陨落在岁月长河，起初是黯淡的疤，却在时光的摩挲下，化作熠熠生辉的珍珠，以独特的光泽提醒着我们：当下的每一刻都珍贵无比，身边的每一人都值得珍视，心中的每一个梦想都不容放弃。

正如刘墉先生那发人深省的话语："遗憾是一种美丽，因为没有遗憾，就没有回味，就没有回忆。"这寥寥数语，宛如一道智慧之光，穿透生活的迷雾，照亮了我们对遗憾的认知盲区。它让我们明白，遗憾并非生命的瑕疵，而是岁月精心雕琢的艺术品，是生活给予我们的别样馈赠。每一份遗憾背后，都藏着一段曾经炽热的期待，一份全力以赴的努力，和一颗破碎后重新拼凑的心。正是这些遗憾，赋予了回忆以深度和温度，让我们在回首往事时，不至于觉得岁月苍白如纸，人生寡淡无味。

所以，让我们张开双臂，深情地拥抱遗憾吧！不要再将其视为痛苦的根源、失败的象征，而是把它们当作人生路上别具一格的风景，用一颗豁达而感恩的心去欣赏、去品味。让遗憾成为我们成长的养分，滋养灵魂深处的坚毅与勇气；让遗憾化作前进的动力，推动我们跨越生活的重重障碍；让遗憾编织成梦想的羽翼，助力我们在广袤无垠的天空中翱翔，去追寻属于自己的那片璀璨星河。

遇见是偶然也是必然

鸟儿遇见大树，就有了栖息的巢；蝶儿遇见花蕊，就不需要在风中流连。其实，人的一生都在流浪，如同鸟儿与蝶儿，一路风雨、一路沧桑，也许，这树这花并不能永恒相伴，也许这阳光雨露不能万世长存，但遇见本身便值得我们感恩，值得我们铭记。遇见是一番纠葛相缠、一次因缘际会，让短暂而又漫长的流浪之旅绽放五彩缤纷的光芒。

在一个阴冷的角落，原本以为早已被尘世忘记的我，陡然间寻觅到一抹余晖。原本被柴米油盐磨砺得近乎麻木的我，在余晖的照耀下，再一次有了怦然心动的感觉。我曾不止一次自嘲相知相遇已经成为奢望，已经做好享受夕阳红的准备，却被这一抹余晖唤醒，陶醉在余晖的魅力里。

遇见，只是一种偶然，细想何尝不是一种必然呢？如果有造物主的话，我们的一生是极其精密的程序，某个时间遇见某个人都是冥冥中注定的，躲不及、求不来，这个想法有些唯心，有时也是心中的慰藉、逃避的借口和向前的动力。

我自认为是一个孤独的人，但是，在这个世界上的每一个人谁又不孤独呢？小时候，父母的怀抱便是孩子内心最坚实的堡垒，如今双亲已经离我远去，我看着逐渐成长的孩子，看着慢慢爬上眼角眉头的皱纹，这是岁月无情的痕迹，让自己独自面对这个世界时感到惶恐。

所谓孤独，与城市的繁华无关，与忙碌的生活无关，甚至无关乎富有和贫穷，无关乎疾病和健康，孤独是夜深人静时的无依无靠，无所适从，内心深处的渴望，渴望什么呢？不是锦衣玉食，不是升职加薪，不是人们祝福时常说的“万事顺意”，而是有一个人，可以让自己感到温暖，不再孤独、不再彷徨，真切感受到生活的美好。

生活的美好，是晨曦透过窗帘的慵懒，是细雨蒙蒙的浪漫，是大雪压瓦室内如春的对比，更是相对而坐的交谈。

直到有一天，在一个阳光明媚的午后，我遇见了她。她穿着一件白色的连衣裙，头发被阳光染成了金色，她的笑容如春风般和煦，温暖而明媚。我们相遇在街角的咖啡店，她坐在我对面，开始了一段关于生活的对话，讲述着她的遇见。

她告诉我，她曾经是一个孤独的女孩，直到有一天遇见了一个改变她一生的人。她没有过多地描摹那个人的长相，也没有说遇见的细节，但是，我从她眼中的光、脸上的笑，便可以知道遇见的美好。她说，那个人教会了她去爱，让她感受生活的美，消除内心的孤寂。而从那以后，她变得自信、勇敢、热爱生活，看到花花草草都能激起心头的快乐，即使寒风呼啸也认为是季节的馈赠。我问她："改变是什么感觉？"她低下头，好像想到了高兴或者羞涩的事，微微笑起来，随即又摇摇头说："不知道，说不清。"她头发上的阳光随着颤动，好像下一秒便会散开，化作万道霞光，照亮星辰大海。

我听着她的故事，心中不禁涌起一股感动和羡慕。感动的是她在享受着遇见的力量，羡慕的是她幸运地遇见了属于自己的人和事，她的一笑一颦让我感受到了内敛和炽热，安静与奔放，这才是生命原本的感觉——有勇气改变，有机会遇见，有时间相伴。

在这个快节奏的社会中，我们往往会忽略掉身边的美好，也会天马行空似的异想天开，我们寻找那些遥不可及的奇迹，却忘记已经出现在我们生活中的美好。遇见是美好的开始：遇见不是枷锁，我们不能被遇见禁锢；遇见是全新的序曲，当最后一个音符落地的时候，美好便悄然而至。

每个人的遇见都不相同，遇见无关对错。无论是遇见陪伴我们走过一段路的人，还是即将走进我们生活的人，我们要珍惜遇见。因为，每一个遇见都是生活给我们的礼物，让我们了解世界，了解自己。在这个充满无限可能的世界里，我们不知道下一个转角会遇见谁。正是这种未知，让我们对生活充满期待。让我们带着期待，遇见人生中美好的瞬间，遇见让我们感受到温暖的人。

幸运之神会降临在每个人身上，也包括我。我也遇见了一个让自己试图改变的人，他眼中的神采清澈见底，没有尔虞我诈，没有蝇营狗苟。我回首想想自己走过的岁月，浪费了很多光阴，既没有享受春天的微风，也没有从夏天的荷花中获得灵感，就连秋天的落叶和冬日的雪花都没有使我的内心泛起波澜。遇见了一片叶子落地，我会捡起端详，回想着我们的交谈，我们的相处，一叶知秋的悲凉感瞬间涌上心头——享受遇见，不是自私，而是一种本能，是对生活与生命的尊重。围炉煮茶，感受茶香氤氲；对坐听雨，听着风竹萧萧。遇见是生命的馈赠，超越了男女之间的感情，高于手足之间的相处，是截然不同的一种氛围，让人们不忍打破这种静谧，只想默默相守。

遇见，是一种奇妙的情感。它让我们在生活中找到方向，找到勇气，找到希望。这一切，都源于与我们相遇的人。遇见不一定完美，但没有遇见，一定是人生的缺憾。我们可以按部就班地过完一生，但没有遇见的点缀，就缺失了一种未知的期待。让我们带着欣喜，满怀期待，遇见生命里美好的瞬间，遇见那些让我们感受到温暖的人，让美好和温暖驱散内心的孤独，唤醒早已停滞的步伐，有遇见，便有美好。

生活不负，不负遇见。

自由的基石

以自律之石，铺就自由之道，通向无限可能的未来。

——题记

2024 年是繁忙的一年，细数一下，除了上班的时间，其他的休息时间都用来学习了，不是在上课，就是在写稿子，或者在天空中飞行。这样的生活节奏，在外人眼里充满了光鲜与高效，但个中滋味，唯有自知。

很多人问我：你这样累吗？从时间的角度来看，我真的很累。每个人都有与生俱来的惰性，我也不例外。我热爱美食，享受味蕾在多样滋味间跳跃的欢愉；我渴望躺平，让疲惫的身心在宁静中得以休憩；我钟情于书店的静谧，沉浸在书页翻动的声音与墨香交织的世界中；我还喜欢跟孩子在一起，他们的笑容纯净如初雪，他们的童言无忌总能让我忘却尘世的烦恼，享受最单纯的相处模式。

然而，这些美好的愿景与现实之间，往往横亘着一道难以逾越的鸿沟。常有人说：“每个人都想按照自己的意愿而活，只是做不到。”这句话里，蕴含着多少无奈与妥协。我在日复一日的坚持与努力中，渐渐悟出了一个不同的道理：真正的自由，并非毫无约束的放纵，而是建立在自律基础上的更高层次的自我实现。

在外人看来，我的自由似乎是一件简单的事，每天看到的都是我云淡风轻、游刃有余的模样。实际上，这份轻松的背后，是我无数次与自己惰性的斗争，是我对时间管理的极致追求，是我对梦想坚定不移的执着。自律，对我来说，不再是一种束缚，而是一座通往内心真正自由的桥梁。

曾经，我为了赶一篇重要的稿件，连续几个晚上熬夜至凌晨。那时的我，身心俱疲，仿佛每一寸肌肤都在抗议着，每一个细胞都在渴求休息。但是，我没有放弃自己的坚持，因为我知道，只有跨过了这道坎，我才能赢得更多的自由。那种完成目标带来的成就感，那种因自我超越而获得的内心宁静，当稿件终于定稿那一刻的喜悦与释然，是任何物质享受都无法比拟。

自律，让我学会与时间共处，可以在快节奏与静心之间找到平衡。我开始懂得，真正的自由不是逃避责任，不是随心所欲，而是在明确的目标指引下，有选择地取舍，有智慧地安排自己的生活。我开始尝试将工作与休息、学习与娱乐巧妙地穿插起来，让每一天都充满意义又不失乐趣。在自律的框架下，我学会享受每一个当下，无论是沉浸在工作的专注中，还是与家人共度的温馨时光，都显得珍贵而美好。

回顾走过的路途，幸而悟出自律与自由并非孤立存在，它们相互依存，相互促进。自律让我拥有了更多的选择权，有能力追求真正让我内心感到快乐与满足的事物。自由是我自律的动力源泉，激励着我不断前行，不断探索未知的世界，不断超越自我。在自律与自由的交织中，我找到属于自己的生活节奏，一种既充实又不失灵活，既严谨又不失浪漫的生活状态。

我逐渐明白，真正的自由不仅是身体上的无拘无束，更是心灵上的自由飞翔，这要求我们在面对诱惑时保持清醒，在遭遇困难时保持乐观，在追求梦想时保持坚韧。自律，能帮助我们实现心灵自由，保持一颗平静而坚定的心，勇敢地追寻属于自己的星辰大海。

如今，当我再次回望这一年的忙碌与付出，心中不再是满满的疲惫，而是满满的感激与收获。感谢自律，让我学会在忙碌中寻找乐趣，在挑战中发现机遇；感谢自由，让我有机会探索未知，体验生命的无限可能。在未来的日子里，我将继续秉持自律与自由的精神，用更加饱满的热情和坚定的步伐，书写属于自己的精彩篇章。

我知道，真正的自由是自律后的海阔天空，是历经风雨后的彩虹。在这段感性与哲理并存的旅途中，我愿做个勇敢前行的旅者，用心感受每一步的风景，用行动诠释自律与自由的和谐共生。

终点，亦是起点

在抵达终点的那一刻，才能领悟旅程的意义。

——题记

在成长的悠悠岁月里，我们如同一艘艘航行在浩瀚大海上的小船，不经意间触礁，或是有意无意地辜负某些温柔的港湾与璀璨的星光。世人常在午夜梦回时发出悠长的叹息："如果时光能够倒流，我绝不会那样抉择；如果命运允许重来，我定不会错过那段珍贵的缘分。"然而，人生的剧本从不允许大规模的 NG 与重拍，这是一部现场直播，每一个瞬间都是独一无二的时光，无法复刻，更无法重来。

"人生不过三万多天，过好每一天。"这句话在网络上悄然走红，它像一把锋利的手术刀，精准而无情地剖析出时间的残酷本质，在人们心头泛起一阵阵酸楚与痛楚。三万多天，这不仅仅是一个冰冷的数字，更像是一场既定旅程的倒计时，提醒着我们生命的有限与宝贵。这场旅行的终点，无论是对于你、我，还是茫茫人海中的无数陌生人，抑或浩瀚宇宙间的万事万物，都如同迷雾中的灯塔，若隐若现，充满了未知与问号。

对我而言，“终点”这个词汇，在脑海中没有一个确切的坐标定位，在岁月的磨砺与洗礼下，我逐渐明晰了沿途各处的站点与里程碑。在泰国留学的时光，我仿佛置身于一个全新的世界，时间的成本在这里被无限放大，让我深刻体会到“一寸光阴一寸金”的真谛。于是，每一次启程前，我都会为自己设定无数个小终点与大终点，它们如同路标，指引着我前行的方向。

每当我踏上飞往泰国的航班，心中会默默许下一个承诺：照顾好自己，顺利完成学业，让这段时光成为我人生中一段可圈可点的经历。这便是我的小终点，也是我心中那盏不灭的灯塔。最终的终点，会定格在毕业典礼的那一刻，它遥远而神圣，但我知道，只要我一步一个脚印地前行，就能抵达那片梦寐以求的彼岸。

在文学创作的道路上，我为自己设定了一个清晰的终点。迈出第一步的那一刻，我便将目标锁定在第一个五万字的完成上。这不仅是我对自己写作能力的一次考验，更是对文学梦想的一次深情告白。当我完成这个小终点时，心中那份难以言喻的喜悦与成就感油然而生。那一刻，我仿佛看到自己的第一本著作问世，那将是我文学旅程中的一个重要里程碑，也将成为我继续前行的强大动力。

生活中的小闺蜜总是能洞察我的心思，她拉我去健身房，其实是为了我的健康着想。那时的我，因为体重问题倍感困扰，甚至与同学打赌要减掉十斤。那个看似简单的数字成了我运动旅程中的一个小终点。起初，我满怀激情地投入健身中，每一次挥汗如雨都让我感到无比的满足与自豪。然而，人心的善变与惰性让我在挑战中败下阵来。我违反了与自己的约定，也辜负了朋友的期待。那一刻，我终于明白，当承诺无法兑现时，最应该责怪的不是别人，而是自己。因为在这个世界上，真正在意你情绪与感受的人并不多，你的生气与失望最终只能由自己买单。

看清了自己的内心后，我努力寻找运动与坚持的意义。最终，我找到了那个让我心动的答案——美食。榴梿、波罗蜜等香甜的水果带来的幸福感，以及湘菜的香辣刺激，都是我无法割舍的美味。随着年龄的增长，我不得不适当减少摄入量，但体重似乎不打算放过我。于是，为了这些美食，我找到了运动的价值与坚持下去的动力。我在健身房里挥洒汗水，每一次的挑战都让我更加坚定自己的信念。如今，我已经坚持运动四个月了，虽然体重只是略有下降，但更重要的是，我的精神状态得到了极大的改善。我甚至能够享受到前所未有的美食盛宴，对一个吃货来说，这无疑是一种极大的幸福与满足。

在跑步机上奔跑的日子里，我见证了时间的流逝与卡路里的燃烧。我气喘吁吁地追赶着时间的脚步，目标却似乎总是遥不可及。随着时间的推移与经验的积累，我逐渐找到属于自己的节奏。我在跑步机上升高坡度、加快速度，让时间与卡路里并肩前行。每一次的坚持都让我看到希望的光芒，每一次的数据变化都让我兴奋不已。最近的一次跑步中，我竟然在 30 分钟内消耗了 340 左右的卡路里。那一刻的惊喜与成就感仿佛让我看到了新世界的大门正在为我敞开。

“落子无悔”是世人常挂在嘴边的一句话，它既是对我们行事之前要三思而后行的警示，也是对我们面对过去无力回天时的慰藉。人生如棋局，每一步都至关重要。然而，即使我们偶尔失误或后悔，也不必过于纠结与自责。因为过去的已经过去，我们无法改变；而未来的路在前方等待着我们探索与征服。我们只有继续前行，不断走向属于自己的终点，才能让心中的遗憾与后悔逐渐减轻直至最后消失。

以终为始，不仅是一种智慧的选择，更是一条自我成长的必经之路。在这条路上，我们要学会珍惜每一个当下，拥抱每一个挑战，享受每一次成功带来的喜悦与满足。

在成功与无知的边缘寻觅真我

站在成功与无知的交界，我凝视内心，探寻被遗忘的真我。

——题记

我的耳边经常回荡着这样的声音：“你好厉害！你已经成功了！”面对这样的赞誉，我总是报以微笑，心中却五味杂陈，难以找到合适的回应。成功，这个词汇太过宽泛，太过模糊，以至于每次想要界定自己的状态时，我都感到力不从心。

如果说“我哪有什么成功，不过是做点事罢了”，这样的回答虽诚恳，却难免给人“凡尔赛”的嫌疑。毕竟，能这样评价我的人，还在追求成功的道路上奋力奔跑。如果说“我也觉得还不错”，又似乎违背了自己的内心，因为我从未觉得自己已经达到成功的彼岸。于是，我常常选择沉默，用无言来化解这份尴尬。

在人生的旅途中，我无数次地追求成功，渴望事事都能尽善尽美。正如大哲学家们所言，失败才是人生的常态。我尝试过无数种方法，走过无数条道路，经历了无数的曲折与坎坷，却依然未能触及成功的门槛。在失败面前，我曾心灰意冷，甚至想过放弃。

每当这个时候，我会想起网络上那句流行的话："世上无难事，只要肯放弃。"虽然这句话听起来有些自嘲，但在压力很大，无法抵达终点的时候，这句话给了我一种解脱的感觉。这种解脱不是放弃，而是放空自己，增加重新出发的勇气。或许，我可以选择另一条登顶的路，或许，我在反思与总结中找到了新的方向。无论如何，都不算真正的放弃，而是对自我的一次深刻审视和重新定位。

在世人眼中，哲学家们都是伟大的智者，但哲学家们却常常以无知自居。以苏格拉底为例，他说过："真正的智慧在于，认识自己的无知。我只知道我一无所知。"这句话听起来有些夸张，仔细品味，却不难发现其中的深意。苏格拉底并非真的一无所知，他的谦虚和自知之明让他能够认识到自己的渺小和宇宙的浩瀚。在他看来，真正的成功并非世俗意义上的荣耀和地位，而是一种对自我和世界的深刻认知。这种认知让他能够保持谦逊和敬畏之心，不断追求更高的境界。

回望自己的生活，我经历过无数的苟且和挫折，谁的人生又是一帆风顺的呢？罗曼·罗兰在《米开朗琪罗传》中说过："世界上只有一种英雄主义，那就是在认清生活真相后依然热爱生活。"这句话让我深受触动。

什么是生活的真相？对学生来说，他们期待轻松考出好成绩，但真相却是，好成绩需要付出超出常人的努力和正确的方法。对科研人员来说，他们渴望科研成果的诞生，但现实却是无数次的失败和挣扎也未必能换来耀眼的成果。正是这些艰辛的历程塑造了我们的坚韧和毅力，让我们在追求成功的过程中不断成长。

每个人对成功的定义都不同，因为我们的认知不同，定义的成功高度也不同。有人追求物质的富足和地位的显赫，有人追求精神的充实和内心的平静。而我，更倾向于后者。我认为，真正的成功不在于你拥有多少，而在于是否珍惜拥有的一切。正如夜空中最亮的星，它之所以闪耀，是因为它懂得在黑暗中坚守自己的光芒，而不是与周围的灯火争辉。这种内心的满足和宁静，才是我追求的成功。

追求成功的过程中，我学会了知足常乐。这句话看似简单，却蕴含着深刻的哲理。它告诉我，幸福不在于外在的拥有，而在于内心的满足。我开始反思自己的生活，那些曾经让我焦虑不安的事情，如今看来，不过是一场虚无的追逐。我学会了放下不必要的执念和欲望，学会了感恩和珍惜，在平凡中寻找不平凡的意义，学会了在喧嚣中寻找宁静，在孤独中寻找归属。

我学会了与自我对话，聆听内心的声音。我明白，每个人都是自己命运的建筑师，我们有能力塑造自己的生活，创造属于自己的价值。正如城市中的每一盏灯，用自己的方式照亮着这个世界，虽然微小，但不可或缺。我们每个人都是这个世界的一部分，都在用自己的方式贡献力量。或许我们的光芒不耀眼，只要我们坚守自己的信念和追求，就能在这个世界上留下属于自己的印记。

在追求成功的道路上，我们会遇到无数的挫折和困难，只要我们保持谦逊和敬畏之心，不断反思和总结自己，就能找到属于自己的成功之路。让我们在成功与无知的边缘寻觅真我，用内心的满足和宁静来定义自己的成功！

那些被知识照亮的日子

在人生的旅途中，那些被知识照亮的日子，是最值得珍藏的记忆。这些关键时刻犹如夜空中熠熠生辉的星辰，为我们指明了前进的道路。知识不仅是获取信息的工具，更是塑造自我、丰富内心的宝贵财富。在深入学习的过程中，我们逐步构建并确立了自己独特的人生观与价值观体系，进而对世界产生了更为深刻而全面的理解。知识让我们变得更加自信和坚强，面对困难和挑战时，能够从容不迫地应对。它拓宽了我们的视野，提升了我们的思维，使我们能够在复杂多变的世界中保持清醒和独立。

小时候的我们，对世界充满了无尽的好奇与探索欲。每当目光触及书本上那些密布的文字与绚丽的插图，内心便会被一股强烈的求知欲所点燃。那时的我们，最享受的时光便是静坐在书桌前，手中捧着一本厚重的百科全书，一页页地翻阅，仿佛是在一步步地踏入一个又一个全新的世界。我们沉浸在书海中，不断地吸收着各种新奇的知识，每一次的领悟都像是为我们内心的世界增添了一道新的风景。那段被求知欲所充盈的时光，不仅丰富了我们的内心世界，更让我们对未来充满了期待与憧憬。

在浩瀚的知识海洋中，自然科学以其独特的魅力，深深吸引着我们。它不仅揭示了宇宙的浩瀚无垠，还探讨了生命的起源与演化，以及物理学中的奥秘，使我们对这个世界有了更为深刻和全面的理解。宇宙的广阔令人叹为观止，仰望夜空，那些遥远的星系和神秘的黑洞，仿佛在诉说着宇宙的无尽故事。这些星系如同巨大的珍珠，镶嵌在黑暗的天幕上，或明亮或黯淡，或远或近，共同构成宇宙的壮丽画卷。而黑洞，则以强大的引力，吞噬着周围的一切，成为宇宙中最为神秘的存在。对宇宙的探索，让我们感受到自然界的伟大与神秘，激发了我们对未知世界的向往和好奇心。

生命的起源与演化，作为自然科学领域中的一项重要课题，始终吸引着无数学者的深入探索。这一过程，从最初的单细胞生物逐渐发展到多细胞生物，其间的转变与演进，无不彰显着自然界的神奇与奥秘。这些生物在漫长的岁月中，逐渐适应环境，形成今天我们所看到的多样生物世界。生命的多样性、复杂性和适应性，让我们对大自然充满敬畏和感慨。

通过研究生命的起源与演化，我们更加深刻地理解了自然界的奥秘和生命的珍贵。物理学中的奥秘同样令人着迷。那些看似简单的公式和定律，却能够解释世间万物的运动规律。自牛顿提出万有引力定律以来，物理学领域的每一次重大突破，都以科学的严谨态度，逐步揭示自然界中更为深邃与复杂的奥秘。这些定律和理论更在实际应用中发挥巨大作用。它们帮助我们理解宇宙的运行机制，指导我们进行科学研究和技术创新，为人类的进步和发展做出了重要贡献。

在知识的探索之旅中，我们时常会遇到各种挑战与困难。这些挑战，如同横亘在求知路上的高山，阻碍着我们前行的脚步，令人感到沮丧和困惑。然而，正是这些挑战，塑造了我们的坚韧与毅力，促使我们在知识的海洋中不断成长与进步。面对难以理解的概念和公式，我们往往会感到力不从心。这些抽象而复杂的理论，如同迷雾中的灯塔，时隐时现，让人捉摸不透。在探索这些高深的知识时，我们或许会陷入迷茫，甚至产生放弃的念头。正是这些看似难以克服的障碍，激发了我们内心深处的求知渴望与探索精神。

在挑战面前，我们学会了坚持与不屈。每一次的困惑与迷茫，都是对我们意志的考验，让我们不断地尝试、思考与实践，试图找到解决问题的关键。在这个过程中，我们逐渐学会了如何分析问题、如何寻找线索、如何运用所学知识来解决问题。这些技能与经验，不仅帮助我们克服了当前的困难，更为未来的学习与探索奠定了坚实的基础。同时，挑战也让我们更加珍惜每一次的成功与突破。

当我们在经历了长时间的思考与努力后，终于理解那些原本晦涩难懂的概念，那种成就感与喜悦感是无可比拟的。这种成功的喜悦，不仅是对我们努力的肯定，更是对求知精神的鼓舞。它让我们更加坚信，只有不断地挑战自己，才能够不断地成长与进步。挑战还让我们学会合作与交流。在探索知识的过程中，我们往往会遇到自己无法解决的问题。这时，与他人的合作与交流便显得尤为重要。通过与他人的讨论与分享，我们可以从不同的角度思考问题，找到解决问题的新思路。这种合作与交流的精神，不仅帮助我们解决了当前的困难，更让我们在求知的过程中收获了友谊与智慧。

在知识的浩瀚宇宙中，人文社科以其独特的魅力，与自然科学交相辉映，共同构建了人类智慧的宏大殿堂。这一领域不仅引领我们深入探索人性的光辉与阴暗，更让我们在历史的长河中，见证文明的兴衰更替，从而对时代变迁有了更为深刻的体悟。人性的探索，是人文社科中最为引人入胜的部分。

在文学的殿堂里，无数经典作品犹如一面面镜子，映照出人性的多面性。它们既展现了人性中的美好与善良，如无私的爱、坚定的信念和高尚的情操，也不避讳地揭示了人性的复杂与阴暗，如贪婪、嫉妒、自私等负面情感。这些作品不仅丰富我们的情感世界，更促使我们反思自我，理解并接纳人性的全貌，从而在面对现实生活中的种种挑战时，能够更加从容不迫，以更加成熟的心态去应对。

对历史的追溯，则是人文社科另一不可忽视的维度。在历史征程中，那些古老的文明和雄伟的帝国犹如夜空中最耀眼的星辰，曾经为人类社会的进步照亮了前行的道路。从金字塔的巍峨到长城的蜿蜒，从古希腊的哲学思想到中华文明的博大精深，这些文明的遗迹和智慧的结晶，见证了人类文明的辉煌与繁荣。然而，历史的洪流同样无情，曾经显赫一时的帝国也在时代的变迁中逐渐消逝，留下的只有遗迹与传说。这种兴衰更替的现象，不仅让我们深刻体会到时代的沧桑巨变，更激发了我们对当下生活的珍惜与对未来的思考。

在人生的旅途中，哲学如同一盏明灯，照亮我们探寻意义与价值的道路。它引领我们深入了解那些深奥而引人深思的问题，促使我们不断反思自我，从而逐步构建起属于自己的人生观和价值观。

哲学的思考，始于对人生意义的探寻。我们不禁要问，自己为何而存在？人生的目标究竟是什么？这些看似简单却又难以回答的问题，常常让我们陷入沉思，开始在哲学的引导下从多个角度审视自己的人生，尝试理解生命的本质和存在的意义。这一过程中，我们学会了将个人的经历与更广阔的世界相联系，从而获得对生命更深层次的认识。随着对人生意义的深入思考，我们逐渐明确了人生的目标和追求。这些目标不仅关乎个人的幸福与成就，更与社会的和谐与进步息息相关。

在哲学的启迪下，我们学会将个人的理想融入更宏大的愿景之中，努力成为推动社会进步的一分子。这种追求，不仅让我们的生命更加充实和有意义，也让我们在面对困难和挑战时，能够保持坚定的信念和不懈的努力。在探寻人生意义与价值的过程中，我们还能更加清晰地认识到自己的优点和不足。哲学的思考促使我们不断反思自我，审视自己的行为与思想。通过这一过程，我们学会了欣赏自己的独特之处，同时也敢于面对并努力改进自己的不足之处。这种自我认知的提升，不仅让我们的个性更加鲜明和独立，也让我们在人际交往中更加自信和从容。

那些被知识照亮的日子，不仅是我们个人的财富，更是整个人类文明的瑰宝。知识是人类智慧的结晶，它不仅能够照亮我们个人的道路，还能够照亮整个人类社会的未来。因此，我们应该珍惜知识，尊重知识，传承知识，让更多的人受益于知识的滋养和照耀。在未来的日子里，我们将继续努力学习、探索和实践，为人类的进步和发展贡献自己的一份力量。我相信，只要我们每个人都能够用心去学习和探索知识，就一定能够共同创造一个更加美好的未来。

月与日争辉

献给和我一样努力追寻梦想的勇者。

——题记

一个寻常的清晨，我像往常一样奔跑在城市的街道上，呼吸着略带湿润的空气，感受着破晓时分的宁静与清冷。不经意间抬眼望向东方，刹那间，我被眼前的景象深深吸引住。只见那轮红彤彤的太阳已然挣脱地平线的束缚，磅礴而出，将万道霞光毫无保留地洒向人间，宣告着新一天的开始。而令我惊奇的是，高悬于天际的月亮却依旧静静地散发着清冷的光辉，没有丝毫要隐退的迹象，宛如一位遗世独立的仙子，固执地坚守着自己的天空领地，似乎要与那光芒万丈的太阳一较高下，争个平分秋色。

就在这一瞬间，一种难以言喻的感动如潮水般涌上我的心头，迅速弥漫至全身。我仿佛目睹了一场没有硝烟、没有声响，却足以震撼灵魂的较量正在这浩瀚宇宙中悄然上演。太阳，以其炽热的激情和无尽的活力，奋力驱散着黑暗，带来光明与温暖，象征着蓬勃的希望和勇往直前的力量；月亮，凭借着那份静谧与沉稳，洒下柔和的银辉，给大地披上一层梦幻的薄纱，诉说着坚守与执着的故事。这两个在广袤宇宙中沿着各自轨道运行，看似遥不可及、永远无法交汇的天体，却在这特定的时刻、特定的地点，以如此独特而奇妙的方式，共同展现了生命所蕴含的最为动人、最为璀璨的光辉。它们就像人生路上的两种精神象征，时刻提醒着我，无论是热烈地追逐梦想，还是默默地坚守初心，都能绽放出属于自己的独特光芒，照亮生命的旅程。

平日里，我们总是下意识地将太阳当作勇气与能量的化身。它高悬苍穹，光芒璀璨夺目，毫无保留地普照大地，所到之处，万物复苏，生机盎然，源源不断地为世间注入希望。与之相对，月亮常被贴上温柔、宁静的标签，每当夜幕降临，它便悄无声息地爬上夜空，用那如轻纱般柔和的银辉，轻轻抚摸着尘世中疲惫不堪的心灵，为人们驱散白日的喧嚣与疲惫，带来片刻的安谧。

然而，在这次不期而至的清晨邂逅中，月亮却一改往日的温婉形象，向我们袒露了它隐藏已久的另一面：一种绝不甘于人后、敢于直面挑战、奋力争辉的坚毅与果敢。在广袤无垠、神秘莫测的宇宙舞台上，太阳与月亮这场看似不起眼的“对视较量”，很容易被宏大的宇宙景观所淹没，显得微不足道。但对于我们这些在茫茫宇宙中如尘埃般渺小的生命个体而言，其中蕴含的精神力量却重如千钧，有着非凡的意义。

它仿佛在用无声的行动向我们诉说：哪怕自身力量再微弱，也绝不应该放弃争取属于自己的那一束光，也要挺直脊梁，去努力证明自身存在的价值。因为每一个生命，无论多么渺小，都拥有绽放光芒的潜力，都能在属于自己的时空里，书写独属于自己的壮丽篇章。

生活的舞台上，我们每个人都扮演着不同的角色，拥有着不同的背景，展现着不同的实力。有的人如太阳般耀眼，他们天生拥有令人羡慕的光环和资源，能够轻易地吸引他人的目光和赞赏。而有的人，可能像月亮一样，在人群中并不起眼，甚至时常被忽视和遗忘在某个角落。然而，这并不意味这群人应该放弃自己，甘于平庸。

记得有一次，我参加一个绘画比赛。参赛者既有才华横溢的专业绘画者，也有经验丰富的业余爱好者。回头看看自己，我只是一个对绘画有着浓厚兴趣的普通人。面对那些精美的作品，我感到自卑和沮丧，甚至想放弃比赛。就在我准备放弃的那一刻，自卑的我踱步到窗前，拿起手机准备取消参赛，一抬头，却看到了天空中那轮皎洁的明月，它静静地悬挂在夜空中，与璀璨的星辰交相辉映，仿佛提醒我：即使光芒微弱，也要勇敢地绽放。

那一刻，我仿佛找到了力量。我重新审视自己的作品，虽然它并不完美，甚至有许多瑕疵，却是我用心创作的成果，是我对美的追求和表达。于是，我鼓起勇气，将作品提交给评委。结果不重要，重要的是我战胜了自己的胆怯和自卑，勇敢地站上了那个属于我的舞台。

比赛结束后，我的作品没有获奖，却得到评委们的认可和赞赏。他们告诉我，作品在技巧上不够成熟，却充满了真挚的情感和独特的视角，有创新意识，题材新颖，这是许多专业画家所缺乏的。那一刻，我深深地体会到了“争一争”的意义。它不仅是为了赢得荣誉和地位，更是为了证明自己的价值和能力，在人生的舞台上留下属于自己的印记。

在人生的旅途中，我们会遇到各种各样的挑战和困难。这些困难可能会让我们感到无助和绝望，甚至想要放弃。如果我们能够像月亮一样，即使光芒微弱，也勇敢地与太阳争辉，那么我们就一定能够找到属于自己的光芒和力量。

再说说我的一个朋友。他曾经是一个普通的工人，每天重复着单调而乏味的工作。原以为他的一生就一眼望到头了，可是，他从未放弃过对美好的追求和向往，利用业余时间学习摄影，虽然起初只是出于兴趣爱好，随着时间的推移，他的摄影技术逐渐得到提升和认可。后来，他辞去工作，成为一名自由摄影师，用镜头记录世界的美丽。他的经历证明了每个人都有属于自己的光芒和潜力，只要我们勇敢地追求和挖掘，就一定能够创造出属于自己的精彩人生。

显然，“争一争”不意味着盲目地与他人竞争和攀比。在这个世界上，每个人都有自己的节奏和轨迹，我们无法也不应该要求每个人都按照同样的方式去生活和成长。真正的争一争，是与自己较量，不断地超越自我，挑战自我，完善自我。它要求我们在面对困难和挑战时，能够保持坚定的信念和勇气，不畏惧失败和挫折，勇敢地迎接每一个未知的将来。

在这个过程中，我们会遇到无数的质疑和嘲笑，甚至会被贴上“不自量力”的标签。然而，这些都无法阻挡我们前进的脚步。因为，我们知道，只有经历过风雨的洗礼，才能够迎来更加灿烂的阳光；只有不断地努力和奋斗，才能够实现自己的梦想和追求。就像那轮永不示弱的月亮一样，无论面对多强大的对手和多艰难的环境，都要保持勇敢和坚韧。我们要坚信：即使是最微弱的光芒，也能够照亮前行的道路；即使最弱小的力量，也能够创造属于自己的奇迹。

再回到晨跑的早晨，太阳与月亮最终各自隐去身影时，我深深地感受到了这场对视蕴含的人生哲理。我明白了，无论身处何种境遇，都要勇敢地发出自己的光芒，去争一争，去拼一拼。只有这样，我们才能够真正地活出自己，成就自己，超越自己。

在这个世界上，每一个生命都值得被尊重和珍视，每一个梦想都值得我们追求和实现。在未来的日子里，愿我们都能够像那轮皎洁的明月一样，即使光芒微弱，也要勇敢地与太阳争辉；愿我们都能够保持坚定和勇气，追寻属于自己的梦想和幸福。

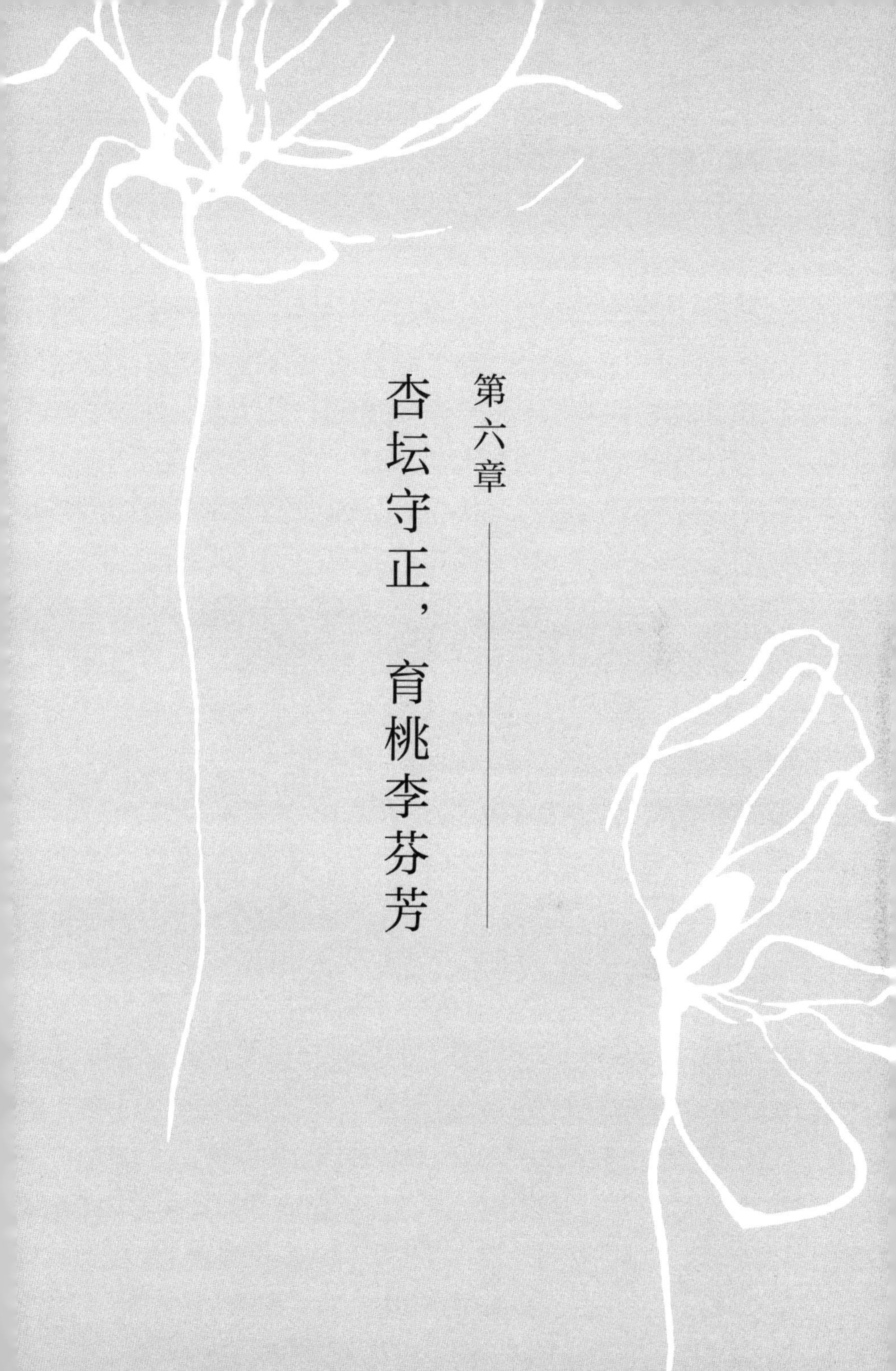

第六章

杏坛守正，育桃李芬芳

立足三尺讲台，剖析教育困境与突围策略；聚焦莘莘学子，探寻因材施教、启智润心之法；回溯教育初心，展望未来育人蓝图，以爱为墨，书写教育工作者的使命担当，助力孩子茁壮成长。

小学语文教学中儿童文学素养的培养策略

【摘要】培养小学生对儿童文学的兴趣，将优秀的儿童文学镌刻在他们的心灵之上，让它变为心灵深处的一股清泉，可以影响孩子们一生。所以，我们小学语文老师要想方设法让小学生爱上古今中外优秀的儿童文学，培养孩子们对于儿童文学的兴趣，引导他们更好、更深刻地去理解儿童文学的内容，从而提升孩子们的儿童文学素养。

【关键词】小学语文；儿童文学现状；影响策略

文学具有内涵，儿童文学也不例外。儿童的发展教育与儿童文学同样密不可分。小学是打基础的阶段，所以儿童文学贯穿了小学教育的始终。培养小学生对儿童文学的兴趣，将优秀的儿童文学镌刻在他们的心灵之上，让它变为心灵深处的一股清泉，可以影响他们一生。那么，怎么才能让小学生爱上古今中外优秀的儿童文学的内容，培养学生对于儿童文学的兴趣，如何让他们更好、更深刻地去理解儿童文学的内容，是每一位小学教师需要深刻思考的内容。

一、小学语文教师儿童文学素养的现状

在多次观察了解中，我们发现，教师的整体文学素养还是很不错的，这一点很值得庆幸。但是不同教师对于儿童文学素养的看法却各不相同。

大部分教师认为儿童文学素养比较重要，需要教师去帮助学生培养；也有少部分教师持相反观点。但是大多数教师对于儿童文学还是比较喜欢的。教师对于儿童文学的重视程度也不尽相同，有一部分教师专门去了解过儿童文学并且专门接受过相关方面的培训，也有一部分教师只是偶尔关注一下，并无专业系统的培训，一小部分教师是完全没有接受过的。而我们都懂得，低年级小学生接受知识的方式大多是模仿，尤其是学生的很多行为习惯，都是从模仿中学习得到的。如果老师不提升自己的内涵和文学素养，那么学生的文学素养就会很难提升。所以在提升学生的文学素养前，应当先提升老师的儿童文学素养。

二、儿童文学对小学生的影响

儿童文学相对于普通的文学知识更加简单，易于理解，富有童趣，更容易吸引小学生的兴趣，通过阅读儿童文学，能培养小学生学习的兴趣，养成爱读书的好习惯。同时，儿童文学的语言设置也很有规格，情趣生动，适合小学生阅读，容易理

解又不失语言的魅力，能增加小学生的审美能力，培养兴趣。通过阅读简单的童话故事，能锻炼小学生阅读、总结文章的能力，可以用故事分享的方式，让他们总结，投入自己的情感并讲出来。儿童文学同时还能提升小学生的思考和想象能力，因为内容设置上充满奇幻色彩，容易想象，对不同角色性格的描写引人深思，能让小学生懂得思考，学习独立思考的能力，学习并选择适合自己的角色，树立道德的标准，懂得如何去处理身边的事情，从书中学习，不断提升自己，不断进步。

三、儿童文学素养的培养策略

1. 培养一批重视儿童文学的教师

小学生进入学习阶段，主要的学习手段是模仿，通过模仿老师的动作习惯，逐渐变成自己的东西，老师喜欢的东西对于他们来说也是必须学会的东西，所以解决学生的问题，首先老师得做好榜样。以当前老师对儿童文学素养的现状分析来看，老师的问题还存在许多，只有解决了老师的问题，才可以进一步地解决学生儿童文学素养培养方案的问题。例如，在讲《灰姑娘》这一课时，一个喜好儿童文学的老师可以在课前给学生寻找适合他们阅读的童话书，让他们提前了解一下，在课堂上可以通过提问的方式加快进度，同时，学生也知道了灰姑娘这一故事的内容，老师的解释会让他们产生一种明悟，同时产生的还有自信和对童话故事的兴趣，这样就可以培养学生的儿童文学素养，养成良好的阅读习惯。因此，解决这一课题的第一个难点，便是培养一批喜爱并懂得如何去用童话故事感染他人的优秀老师。

2. 让学生理解儿童文学并激发阅读的兴趣

老师传授知识只是作为一个领导者，用自己的行为语言去感染、影响学生，然而更多的则在于学生的理解能力，他们的悟性强弱。学生对于不同事物的兴趣不同，有强有弱，虽说阅读儿童文学可以培养学生的阅读兴趣，对语文学习很有帮助，但并不是所有学生都对阅读感兴趣，这就是考验老师能力的时候了，激发学生的阅读兴趣是培养儿童文学素养的必备条件。

如果老师在平时上课期间经常讲一些童话故事，在生活中去感染他们，让他们产生一些兴趣，那么渐渐地，他们也就容易喜欢上儿童文学。例如在讲《阿里巴巴与四十大盗》的故事时，老师可以神秘地讲一部分，留一部分，给学生埋下神秘的色彩，让学生自己去探讨，布置任务，让他们从书中寻找答案。同时也可以让阅读过的人去分享故事，分享自己的感受等等。另外，可以找一些空闲课堂，给他们分享自己读过的故事，加入自己的理解和情感，去感染学生。还可以讲一些他们没有听过的故事，记得我初中时老师经常这样做，我的阅读习惯也是这样养成的。

3. 让学生全方位理解，品读儿童文学

儿童文学分类也是很明确的，有虚构的，也有实际发生过的故事，可以教导学生总结故事内容，判断内容的真假虚实，学习书本中有用的东西，比如角色的品质、精神等。

儿童文学也包括儿童文学发展史等，可以给学生布置作业，让他们去理解、总结发展史，切实提高他们的理解和总结能力。研究总结发展史这一做法，能提高学生的眼界，进而更高层次地理解、看待事物的发展形成，进一步培养学生的儿童文学素养。

儿童文学是纯真、充满童趣的文学，能净化孩子的心灵，让他们懂得怎样去生活，懂得去认真对待生活。老师作为带头人，应该以身作则，这是教师对学生的爱，纯真高洁的爱，老师要抱有对儿童教育的理想、信念、专业精神和责任感。

总之，新课标改革下，很多教学方案都发生了巨大的改变，老师一定要保持平静的心态，克服躁动的心理，踏踏实实地去教课。首先得自己做好榜样，通过自己的行为影响学生，平时注重个人修养。小学语文儿童文学素养培养是一个长久的任务，老师能做的只有平静地去接受，慢慢地改变，需要更多的心血、时间和心灵的投入。

中小学语文教学心得体会

【摘要】语文是小学教学中的一门重要学科。小学六年级语文不仅是小学语文教学的收获阶段，也是对整个小学语文教学成败的检验。一般来说，六年级的学生应该能够背诵著名的古诗，理解简单的文言文和寓言，并对文本或周围的事物有自己的看法。因此，六年级的教学不仅是提高小学生语文综合能力的重要时期，也是培养学生人文素质的初级阶段。

【关键词】语文教学；教学心得；阅读与写作；独立思考；联系生活；情感

六年级的学生比低年级的学生年龄大，他们的词汇储备和知识能力有了很大提高，具备了初级的文章写作能力和阅读能力。写作和阅读是语文的两个基本能力，但不是语文教学的全部内容，语文还能培养人的主体意识和独立思考能力。教师应在此基础上锻炼学生的思维，使学生能够表达自己的思想，具备人文情怀。

一、语文教学应重视培养写作和阅读能力

虽然小学六年级的学生已经具备了初级的写作和阅读能力，但这种能力并不牢固，他们应该继续锻炼。写作和阅读能力对学生来说非常重要。

首先，如上所述，写作和阅读是培养学生独立思考能力和独立表达能力的前提。如果学生不会科学阅读，他们就无法掌握文章或材料中的有效信息，也无法理解作者想要表达的意思；如果小学生不会写作，那他们就不能有效地表达自己的观点。

其次，写作和阅读是当前小学考试的重点。从升学的角度来看，这两项在考试中的分数占很大比重。如果不具备这两种能力，就很难取得好的成绩，同时，这也是学生今后继续学习和接受教育的基础。因此，我们应该在平时的教育中关注这些内容。

例如，在六年级学习《只有一个地球》这篇课文时，教师应组织学生在课前阅读，引导学生掌握本文的中心思想。本文用一个简单而深刻的比喻“地球是人类之母”，唤醒人们对地球的热爱。它的主要目的是让人们保护地球。在学生完成阅读后，教师可以让学生找出能反映作者情感的句子，从而锻炼学生的阅读能力。知识讲解完成后，教师可以让学生写一段简短的心得体会，让学生表达自己对这篇文章的看法，从而提高学生的写作能力。

二、语文教学应重视培养独立思考能力

语文学习不仅要多读多写，还要多思考。语文不仅教给学生知识和技能，还培养学生的思维能力，让他们能辨别是非，有自己的主观见解。因此，语文教师应该让学生多思考，让学生多交流，表达自己的观点，教学中告诉学生正确答案不是唯一的目标。

传统的教学方法是教师在讲台上授课，学生在下面听。学生不需要思考，只要记录。在应试教育的影响下，语文教学逐渐偏离了正常的轨道，这是不正确的。小学语文评价虽然注重知识的记忆，但也应适当增加对思维的评价，关注学生的思维和判断。

例如，六年级部编教材中的《两小儿辩日》，这是一个简短的寓言故事，但充满了深刻的人生哲学。在许多读者中，可以说不同的人有不同的观点。关于这个寓言故事的教学，教师应该引导学生进行交流和思考，让学生积极地讨论这个问题。“这两个孩子在争论什么？哪一个是对的？”两个孩子在辩论中都有自己的逻辑，可以说都有各自的道理，但辩论的结果是错误的，因为他们的知识基础是错误的。虽然科学已经证明早晨和中午的太阳离地球一样近，但古人的知识与我们的不同，古人的思维逻辑值得我们辩证地学习。

三、语文教学应重视培养自主学习能力

小学阶段是知识储备的关键时期，也是思维快速发展的时期。为了快速提高学生的学习成绩，必须培养学生的自主学习

能力，要知道知识不是老师教的，而是学生自己学的。老师教的应该是学习方法。盲目灌输知识，强调死记硬背，不仅会让学生感到无聊，而且达不到预期的效果。因此，教师应该循序渐进地引导学生，激发学生的学习兴趣，让学生沉浸在学习中，自主学习。当然，除了课本知识，还应该鼓励学生阅读课外书籍，拓宽学生的视野，培养学生的阅读兴趣。

例如，《鲁滨孙漂流记》《汤姆·索亚历险记》《骑鹅旅行记》都是部编版六年级下册第二单元的学习内容，这些课程都是从国外名著中摘录出来的，在讲解这部分知识时，教师可以适当地介绍外国经典，引导学生阅读。而且，历险记是故事性很强、情节曲折的书，能吸引学生的阅读兴趣，增加学生的知识储备。学生的阅读习惯很容易培养，从而能激发学生学习语文的兴趣，提高他们的自主学习能力。

四、语文教学应重视与学生生活的联系

许多人以为在课堂上学习语文才是学语文，读书写字才是学语文，甚至以为在学校之外、课堂之余就不能学语文了，其实语文无处不在，读书看报、写作演讲和人交谈、看电视，甚至游山玩水中都有语文……所以，我们所关注的语文实际上是生活的一部分，它关系到人们的文化修养、思想、情感和精神成长。可以说，“任何能够提升文化内涵、内化人文素质的生活方式都是学习语文的一种方式”。

学习语文离不开学习语言。作为中国人，汉语是我们的母语，我们在日常交流中几乎都使用汉语，也就是说，汉语植根

于我们的言行和生活之中，它在我们的生活中生根、发芽、开花并结出果实。因此，学习语言是人们真正的需要，这就像穿衣和吃饭一样，它是人的一种生存状态，是生命和精神的原始生态。语言源于生活，使用没有生命力的语言，无异于缘木求鱼；同样地，学习语文也将成为一种海市蜃楼。因此，我认为学习语文的真正出发点是生活化的语文。

我遇到过这样一个真实的教学案例。一位小学语文老师安排了这样一个作业：让班上的学生在下一节课上回答他上一节课提出的问题，结果，大多数学生无法回答或回答错误。因此，一些学生感到困惑和挑战：老师，你应该清楚地指出你提出的问题，这样我们才能回答它们。否则，我们都在回忆或猜测你上节课提出的问题。

再如，一位语文老师在课堂上提出了一个问题："我为人人，人人为我"和"人人为我，我为人人"有何不同之处？很多学生认为没有什么不同，显然是一样的。然而，我们仔细考虑："我为人人，人人为我"意味着我首先为人人着想，而后人人才会为我着想。后一句正好相反，这句话反映了目前大多数年轻人的思想，他们总是希望得到他人的关心，总是希望周围的一切都能以自我为中心，但现实给了他们巨大的反差。

五、语文教学应重视深厚的情感渗透

情感是人类生活中最重要的因素，它是维系人与人之间、人与社会之间、人与自然之间沟通的不可或缺的环节。任何没有感情的空谈，都是本末倒置、舍本逐末的愚蠢做法，结果将是高消耗和低效率，甚至是竹篮打水一场空。因此，我自然而然地想到了构建以生活为导向的语文学习的一个基本点，那就是突出语文中丰富的情感世界。

我们说语文是感性的，丰富的人文精神无处不在，时刻滋润着我们的心灵。从狭义上讲，学习语文至少是教师、学生和文本之间的对话活动，即精神和精神的对话与交流，而情感是学习语文的灵魂，如果你不品味文学作品中的情感，不理解文学作品的情感和意蕴，学习语文就会失去真正的意义。从长远来看，学生在学习语文时缺乏情感滋润和精神修养，必然会导致他们的精神源泉枯竭，精神花朵枯萎！

就像我们读名著一样，如果我们像读武侠小说一样读《三国演义》，我们不会意识到曹操“宁教我负天下人，休教天下人负我”的野心；如果不带着感情去阅读和品味刘备的“三顾茅庐”，就无法理解当时刘备对一位足智多谋的谋士的渴求；如果不仔细阅读诸葛亮的“舌战群儒”，我们就难以理解他的足智多谋是如何让江东英才佩服的。

有人说，“语文是情感的载体”。只有抓住情感主线，我们才能激发出学习语文的兴趣。目前，语文的学习者普遍表现出厌倦和无助感，这源于教师在情感的引领上花的时间太少，而是过于注重知识点等纯技术的传授，导致学生的情感苍白和萎缩。著名教育家吕叔湘说：“有些作品不分析还能感动的，一分析倒不行。”

语文的丰富性和多样性决定了学习语文应该带来快乐的心情。因此，我们说，只有具备快乐的心情才能有好的“胃口”，而好的“胃口”才能激发学习语文的热情和活力。心理学研究已经证实，只有愉快的情绪才能轻易地让学生产生轻松愉快的学习情绪，提高学习效率。

总之，语文是当前一门十分重要的课程，在语文教学中，老师不仅要考虑基础知识的积累和读写能力的培养，还要考虑学生的独立思考能力和自主学习能力的培养。首先，仍以知识储备为基础，锻炼学生的读写能力，提高学生的表达能力；其次，在教学中培养学生的独立思考能力，让他们能够从文章和材料中提取自己的观点；最后，我们应该引导学生结合课本知识阅读课外知识。一方面，我们应该帮助学生积累知识，开阔视野；另一方面，我们应该培养学生的阅读兴趣，让他们养成良好的自主学习习惯。

互联网时代下的初中语文阅读教学创新实践

【摘要】随着互联网的飞速发展，教育领域也迎来了前所未有的变革。本文探讨了互联网时代下初中语文阅读教学的创新实践，分析了传统语文阅读教学的局限，并提出了基于互联网技术的创新教学策略。通过引入多媒体教学、个性化学习平台以及网络互动讨论等方式，旨在提高初中生的阅读兴趣、拓宽其阅读视野、培养其批判性思维能力，以适应新时代的教育需求。

【关键词】互联网；初中语文；阅读教学

引言

在当今社会，互联网已经成为人们获取信息、交流思想的重要渠道。对初中生而言，互联网不仅是一个娱乐工具，更是一个学习平台。在语文阅读教学中，如何有效利用互联网资源，创新教学方式，成为一个值得探讨的问题。本文将从当前初中语文阅读教学的现状出发，分析存在的问题，并提出在互联网时代下的创新教学策略。

一、初中语文阅读教学现状分析

1. 传统语文阅读教学的局限

在初中语文阅读教学中，传统的教学方式在某些方面存在着明显的局限。教学内容上，传统阅读教学往往局限于教材，导致学生的阅读视野相对狭窄。教材虽然经典，但内容更新速度较慢，难以跟上时代步伐，这不利于学生获取最新的知识和信息。

在教学方法上，传统阅读教学通常采用“教师讲、学生听”的单一模式。这种模式下，学生往往处于被动接受的状态，缺乏主动性和参与感。同时，教师也难以了解每个学生的具体需求和兴趣，难以做到因材施教。再者，传统阅读教学缺乏对学生阅读能力和思维能力的有效培养。阅读不仅仅是获取文字信息的过程，更是锻炼思维、提高理解能力的过程。然而，传统阅读教学往往只注重学生对文本的理解，忽视了对学生思维能力的培养。

2. 互联网时代下语文阅读教学的机遇

互联网的快速发展为初中语文阅读教学带来了前所未有的机遇。首先，互联网为阅读教学提供了丰富的资源。通过互联网，学生可以接触到海量的图书、文章、视频等阅读材料，从而大大拓宽了阅读视野。这些材料不仅内容丰富，而且更新速度快，能够让学生及时获取最新的知识和信息。

其次互联网为阅读教学提供了多样化的方式。教师可以通过网络课件、在线课堂等方式，将传统的教学方式与互联网技术相结合，实现互动式教学。这种教学方式不仅能够激发学生的学习兴趣，还能提高学生的主动性和参与感。同时，教师还可以通过数据分析等技术手段，了解每个学生的学习情况和需求，从而做到因材施教。

最后互联网为阅读教学提供了更加便捷的交流平台。学生可以通过社交媒体、论坛等方式，与同龄人、教师、专家等进行交流和讨论。这种交流不仅能够帮助学生更好地理解文本内容，还能够培养学生的合作精神和沟通能力。

二、互联网时代下的初中语文阅读教学创新实践

1. 引入多媒体教学，丰富教学手段

传统的语文阅读教学往往依赖于教材和教师的讲解，形式单一，难以激发学生的学习兴趣。而引入多媒体教学后，教师可以通过视频、音频、图像等多种方式，将文本内容以更加生动、直观的形式展现给学生。例如，在学习古诗时，教师可以通过多媒体展示古诗的朗诵视频，让学生感受古诗的韵律美；在学习小说时，可以播放相关的电影片段，帮助学生更好地理解小说情节和人物形象。

此外，教师还可以利用互联网资源，搜索与教学内容相关的图片、图表等，使教学更加丰富多彩。多媒体教学不仅提高了学生的学习兴趣，还使得教学内容更加直观易懂，有助于提高学生的阅读理解能力。

2. 构建个性化学习平台，满足学生需求

在互联网时代，每个学生都可以根据自己的兴趣和需求，选择适合自己的阅读材料和学习方式。因此，构建个性化学习平台成为初中语文阅读教学创新的重要方向。个性化学习平台可以根据学生的阅读兴趣、学习进度和能力水平，为其推荐适合的阅读材料和学习资源。

平台还可以提供在线测试、作业提交、互动交流等功能，方便学生随时随地进行学习。通过个性化学习平台，学生可以更加自主地选择学习内容和学习方式，从而激发其学习主动性和积极性。同时，教师也可以通过平台了解学生的学习情况，及时给予指导和帮助。

3. 开展网络互动讨论，培养学生的合作与沟通能力

在互联网时代，网络互动讨论成为人们交流思想、分享经验的重要渠道。对初中语文阅读教学来说，开展网络互动讨论不仅可以提高学生的阅读兴趣和积极性，还可以培养学生的合作与沟通能力。

教师可以设置与教学内容相关的讨论话题，引导学生积极参与讨论。在讨论过程中，学生可以发表自己的观点和看法，也可以倾听他人的意见和建议。通过讨论，学生可以更加深入地理解文本内容，拓宽自己的思维视野。此外，网络互动讨论还可以帮助学生建立良好的学习关系，促进彼此之间的交流和合作。在合作中，学生可以学会尊重他人、倾听他人、理解他人，从而提高自己的合作与沟通能力。

三、创新实践的效果与启示

1. 创新实践的效果

在互联网时代下，初中语文阅读教学创新实践的效果显著，具体表现为阅读兴趣的显著提升。通过引入多媒体教学和构建个性化学习平台，学生的阅读兴趣得到了极大的提升。多媒体的丰富性和个性化学习的自主性，使学生更加愿意投入时间和精力去阅读和学习，从而形成了良好的阅读习惯。阅读能力的提升创新实践不仅增加了学生的阅读量，更提升了他们的阅读能力。

网络互动讨论和个性化学习平台使学生能够更深入地理解文本，拓展思维，提高批判性阅读的能力。合作与沟通能力的增强网络互动讨论为学生提供了一个开放、平等的交流平台，使他们能够自由地表达观点，倾听他人，学会合作与沟通。这种能力不仅在阅读学习中重要，在日常生活和未来工作中也同样关键。

个性化学习的发展、个性化学习平台的构建，使得每个学生都能够根据自己的兴趣和能力选择阅读材料和学习方式，真正实现了因材施教。这种个性化的学习方式，有助于培养学生的自主学习能力和终身学习的习惯。

创新实践使得教师能够更准确地把握学生的学习情况，提供及时的指导和帮助。同时，多媒体教学和网络互动讨论也使得教学更加生动、有趣，提高了教学效果。

2. 创新实践的启示

从上述创新实践的效果中，我们可以充分利用互联网资源：互联网为教学提供了丰富的资源和工具，我们应该充分利用这些资源，创新教学方式，提高教学效果。关注学生需求个性化学习平台的构建启示我们，教学应该以学生为中心，关注学生的需求和兴趣，提供个性化的学习资源和方式。

网络互动讨论的实践告诉我们，合作与沟通能力是学生成长和发展的重要素质，我们应该在教学中注重培养。

持续创新和改进创新实践的效果证明了创新的重要性。我们应该不断探索新的教学方式和方法，持续创新和改进，以适应时代的发展和学生的需求。注重教学效果的评估是教学改进的重要依据。我们应该建立科学、全面的评估体系，及时了解教学效果，为教学改进提供有力支持。

结语

在互联网时代下，初中语文阅读教学面临着新的机遇和挑战。通过引入多媒体教学、构建个性化学习平台以及开展网络互动讨论等创新实践，可以有效提高初中生的阅读兴趣和能力，拓宽他们的阅读视野和知识面，培养他们的批判性思维和合作沟通能力。未来，我们应继续探索和创新语文阅读教学的方式方法，以适应新时代的教育需求。

问题意识在初中语文教学中的作用

【摘要】问题意识是学生在学习过程中必须具备的品质条件，只有让学生产生学习的问题，才能培养他们的创新观念，推动学生自主学习和发展能力。随着素质教育的理念不断推广，越来越多的学校开始重视对学生问题意识的培养和训练，加入了问题教学的课堂，在如今新课程改革的背景下显得尤为重要。本文就从初中语文课堂出发，对问题教学的应用和策略做几点分析。

【关键词】初中语文教学；课堂问题意识；策略

初中阶段的语文教育，涉及很多新时期的教学题材，仅给学生讲解课本知识是不够的，不足以满足学生的学习需求。教师要指导学生大胆质疑，让他们学会寻找学习问题，并主动进行探究与思考，找到问题的关键突破口。每个学生都有自己的学习思维和想法，只有加强管理和教学，提高学生的探究能力，才能在问题意识的推动下提高学生的语文素养。

一、注重问题教学法的原则，扩展学生思维意识

随着素质教育的不断推广，新课程改革工作正在如火如荼地进行。在初中阶段，培养学生问题意识是一项重要内容，是每个学生必须掌握的学习项目。为了顺应新课程改革的要求，新时期的教师要注意问题意识方面，促进学生自学能力的培养。学生的思维发展有一个循序渐进的过程，只有注重问题教学法的原则，扩展学生思维意识，才能让学生经历一个自我反思的过程。

培养学生的问题意识，教师要从课本教材入手，循序渐进地给学生展示各种问题。很多课本教材都有可提问的元素。比如在教学朱自清的《背影》时，由于文章的感情基调是深沉的，能让读者产生“意犹未尽”的情感。教师可以提出这样的问题：《背影》这篇文章的核心思想是什么？作者为什么会引入这个题材？为什么会用“背影”作为文章题目？通过这种问题教学，学生能在课堂中探究更多的情感问题，激发出强烈的好奇心及探究主动性。教师也能在这个过程中总结教学经验，让语文课堂更加符合学生问题素养的发展要求，发挥问题教学的优越性。

二、强化问题教学法的模式，提高学生学习能力

问题意识是学生语文学习过程当中不可或缺的素质。作为新时期的教师，我们不仅要培养学生的语文素养，给学生讲解

必要的文化知识，还要强化学生的语文问题意识，助力学生完成其他学科的学习任务。

每个学生都有自己的学习思维和学习技巧，在面对不同问题时往往表现出不同的学习方法。我们毕竟比学生有更多的学习经验，要把语文教育和问题意识整合起来教学，才能提高学生问题意识培养的可行性，奠定语文课堂的教学基础。

为了给学生创设出有效的问题情境，教师要强化问题教学法的模式，引入各种丰富和优秀的传统文化，才能提高学生的学习能力，锻炼学生的问题意识。每个学生都是学习的主体，只有不断调动学生的语文思维，才能引导学生自主独立地学习与思考，为今后更复杂的学习打下坚实的基础。

以《拿来主义》这篇课文的讲解为例，这种讽刺类的中国现代文学作品，多是半白话类文章，学生阅读起来具有一定的挑战性，教师可以为学生创设问题情境。“拿他人东西与借他人东西存在哪些不同？”“赠人玫瑰，手留余香的价值意义有哪些？”……通过这些问题，学生能积极思考并表明自己的理解，意识到有些东西不能强求，是自己的就是自己的，不是自己的也不能肆意占有。

三、引入问题教学法的实例，培养学生思维技巧

初中教材中涉及很多有价值的篇章和学习材料，对学生问题意识的培养具有促进作用。课本教材的“核心思想、修辞手法、写作技巧、思想立意”等，都可以成为教师提问的素材。哪怕是段落中基础的标点符号，都能够为学生提供极大的提问

空间。比如“这篇课文运用了怎样的修辞手法？作者表达了怎样的思想情感？这篇文章的情感基调是怎么展现的？”，这些都是课堂中提问的关键问题。只有将这些问题引入各种教学题材，引导学生自主思考，才能加强对学生的问题指导，培养学生的问题意识。

问题教学和生活之间有一定的相互联系性。毕竟语文是一门灵活的学科，涉及很多有价值的文化知识，而且大都建立在生活的基础之上。把问题和生活结合起来，能帮助学生找到语文学习的灵感，挖掘课堂中的潜在问题，提高自己的语言知识分析能力以及语言表达能力。

作为新时期的教师，我们要站在学生的角度思考问题，构建提问教学课堂，引导学生将课堂中的问题和生活元素结合在一起学习，有效提高自身的语文素质和语言表达能力。如果学生对课堂的教学题材有什么疑惑，教师也要及时给出相应的点评和讲解，以便帮助学生建立学习目标，激发学生在课堂提问中的积极性和主动性。

总而言之，语文是一门与生活息息相关的学科，对学生的学习能力和思维习惯有较高的要求。初中阶段的语文课堂教学，是一个循序渐进的过程，需要教师引导学生思维能力的发展，促进他们的提问欲望。在日常的教学活动中，只有注重问题教学法的原则，拓展学生语文思维，才能不断强化问题教学法的模式，提高学生的思考能力。当学生有了明确的学习欲望，教师就能进一步引入问题教学法的实例，培养学生的学习技巧。

教育的温度：在培训中心感受人文关怀

教育是人类社会文明传承与智慧启迪的根本途径，其核心价值集中体现于传道、授业、解惑三大支柱。传道，即教育在承继知识之余，亦承载道德观念与价值体系的传递使命，要引领学生构建正向的世界观、人生观和价值观，塑造拥有高尚道德与优秀品质的社会栋梁。授业，则专注于专业技能与创新思维的深耕细作，经由系统知识的传授与实践技能的千锤百炼，为学生铺设坚实的职业生涯基石。解惑，则关乎教育在人生征途中的导航角色，针对学生成长过程中的种种迷茫与疑问，提供针对性的指导与解答，助力其明确人生航向。公益性的培训中心亦高度重视人文关怀的践行，秉持因材施教的原则，尊重学生个性差异，致力于为每位学生提供量身定制的教育资源。在此过程中，教育超越了单纯的知识灌输，转变为一种充满温情与关怀的互动体验。

一、培训中心的温度

在培训中心这一片孕育智慧与梦想的沃土上，教师的专业素养与人文关怀如同双生的花朵，共同绽放，为学子们的成长之路铺设了坚实的基础。教师的专业素养，是培训中心最为耀眼的灯塔。

在数学课堂上，张老师以其深厚的数学功底和精湛的教学技巧，将原本晦涩难懂的数学概念转化为生动有趣的课堂体验。她不仅娴熟掌握多种教学方法，而且能够敏锐地捕捉到学生的个性化需求，巧妙地调整教学策略以确保每位学生都能探索到最适合自己的学习轨迹；而李老师，则在英语课堂上展现了其个性化教学的魅力，她根据班上学生的英语水平量身定制教学计划，不仅提升了学生的语言能力，更在无形中培养了他们的自信心和表达能力。然而，培训中心的温度不仅仅体现在教师的专业素养上，更在于那份无处不在的人文关怀。王老师，作为一位语文老师，她不仅精通文学经典，更懂得如何以一颗细腻的心去理解每一位学生。当学生在文字的世界里迷失方向或是对写作感到困惑时，她会耐心地引导学生，用温柔的话语和真挚的情感，为学生点亮一盏明灯。她的鼓励，就像春日里的一缕清风，让学生重新找回创作的热情，勇敢地表达自己的想法和感受；在物理课堂上，赵老师以严谨的态度和执着的探索精神，为学生们树立了典范。面对因畏惧失败而不敢涉足复杂实验的学生，赵老师并未采取责备或放任的态度，而是采用循循善诱的方式，深入浅出地阐述实验原理，剖析其重要性。她更是以自己年轻时代面对科学难题时的坚韧不拔和最终突破为例，生动地诠释了科学探索的艰辛与乐趣。赵老师的严谨与执着，深深吸引着学生们，激励着他们勇敢地迈出探索科学奥秘的步伐，追寻真理的光芒。

此外，培训中心的温度还体现在其软硬件设施的完善上。教室的设计，采用了柔和的照明和温暖的色调，为学生们营造了一个有利于知识吸收与思考的氛围。而休息区，则配备了舒适的座椅和绿植点缀，为学生们提供了一个放松身心的空间，这些贴心的设计，无不彰显出培训中心对学生们无微不至的关怀。在软件服务方面，培训中心同样下足了功夫，会根据学生的需求，提供个性化的学习指导和生活关怀。定期举办的讲座和活动，则为学生们拓宽了视野，培养了其综合素质。这些软硬件设施的完善，使得培训中心成为一个温馨、舒适、充满人文关怀的学习空间。在这里，学生们不仅能够学到知识，更能够感受到尊重、理解和关爱。学生可以在课堂上与老师们共同探讨学术问题，也可以在休息区与同学们分享彼此的故事和梦想。这种氛围，不仅激发了学生们的学习热情，更滋养了他们的心灵，让他们在成长的道路上更加坚定和自信。

二、培训中心师生互动的多元化

在教育培训中心这一特定教育场域，师生互动的模式超越了传统意义上的“教”与“学”，呈现出一种更为丰富和立体的亦师亦友关系。这种关系不仅体现在知识的传授上，更在于心灵的共鸣与人格的成长。教师们以平等的姿态走进学生的世界，用自身的经历与感悟为学生点亮前行的灯塔，而学生们也在教师的陪伴下，逐渐学会自信地面对学习中的挑战，共同在知识的海洋中探索、遨游。

在这一过程中，教师们深谙兴趣对于学习的重要性，进而巧妙地运用多样化的教学手段，将抽象概念与枯燥理论巧妙转化为引人入胜的课堂内容。通过案例教学、互动讨论、实践操作等多元化教学手段，成功地点燃了学生的学习热情，引领学生在主动探索未知的征途中，磨砺批判性思维、激发创新活力。这一从被动接受到主动探索的深刻转变，不仅显著提升了学生的学习效率，更为其未来的成长与发展铺设了坚实的基石。同时，培训中心的教师们也深知，学生的心理健康是成长道路上不可或缺的一环。在关注学生学业进步的同时，教师更加注重学生的心理状态，及时为学生提供心理支持。当学生面对学习压力、人际关系困惑或自我认同危机时，教师们总能以倾听者的姿态出现，用理解与建议帮助学生化解心结、重拾信心。这种全方位的关怀，不仅让学生在学业上取得了进步，更让他们学会了如何面对生活中的挑战，拥有了成长的力量和勇气。

三、培训中心的社会责任感

培训中心，作为社会教育体系中的关键环节，承载着厚重的社会责任与历史使命。在传承文化、立德树人及回报社会的诸多方面，培训中心以其独特的方式，展现了对于教育本质的深刻理解与实践探索。

在文化传承的广阔领域，培训中心毅然肩负起了弘扬中华优秀传统文化的崇高使命。在课程设计上，培训中心巧妙地将国学精髓、传统艺术与现代知识相结合，使学生在掌握专业技能的同时，深刻体会到中华文化的博大精深。通过经典文献的阅读、传统艺术的学习与实践，学生们不仅拓宽了知识视野，更在心灵深处种下了对民族文化的热爱与尊重。这种文化的传承，不仅增强了学生的民族自信心与自豪感，更为中华文化的繁荣发展注入了新的活力。

培训中心深谙教育的真谛，将“立德树人”作为其在教育实践中的追求，教育的根本使命在于塑造具备高尚品德与健全人格的优秀人才。通过精心设计的课程与活动来培养学生的道德品质、社会责任感及全面发展的能力，为社会输送更多有德有才的栋梁之材。因此，在课程设置与教学过程中，培训中心始终强调德育的重要性，通过一系列德育课程与实践活动，指导学生建立准确的世界观、人生观和价值观。培训中心积极参与各类公益活动，通过捐资助学、开设免费公开课、支持贫困地区教育等多种方式，为促进教育公平与社会和谐贡献着自己的力量。这些行动不仅帮助了那些在教育资源上相对匮乏的群体，更在全社会范围内传递了正能量，树立了教育机构的良好形象。培训中心的这些努力，不仅体现了其对于社会责任的深刻认识，更彰显了其作为教育机构应有的担当与情怀。

教育培训中心以其完善的软硬件设施和个性化的学习指导，为学生提供了一个充满人文关怀的学习环境。在这里，学生不仅能够汲取知识的甘露，更能深切地感受到尊重与关爱的温暖。教师们以平易近人的姿态与学生交流互动，运用丰富多彩的教学方法激发学生的求知热情，并精心培育学生的批判性思维与创新能力。此外，培训中心还高度重视学生的心理健康，提供全面而细致的关怀与支持，让每个学生都能在这片沃土上茁壮成长。培训中心还承担着传承文化、立德树人和回报社会的重要责任，通过结合传统文化与现代知识的课程设计，培养学生的民族自豪感和高尚品德。这种教育模式能培养出既有责任感又具创新精神的学生，为其迎接未来挑战打下坚实的基础。

教室里的四季更迭

四季在教室里静静地流转。它们不像窗外的世界那般鲜明，也没有繁花满枝或霜雪铺地的剧烈变化，却以一种独特的节奏，在教室的每个角落扎根、生长、绽放、枯萎，又悄然轮回。在这看似不动声色的更迭里，我与孩子们一同经历着人生四季的轮回，见证着成长的点滴与岁月的沉淀。

春：播种希望

春天，教室里的气息也仿佛跟着大地的复苏，变得清新起来。窗外的草木冒出了点点新绿，和着微风的轻抚，透出盎然的生机。孩子们的脸庞也随之焕发着青春的光彩，充满了对知识的好奇与探索。

作为一名小学语文教师，我在春天的课堂上，喜欢带着孩子们读《草》《春晓》这些带着泥土芬芳的篇章，文字中的希望与生命力，在孩子们心中悄然生根发芽。每当我站在讲台上，用粉笔书写每一个字时，我仿佛不是在简单地传授知识，而是在孩子们心中播撒下希望的种子。这些种子在他们好奇的目光和专注的思维中，悄然发芽，破土而出。

课堂上的每一次讨论，每一篇作文练习，都是耕耘与培育的过程。我看着他们的眼睛，那份求知的渴望如同春日里的小苗，迫不及待地吸取着阳光和雨露。而我，作为他们的引路人，心中充满了期待。孩子们的学习就像一场春天的播种，我用语言和文字为他们勾勒出蓝天、白云、绿草、红花。每一片知识的沃土上，正悄悄孕育着未来的丰收。

春天，也是孩子们萌发创造力的时刻。我常常鼓励他们写作、表达自己的想法，哪怕是天马行空的故事，在这个季节都充满了无限可能。每一个稚嫩的句子，都是他们心灵中的一缕阳光，映射出他们内心深处的世界。春天的教室里，总是充满了希望与期待，仿佛每一个角落都在诉说着一个未完成的故事。

夏：生机盎然

转眼间，教室里夏日的气息扑面而来。窗外的蝉鸣声似乎也在催促着课堂的节奏，伴随着日渐炎热的天气，孩子们的学习热情如同夏天的骄阳般高涨。每一节课，仿佛都能感受到那股无形的热度。汗水与思考交织在空气中，孩子们的讨论如同一朵朵盛开的花朵，绽放在教室的每个角落。

夏天的语文课里，我总会选择一些充满激情与张力的篇章，鼓励孩子们畅所欲言，激发他们对文字的热爱。《夏天的故事》《荷塘月色》等经典作品，仿佛夏日的画卷，展示着这个季节特有的旺盛与丰盈。课堂上，孩子们尽情挥洒着他们的思想，他们不再拘谨，而是用语言和文字表达自己对世界的观察与思考。

课间，孩子们奔跑在操场上，汗水洒落在地上，像是夏日里调皮的雨滴。教室里的空气虽有些闷热，但思维的火花却在每一次讨论中擦亮。每一个孩子都是独特的，他们的表现如同夏天里的不同花朵，各自绽放出专属于自己的美丽。这时候的我，仿佛不仅仅是在教他们知识，更是在见证一场生命力的盛宴。

夏天的课堂也往往更加自由，我会让孩子们多进行小组讨论和辩论。炎热的空气中，思想碰撞的火花愈发明亮。他们的语言表达在夏日的课堂上显得尤为活跃，犹如夏日里奔腾的河流，携带着新奇与创造的力量。每一节课，我都像是一个引导者，帮助他们发掘内心的潜力，让他们感受到学习的乐趣和成就感。

秋：收获与反思

当秋天的凉意悄然来临，教室里的气氛也随之变得宁静。窗外的树叶渐渐泛黄，轻轻落下，仿佛是大自然对夏日的告别。孩子们也不再如夏日般活跃，他们逐渐沉静下来，随着季节的变化开始反思与总结。

秋天是属于收获的季节，也是沉淀思维的最佳时刻。这个时候，我常常会带领学生们做一些深刻的思考和总结。我们阅读《秋天的怀念》《落叶》等经典文章，让孩子们从文字中感受到生命的深沉与宁静。秋天的课堂，不再是对知识的狂热吸收，而是对过去学习的回顾与梳理。孩子们通过这一季节，学会如何总结自己的知识，反思自己的不足，并为未来做更好的准备。

每一篇作文、每一次练习，都是对他们这一年努力的检验。考试后的总结，讲评时的讨论，让我看见了他们在知识海洋中的成长与进步。孩子们的思维也开始变得更加成熟，他们不再是那个问为什么的小孩，而是能够对问题做出深入分析和思考的小小学者。

秋天的教室，仿佛充满了丰收的气息。每一个孩子都在知识的土壤中摘下属于自己的果实，而我则像一名默默耕耘的园丁，欣喜地看到这些孩子在自己的努力下有所收获。这个时候，我不仅仅是他们的老师，更像是他们的同行者，和他们一同走过这段学习的旅程，在这一季节里，我们共同收获了知识与成长的果实。

冬：沉寂与希望

冬天来了，窗外的寒风似乎也将它的寒意带入了教室。尽管孩子们开始穿上厚厚的冬衣，课堂上却弥漫着一种特殊的宁静。冬天的教室，似乎少了些喧嚣，但更多了一份专注与思考。

冬天并不是没有生机的季节，相反，冬天的教室里孕育着希望，孩子们的学习状态也进入了一个积累和沉淀的阶段。这个时候，我常常选择一些充满哲理的文章，比如《冬天的树》《雪国》等，带领孩子们从文字中感受到冬日的宁静与力量。课堂上，孩子们神情专注，仿佛在为来年的成长积蓄力量。

尽管冬天的天气寒冷，但教室里的每一个角落，都散发着一种安静的温暖。这是孩子们在长时间的学习中沉淀下来的力量，他们已经学会了独立思考，学会了在文字的世界里寻找属于自己的答案。冬天的教室就像一片洁白的雪地，每一个孩子都在默默地播种着新的希望，等待着春天的再次到来。

作为一名教师，冬天也是我反思与规划的时节。我会细细回顾自己在过去一年里的教学得失，思考如何在新的一年里为孩子们提供更好的教育。每一份试卷，每一篇作文，都是我与孩子们共同成长的见证。在冬天的宁静中，我感受到的是新的力量与期待。

四季轮回，教室永恒

教室里的四季，年复一年，不曾停止。每一个季节都在无声无息中更替，每一个孩子也在四季的轮回中不断成长。从春天的萌芽，到夏天的激情，再到秋天的收获，最后到冬天的沉淀，我陪伴着这些孩子，走过他们人生中的每一个重要时刻。

四季流转，孩子们不断成长，教室里永远充满了新的希望与梦想。而我，作为他们的引路人，在这四季中，不仅在传授知识，更在见证他们的成长与蜕变。每一年的四季，都是新的起点，新的旅程。而我，也将在这教室的四季轮回中，不断前行。

教室里的四季，是人生的缩影。每一个春夏秋冬，都藏着不同的成长印记，而这些印记，将伴随着孩子们的未来，成为他们记忆中最深刻的部分。作为一名教师，我无比珍惜四季的轮回，因为这不仅是他们的成长，也是我作为教师的使命与幸福。我用一支粉笔，一颗爱心，陪伴他们书写属于他们的未来，守护着教室里永不凋零的四季。

知识的边界与探索

在浩瀚宇宙中，人类的知识虽璀璨如星辰，却仍微不足道。我们始终在追寻，试图跨越知识的边界，揭示未知的奥秘。知识的边界，既是人类认知的极限，也是探索的起点。它并非固定不变，而是随着人类认知能力的提升而不断扩展。要有效地探索这片未知的领域，我们需要明确知识的定义，理解其本质与特性。同时，还应深入探讨知识的边界，认识其动态性与模糊性。更重要的是，要掌握科学的探索方法，如保持好奇心、运用科学方法、跨学科融合等，以不断拓展我们的认知范围。人类知识的探索是一场永无止境的旅程。只有不断追寻、勇于探索，才能跨越知识的边界，揭示更多的未知奥秘，推动人类文明的进步与发展。

一、知识的定义：理解与认知的桥梁

在人类文明漫长的发展历程中，知识始终发挥着至关重要的作用。它不仅是人类对客观世界的主观反映，更是连接主体与客体、主观与客观的桥梁。从哲学的深刻视角审视，知识被视为个体心灵与外在之间的一种正确对应，是意识对物质世界的理性把握和能动反映。这种反映并非简单的镜像式复制，而是蕴含着人类的认知活动和主观创造，体现了主体在认识过程中的能动性和创造性。从科学的严谨角度出发，知识则是一套通过特定方法获得的、具有客观性和可验证性的认识体系。实验、观察、推理等科学方法构成了知识的坚实基础，使得知识得以从经验中提炼，并在实践中接受检验。知识的这种客观性和可验证性，为其在社会中的广泛应用和传承提供了可靠的保障。知识的表现形式极为丰富，涵盖语言、文字、符号、图像等多种媒介。这些形式共同编织了人类知识体系的宏伟篇章，使得文明得以传承，思想得以交流，科技得以创新。在这一过程中，知识不仅承载了人类的文化积淀，更成为推动社会进步的重要力量。

二、知识的边界：未知与已知的交汇

在人类认知的辽阔疆域之中，知识的边界犹如一条深邃而充满魅力的门槛，它既标示着已知与未知的交汇，又引领着人类不断探索与进取的渴望。分隔着已知与未知的两大领域，这道边界不仅是人类智慧的极限所在，更是驱动我们不断探索、不断前行的动力源泉。从历史的深邃长河中回望，人类的知识边界经历了从模糊混沌到清晰分明的演变历程。在古代，受限于简陋的科技手段和狭隘的思维方式，人类对世界的认知如同盲人摸象，知识的边界狭窄而模糊。然而，随着科技的日新月异和思想的不断解放，人类的知识边界逐渐拓宽，越来越多的未知领域被纳入已知的范畴，我们的认知世界也因此变得更加丰富多彩。即便是在科技高度发达的现代社会，知识的边界依然存在着诸多模糊和不确定之处。在物理学领域，宇宙的起源、时间的本质、黑洞的奥秘等难题依然困扰着科学家们，这些未知领域如同深邃的夜空，既神秘又诱人。在生物学领域，生命的起源、遗传信息的传递、生物多样性的形成等复杂问题也尚未完全解开，它们如同错综复杂的迷宫，等待着我们去探索、去破解。知识的边界之所以如此模糊和不确定，一方面是因为人类认知能力的局限性，另一方面则是因为未知领域的复杂性和多样性。正是这种模糊和不确定性，激发了人类探索未知的热情和动力。我们不断追求新知，不断挑战自我，试图跨越知识的边界，揭示更多的未知奥秘。

三、探索的方法：跨越边界的桥梁

1. 保持好奇心与求知欲

好奇心作为人类固有天性中的核心特质，始终是推动我们探索未知世界的原始动力。它如同璀璨的星辰，引领着我们在知识的海洋中航行，驱使我们不断追寻那些尚未被揭示的奥秘。在漫长的人生旅途中，保持对未知世界的好奇心和求知欲，意味着我们愿意拥抱变化，勇于接受新事物、新思想。这种开放的心态，不仅让我们能够拓宽视野，丰富认知，更让我们在面对挑战时，能够保持坚韧不拔的毅力，不断突破自我。

好奇心和求知欲是我们追求真理、实现自我价值的基石。它们促使我们不断反思、不断学习，从而在不断变化的世界中，找到属于自己的位置。正是这份对未知的渴望，让我们在探索的道路上，不断发现新的可能，创造新的价值。

2. 运用科学方法

在人类探索未知的征途中，科学方法无疑是一把锐利的武器。它以严谨的逻辑和实证的精神，揭示了事物的本质和规律，为人类的认知世界提供坚实的基础。科学方法的核心在于观察、实验和推理。通过观察，能够收集到大量的现象和数据，为进一步的探索提供线索。实验则是验证假设、揭示规律的重要手段，它让我们在控制变量的条件下，观察事物的变化，从而得出可靠的结论。推理则是连接观察和实验的桥梁，它让我们能够从已知的事实出发，推导出未知的知识。在探索知识的边界时，更应该充分运用科学方法。面对复杂多变的世界，不能仅凭主观臆断或经验之谈，而应该遵循科学原则，以事实为依据，以逻辑为准绳。只有这样，才能确保探索的准确性和可靠性，避免陷入谬误和迷信的泥潭。科学方法不仅是我们认识世界的工具，更是我们改造世界的利器。它让我们能够不断超越自我，不断推动人类文明的进步和发展。

3. 跨学科融合

不同学科之间存在着千丝万缕的联系与互补性。跨学科的研究和探索，为我们打开了全新的视野。它让我们跳出原有的学科框架，以全新的视角审视问题，从而发现那些被忽视或未曾触及的奥秘。这种跨界的碰撞，不仅激发了创新的火花，更让我们在认知的边界上不断前行。在跨学科合作与交流中，我们得以汇聚来自不同领域的智慧与力量。不同学科背景的学者、专家，在共同的目标下携手合作，他们的思维碰撞在一起，知识交汇在一起，往往能孕育出令人惊叹的新成果。这种融合与创新，不仅能推动学科自身的发展，更能为人类社会的进步贡献宝贵的力量。跨学科融合的价值，在于它打破了学科之间的壁垒，促进了知识的交流与共享。

4. 勇于挑战权威与传统

在知识的广袤领域内，权威与传统宛若两座雄伟的山峰，既为我们提供了前进的指引，亦可能构成限制我们探索的桎梏。面对这些既定的框架和观念，我们时常会陷入迷茫与困惑，仿佛每一步探索都需要跨越重重阻碍。正是这些束缚，激发了我们挑战的勇气。在探索知识的边界时，我们不应盲目遵从权威，更不应被传统观念所束缚。相反，我们应该敢于质疑，勇于提出新的观点和理论。这种挑战的精神，是推动知识更新与发展的不竭动力。挑战权威与传统，意味着我们要以批判性的眼光审视已有的知识体系。不仅要学会接受和继承，更要勇于创新和突破。在挑战的过程中，可能会遭遇质疑和反对，但正是这些声音，让我们更加坚定地走向真理的彼岸。

5. 培养批判性思维

在浩瀚的知识海洋中，批判性思维犹如一盏明灯，照亮我们前行的道路。它不仅是探索未知的重要能力，更是我们认识世界、理解世界的基石。批判性思维让我们学会客观分析事物，不轻易被表象所迷惑。在探索知识的边界时，我们时常会遇到各种观点和信息，而批判性思维则帮助我们从中筛选出真实、有价值的内容，避免盲目跟风和主观臆断。同时，批判性思维也是独立思考和自主判断的基石。它鼓励我们勇于质疑，敢于挑战权威，不盲目接受他人的观点。在批判性思维的引导下，能够更加深入地思考问题，形成自己的见解和判断。培养批判性思维，需要我们不断学习、实践和总结。要保持开放的心态，接纳不同的观点和信息；要学会逻辑推理，从多个角度分析问题；还要勇于表达自己的观点，与他人进行交流和探讨。

知识的边界，是未知的领域，是人类认知的极限所在。然而，探索的脚步从未停歇，因为我们的好奇心与求知欲如同明灯，能够照亮前行的道路。要在科学的引领下，运用跨学科融合的方法，勇于挑战权威与传统，培养批判性思维，不断跨越知识的边界。每一次的探索，都是对认知范围的拓展，对智慧境界的提升。我们在这个过程中，不仅发现了新的知识和真理，更推动了社会的进步与发展。因此，让我们勇敢地踏上探索未知的旅程，不畏艰难，不惧挑战。在知识的海洋中畅游，汲取智慧的养分；在智慧的天空中翱翔，追寻真理的光芒。

致追光的宝贝们

——献给我即将中学毕业的孩子们

秋日丰收，我们曾在秋日硕果中相遇，一切都是上天的安排，我遇到了可爱的你们，懵懂而又稚嫩，我们共同携手开启旅程，同学们，你们是否记得，我们奋战的每一个日夜，你们是否记得，我第一次叫出你们的名字？或许你们忘了，但我却记得，那是我们相识的印证，那是我们之间永恒的粘连。离别永远是为了更好地相遇，向过往诉说一声离别，尽情去奔赴远方的山河，淬炼风雨，坚韧前行，未来艰且益坚，你们当持重笃行。

望着你们青涩的面庞，我心中涌现出许多的话语，期盼你们健康成长，岁月青葱，一闪而过，年幼的你们终将长大。但是在老师心中你们永远都是最好的。即将离别，无数的情感和言语充斥在心头，汇聚成一句话，愿你们未来前程似锦，不负韶华，朝着理想的未来奔赴。

看着你们如今的单纯，老师心中也是愉悦满满，开心就肆无忌惮地笑，委屈就放声号啕大哭，小小的心没有怨恨也没有嫉妒，在这平凡淡然的生活中淬炼出自己的光彩。

沉甸甸的书包扛起了年少的张扬。也装满着去往远方的机会。踏着梦想的旅途，你们能成为任何想成为的人，不要懦怯和心忧，不要退缩和逃避，勇敢地去面对问题和挑战，永远怀揣热烈和激昂，未来是你们精彩的舞台。老师就在你们身后，等待你们的卓越成长。

你们在欢声笑语中走进未来的道路，你们在风雨兼程中迈出成长的步伐。我希望你们能够在岁月长河中砥砺前行，在困境中披荆斩棘，我希望你们都能实现人生的理想。扬起自己船上的帆去征战四方，你们是民族的希望，更是老师心中追光的宝贝。

穿过岁月的烟云，见证成长的波涛，历经千年的时光，点缀历史的风情，你们在新时代中，早已成为历史发展的一分子，你们当自强，应该在时代张扬中享受生命的热烈。在生命旅途中烘托历史的厚重。几千年的历史被世人反复思量，中国在波诡云谲中脱颖而出，在淬炼风雨中坚韧而行。身为新时代的受教者，你们要勇于担当，锐意进取，用生命的灯火照亮前行的路。

感恩是一切的基础

我叫李冰，毕业于福建师范大学，爱好写作。2016 年曾被评为“苏州好家长”，2017 年被评为“言传身教好家长”。俗话说：投我以木桃，报之以琼瑶！育儿方面我一直让孩子抱着感恩的心面对一切。

感恩是一切的基础，每个父母都希望孩子能够常怀感恩之心，然而放眼望去，如今很多孩子的眼里，父母的含辛茹苦似乎成了理所当然，老师的挑灯夜战变得无足轻重，别人的倾力相助也得不到感激。这是道德方面缺少感恩之心所导致的结果，在心理层面就是以自我为中心的典型表现。

一、用“谢谢”来为孩子播下感恩的种子

从孩子咿咿呀呀学语开始，我和大多数妈妈一样开始让孩子背《三字经》《弟子规》，而这两本书的开端“人之初，性

本善”，“首孝悌，次谨信”，都道出了人的本性，我经常会把其中的内容解释给孩子听，虽然那时他对感恩的认知并不好，但是我还是坚持下来，并让他从说“谢谢”开始。当我递一杯水给他，当别人送他一颗糖时，我都会要求他说声“谢谢”，会说“谢谢”并不代表他学会了感恩，但至少我们在他心中播下了感恩的种子。

二、不轻易满足孩子的要求

如今生活已经变得富足，物质也极为丰富，孩子们在家中的地位类似现实版“小皇帝”，经常是有求必应。对于这一点我是有严格要求的，比如说孩子很想要一套名叫《13 颗行星》的书，开始软磨硬泡天天缠着我买，最后我们约定，通过积分来换取，主要从学习表现、做家务事以及帮助别人三个方面来积分，积满 100 分可以换取。

那段时间他回家写完作业会力所能及地帮我干收拾大书柜、擦桌子等家务活，每天放学后也很乐意跟我分享在学校里的表现，还很乐于帮助别人。通过一个多月的努力，孩子终于达标，当然，我们兑现了承诺。当孩子拿到书后，那高兴的劲儿我还历历在目，事后他还写下了一篇长长的日记。

其实孩子和我们一样，得到的东西越容易，厌倦也越快；相反，期望得到的时间越长，付出努力越多。他得到之后的欣喜越多，感恩之心越强烈，开始懂得事物的来之不易，内心埋下了感恩的种子。

三、营造感恩的家庭氛围

想让孩子懂得感恩，我们还得尽可能营造一种感恩氛围，同时也需要在孩子面前表达出给予的愉快和积极的回应，这些方面都体现在日常生活中的每一个细节里。当然，大人以身作则最有利于打造感恩的家庭氛围。

俗话说：孩子是天生的模仿家。家长的一言一行都会影响到孩子，所以正如培养孩子其他品质一样，示范永远是一个最有效的办法，我们经常在生活中表示感谢，让孩子耳濡目染。比如到餐厅用餐时可以对服务员说声“谢谢”，遇到别人帮忙时说声“谢谢”等等，这些小事都可以用来引导孩子。

我们还可以利用一些重要的日子或者时间点，在家创设一些重要的感恩仪式，让孩子懂得感恩的重要性，可以是每周的固定晚餐，也可以是家庭成员过生日，当然也可以是感恩节这一天。

后记

当我轻轻合上这本书的最后一页，心中满是感慨，它像一艘承载着我多年心血与回忆的帆船，终于在文字的海洋里扬起属于自己的风帆，准备驶向未知的远方，与更多的心灵相遇。而我，仿若一位历经长途跋涉的旅人，终于抵达了阶段性的终点，回首望去，一路的风景与故事尽收眼底。回首创作这些文字的岁月，每一篇都像是一颗精心培育的种子，在我心田生根发芽，然后在时光的雨露中慢慢成长。

这本书，承载着我对诸多书籍的深刻感悟，那些文字像是一枚枚钥匙，打开了一扇扇知识与思想的大门，引领我在不同的精神世界里穿梭遨游，每一次的沉浸都仿若一次新生，让我收获颇丰。而收录其中的各类散文，则是我生活的点滴映照，是我心灵的轻声呢喃，它们记录了日常的琐碎、刹那的感动、深沉的思索，如同繁星点缀了我平凡而又独特的人生。

说起这本书的诞生，不得不提到一个温暖的契机。偶然的一次机缘巧合下，我有幸结识了丁捷老师。他在文学领域的深厚造诣与卓越声名仿若一座巍峨的高山，令我仰止不已。当我怀着忐忑与期待向他发出邀请，恳请他为本书作序时，没想到他欣然应允。那一刻，我仿若在迷雾中看到了曙光，满心感激。他那如椽大笔写下的序言，为本书增色不少，恰似为一座即将开启大门迎接宾客的园林，精心打造了一扇精美的前门，引领读者率先领略书中的精妙之处，也让我在文学的殿堂中有了更多的信心与底气。

在这个过程中，我还要感谢那些陪伴我一路走来的人。感谢我的家人，始终给予我无条件的支持与鼓励，让我有勇气在文字的道路上坚定地走下去。感谢我的朋友们，你们是我灵感的源泉，在我迷茫时给予我启发，在我沮丧时给予我力量。感谢那些伟大的作家，是你们的作品如明灯照亮了我前行的道路，让我在文学的浩瀚星空中找到了属于自己的坐标。

如今，书已成型，虽不敢言尽善尽美，但每一个字、每一个段落都倾注了我的心血。我由衷地希望，读者朋友们在翻开这本书时，能如同踏入一片静谧的心灵花园，在这里，感受到文字的魅力，与我一同分享由书籍引发的共鸣，品味散文里的生活真味，进而在阅读的过程中，找到属于自己的那一份宁静与启迪。或许，这就是文字跨越时空、连接心灵的神奇力量吧。我期待着，这本书能成为您书架上的常客，陪伴您度过一个个美好的阅读时光。

再次感谢每一位为这本书付出努力的人，感谢丁捷老师的序言，感谢那些在我创作过程中给予我支持与鼓励的家人和朋友，没有你们，就没有这本书的问世。

最后，我将带着这份对文字的敬畏与热爱，继续前行在创作的道路上，愿我能在文学的道路上越走越远，用文字书写更加绚丽多彩的人生画卷。

李冰

2025 年 1 月